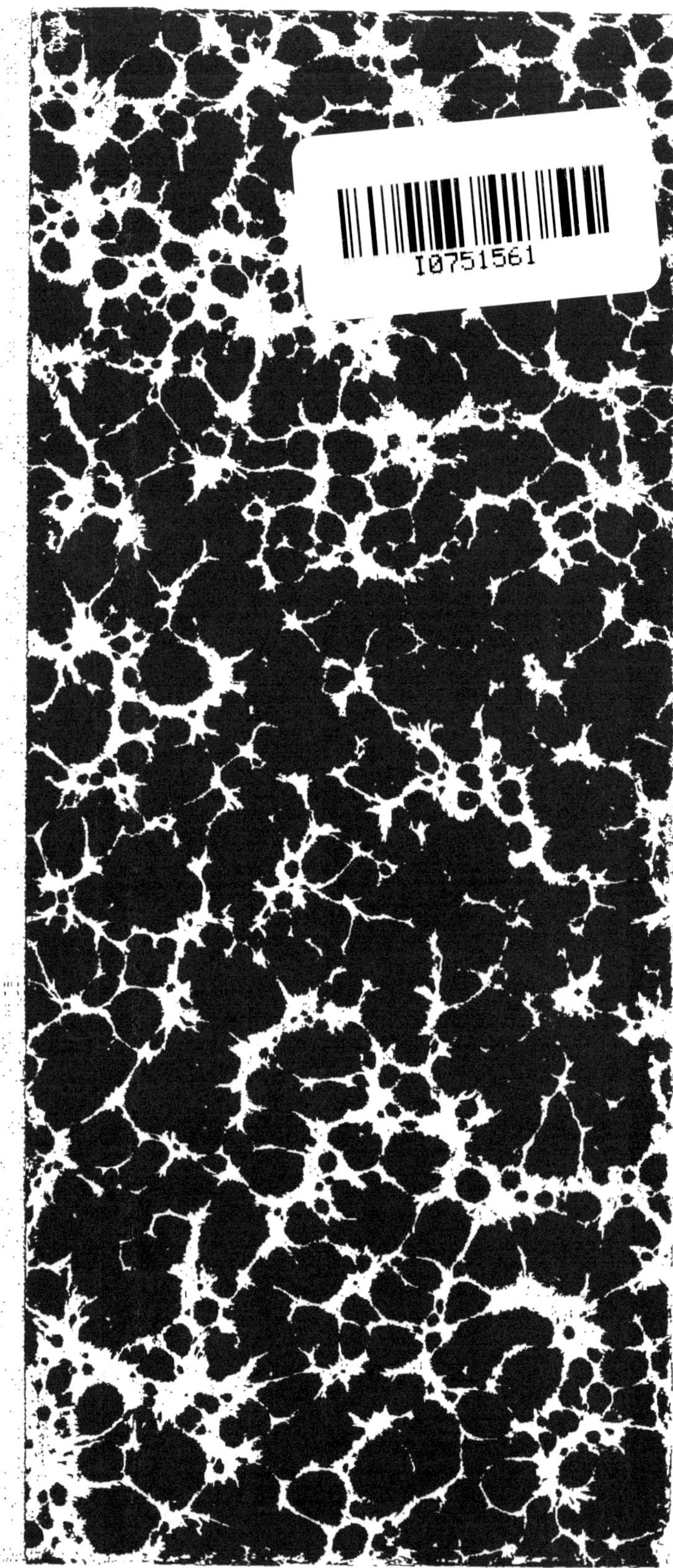
I0751561

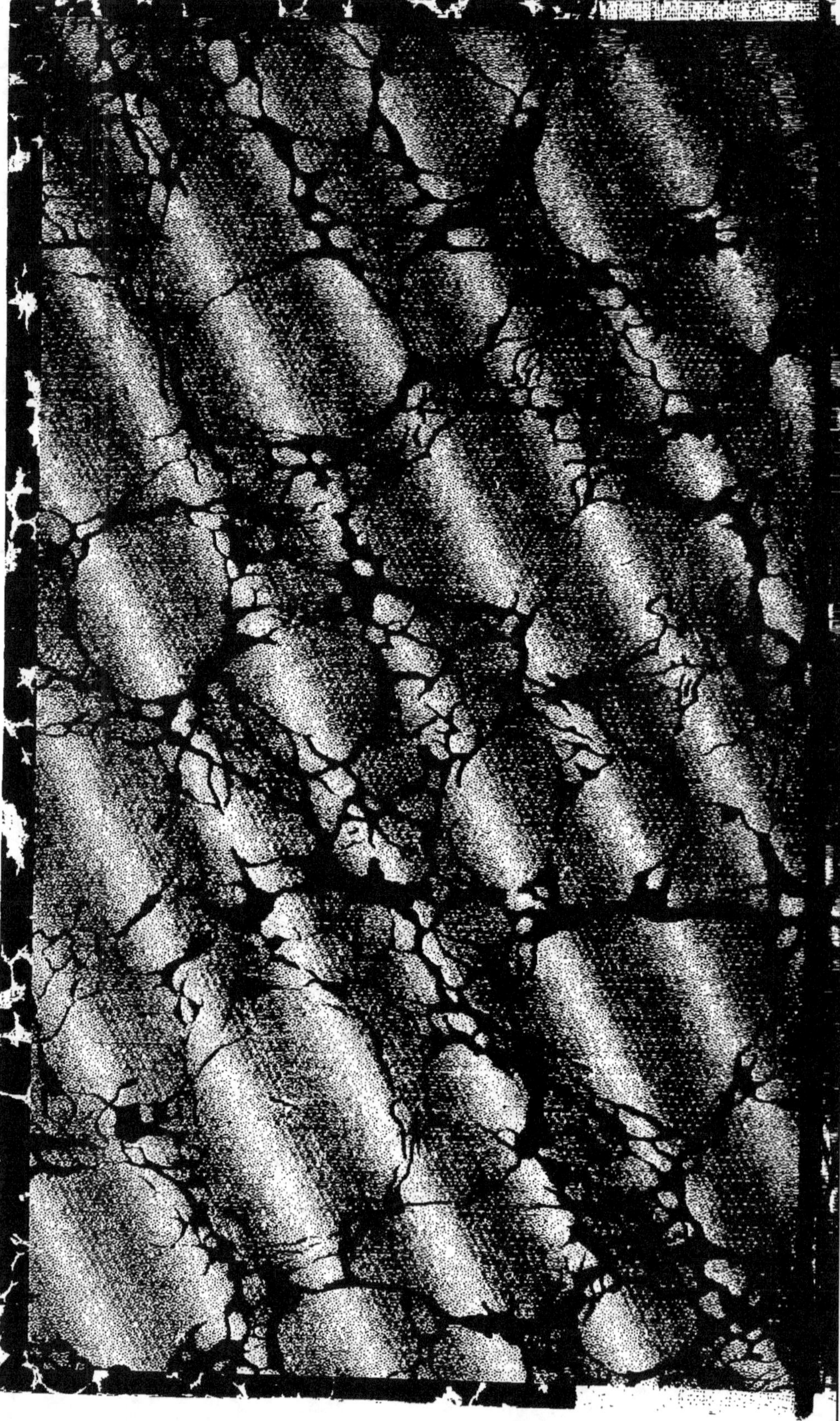

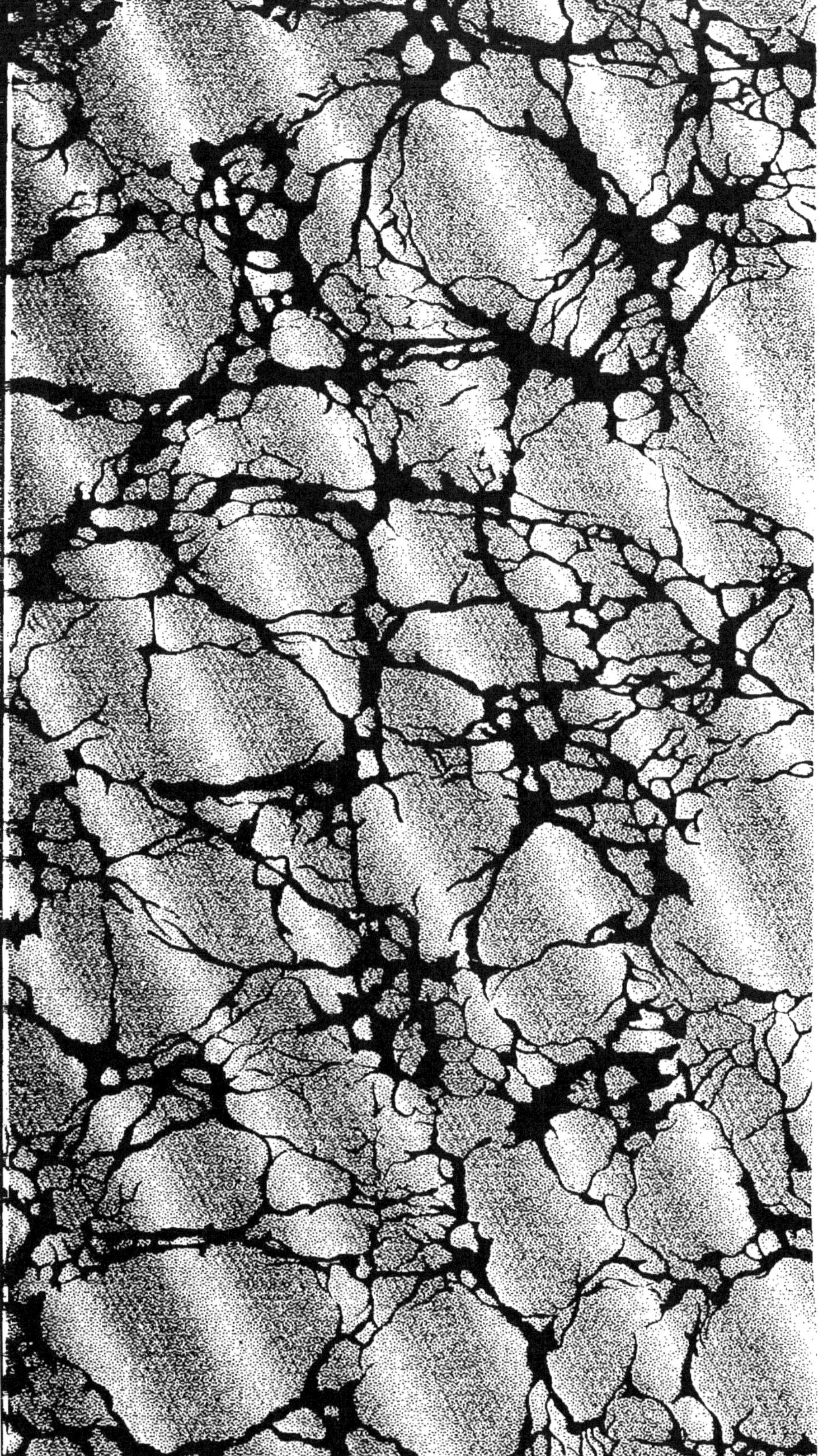

LA MORT DE ROLAND

LIBRAIRIE DE E. DENTU, EDITEUR

DU MÊME AUTEUR

SAINT-OMER. - TYP. H. D'HOMONT.

LA MORT
DE ROLAND

PAR

ALFRED ASSOLLANT

E. DENTU, ÉDITEUR
LIBRAIRE DE LA SOCIÉTÉ DES GENS DE LETTRES
PALAIS-ROYAL, 15-17-19, GALERIE D'ORLÉANS

1881

LA MORT DE ROLAND

FANTAISIE ÉPIQUE

I

Où l'on voit qu'il est dangereux de bâillier au nez d'un empereur.

Charlemagne était bon chevalier en son temps, juste, équitable, ferme sur les arçons, habile à manier la lance et plus prompt à donner un coup d'épée à un Sarrasin qu'un écu à un pauvre homme ; de sorte que ces mécréants le fuyaient comme la peste et le donnaient de grand cœur au diable, qui est leur chef de file et leur ami véritable.

Comme il était empereur de Rome et des Gaules, et souverain des Allemagnes, toutes les nations chrétiennes étaient prosternées devant lui, et quand il avait éternué lui criaient : Dieu vous bénisse ! Witikind, duc des Saxons et prince des Norwégiens, n'ayant pas ôté son bonnet assez vite en pareille circonstance, le bon

Charlemagne lui fit couper le cou sur-le-champ, ce qui fut fort approuvé, car il faut être poli et respectueux envers son supérieur.

Or il arriva qu'un soir, ayant chassé longtemps, dans la forêt des Ardennes et tué deux sangliers, l'empereur rentra très fatigué dans son palais. Le pauvre homme n'était plus jeune ; sa barbe blanchissait à vue d'œil, et il commençait, tout comme un autre, à aimer le coin du feu et les longs repas. Il se mit donc à table assez gaiement avec les douze pairs de France et le savant Alcuin, qu'il avait fait abbé du couvent de Cluny, où se boit le meilleur vin de la chrétienté, ce qui couvrit de confusion les ennemis de notre sainte foi, qui l'avaient défié de trouver dans toute l'Église de France un seul moine qui sût lire son bréviaire.

Quand il eut largement soupé, l'empereur se pencha en arrière, la tête appuyée sur le dossier de son fauteuil, fit remplir sa coupe d'un hypocras plus doux que le nectar et se tournant vers Alcuin, lui dit :

— Or ça, mon cher ami, ma femme et mes filles n'y sont pas, je me sens de belle humeur. Causons, et tâchons de finir gaiement la journée.

— Seigneur, dit Alcuin, vous plaît-il que je lise mon *Dialogue sur la rhétorique ?*

En entendant ces paroles, le paladin Roland, qui était assis en face de Charlemagne, se mit à bâiller si fort que le palais tout entier trembla sur sa base et que les armures qui étaient suspendues à la muraille s'entre-choquèrent avec un bruit sinistre. L'empereur frémit de colère; il fronça ses sourcils blancs comme la neige, saisit son sceptre d'or, pesant comme un jeune chêne, et regarda Roland avec des yeux étincelants.

— Qu'est-ce à dire, beau neveu ? s'écria-t-il d'une voix irritée. J'ai entendu un bâillement, je crois ?

— Parbleu ! dit Roland, à moins que ce ne soit le bruit du vent dans la forêt.

— Drôle ! s'écria l'empereur en levant son sceptre sur la tête de Roland.

Mais le chevalier, plus prompt que l'éclair, tira Durandal, son invincible épée, et d'un revers coupa le sceptre en deux parties égales. A cette vue, tous les convives se levèrent, et voulurent se jeter entre les combattants.

— Qu'on l'arrête ou qu'on le tue ! dit Charlemagne.

— Par la barbe de mon père, répliqua Roland, si quelqu'un met la main sur moi, je l'abats comme un sanglier !

— Qu'on le tue ! répéta l'empereur.

Mais personne ne s'avançait.

Charlemagne regarda quelque temps son neveu. Ses yeux lançaient des éclairs.

— Sors d'ici, insolant rebelle, dit-il enfin, et ne

reparais plus dans mes Etats. Je t'avais donné le comté d'Angers ; je le reprends.

— Parbleu ! dit Roland, qu'est-ce qu'un comte d'Angers ? un petit compagnon. Mais je vais en Espagne, et là je me taillerai un royaume dans la peau des Sarrasins.

Il brandissait Durandal. Tous les assistants s'écartèrent avec respect. Il sortit de la salle, monta sur son cheval, le fameux Bride-d'Or, et sans s'inquiéter de la nuit noire, des brigands et des enchanteurs, il s'en alla lentement à travers la forêt.

— Sire, dit le traître Ganelon, comte de Mayence, vous êtes trop clément. Vous auriez dû faire pendre cet insolent rebelle à la plus haute potence de votre empire.

Renaud de Montauban regarda le perfide Mayençais avec mépris.

— Eh bien, va le saisir toi-même, dit-il, et accroche-le si tu peux.

Tous les assistants se mirent à rire, et Ganelon à trembler.

— Beau sire, dit-il, je suis homme de robe et justiciard : je ne suis pas porte-sabre.

— Silence ! dit Charlemagne d'une voix impérieuse.

— Majesté, reprit le sage Naymes, duc de Bavière, irons-nous bientôt en Espagne faire la guerre au roi Marsile, l'ancien allié d'Agramant?

— Dans un mois, répondit Charlemagne.

— Roland nous manquera dans la bataille, ajouta Naymes. Faites-le revenir.

— Non, répliqua l'empereur, il est trop tard.

Mais il resta pensif et n'écouta plus que d'une oreille distraite le *Dialogue sur la rhétorique* du savant Alcuin. Quant aux pairs de France, ils n'avaient aucune distraction. Le nez dans leur assiette, ils ronflaient de toutes leurs forces.

II

Comment le comte d'Angers rencontra une belle princesse et la tira des mains de plusieurs brigands très féroces.

Roland traversa la France et passa les Pyrénées sans aucune aventure. Il allait gaiement à la conquête de son royaume, sans aucun souci de Charlemagne ou du roi Marsile, tout prêt à ramasser et à mettre sur sa tête la première couronne tombée qui se trouverait sur le chemin. Excepté Dieu et les dames, il n'eût salué personne.

Une nuit, il s'était enfoncé dans une forêt sombre et chevauchait dormant à demi sur son cheval, lorsqu'il fut éveillé tout à coup par de grands cris et par le bruit d'un combat. En même temps il aperçut de la lumière entre les arbres, et reconnut que ce bruit venait d'une clairière où une vingtaine de tentes avaient été disposées pour la nuit. Aussitôt il piqua des deux pour prendre part à la bataille, car il était de ceux qui n'aiment pas qu'on se batte sans les inviter à la fête.

Comme il arrivait sur le lieu du combat, une jeune fille à demi vêtue, d'une beauté merveilleuse, que plusieurs hommes armés et habillés à la mode des Sarrasins essayaient d'emmener prisonnière, se dégagea de leurs mains, se précipita vers lui, et, saisissant son étrier, lui dit, les yeux baignés de larmes :

— Ah! seigneur chevalier, ayez pitié d'une malheureuse princesse! sauvez-moi des mains de ces brigands !

— Oh! oh! dit Roland, ravi de combattre pour une aussi belle princesse.

Là-dessus, sans prolonger son discours, car il avait plus tôt fait de tuer dix hommes que de dire un *Ave Maria*, il jeta sa lance, et, tirant Durandal, il entra au plus fort de la mêlée.

Il était temps. La plupart des défenseurs de la princesse avaient péri, et le reste ne résistait qu'à peine.

— Holà, marauds! cria Roland d'une voix de tonnerre; bas les armes, ou vous êtes morts !

— Parbleu, dit l'un des ravisseurs, qui semblait être le chef, voilà un impudent chevalier ! Passe ton chemin, beau sire.

Il en eût dit bien davantage, mais un revers de Durandal fit rouler sa tête sur la poussière. Les autres se jetèrent tous à la fois sur Roland, qui se couvrit de son bouclier et commença à faucher les têtes les plus voisines de sa main ; ce qui produisit en quelques minutes une belle moisson. Les plus voisins prirent la fuite ; quant aux autres, ils étaient déjà loin et couraient à travers les ronces et les halliers. Roland, qui se sentait fatigué ne prit pas la peine de les poursuivre.

Pendant ce temps la princesse s'était évanouie. Le bon chevalier mit pied à terre, confia Bride-d'Or à un écuyer, et la porta dans sa tente. Là, pendant que ses femmes s'efforçaient de la rappeler à la vie, il eut tout le loisir de contempler celle qu'il avait sauvée.

C'était la beauté la plus rare qui jamais ait vu le jour entre Cadix et Barcelone. Ses cheveux noirs, épais et soyeux, couvraient ses épaules demi-nues et descendaient jusqu'à terre. Tout son visage exprimait la grâce, la douceur et la fierté. Sa robe, à demi dégrafée dans les efforts qu'elle avait faits pour échapper à ses ennemis, laissait entrevoir un sein admirable. Ses mains blanches et fines semblaient être le chef-d'œuvre de la nature. Roland n'avait jamais vu de beauté pareille depuis le jour où il cessa d'aimer la perfide Angélique, reine du Cathay. Debout près de son lit, immobile et n'osant respirer, il attendait qu'elle reprit ses sens.

Enfin, elle ouvrit les yeux, et son premier regard fut pour le bon chevalier. Elle se leva à demi, s'appuya sur un coude, et d'une voix dont la douceur aurait attendri les tigres d'Hyrcanie, elle lui dit :

— Seigneur chevalier, qui m'avez sauvé la vie et l'honneur....

Roland l'interrompit.

— Princesse, s'écria-t-il en se mettant à genoux, ne parlons plus de ce faible service. Je serais trop heureux de donner ma vie pour vous.

Ce discours était bien long pour notre héros, qui n'était pas un grand clerc, mais l'amour délie la langue des muets, et les yeux de la princesse avaient achevé sa conquête. Elle s'en aperçut et lui tendit la main, que le chevalier baisa avec un transport de passion dont elle fut touchée. Elle lut son amour dans ses yeux et rougit. Elle agrafa sa robe avec soin, et le bon Roland ne put s'empêcher de soupirer ; mais il se tut. Ce silence devenait embarrassant pour tous deux, lorsque la jeune princesse imagina de lui demander qui il était et par quel hasard il s'était rencontré si à propos dans la forêt.

— Je suis Roland, dit-il, et je cherche un royaume à conquérir.

A ces mots, la princesse sauta de son lit à terre et voulut se jeter à ses pieds ; mais il la retint.

— Ah ! dit-elle, votre courage et votre générosité auraient dû vous faire reconnaître. Quoi ! vous êtes ce fameux Roland !...

— Je suis Roland, répéta-t-il avec simplicité.

Le bon chevalier n'était pas de force à résister à cette douce flatterie. Est-il rien de plus doux que d'être admiré de ce qu'on aime ?

— Mon voyage est fini, reprit la princesse. J'allais vous chercher à la cour de Charlemagne.

— Vous me cherchiez ? dit Roland étonné. Ah ! madame, mon bras, mon cœur, ma vie, tout est à vous.

Elle le regarda fixement, et vit bien qu'il disait la vérité. Cependant, pour l'éprouver :

— .... Et à la dame de vos pensées ? dit-elle.

— Hélas ! répliqua-t-il tristement, hier encore mon cœur était libre.

— Et maintenant ? demanda-t-elle.

— Il ne l'est plus. Commandez-moi, madame, de vous apporter la tête du grand khan des Tartares qui siège à Karakorum, ou celle du puissant Permaléon, roi des Abyssinies, et vous serez obéie.

— Je vous prends pour chevalier, dit-elle, et

jamais plus brave héros n'aura défendu une cause plus juste. Mais avant tout, seigneur, je dois vous faire le récit de mes malheurs. Asseyez-vous sur ce coussin, je vous prie, et écoutez-moi.

En même temps, à demi couchée et la tête appuyée sur la pile de coussins, elle fit apporter deux sorbets, en offrit un à Roland, prit l'autre, renvoya ses femmes et commença son récit. Or, comptez que le bon chevalier n'eût pas donné le coussin sur lequel il était assis en ce moment-là pour le trône et la couronne du grand empereur Charlemagne. Et s'il avait consenti, mon opinion, cher lecteur, est qu'il eût fait un fort mauvais marché.

III

Histoire de la belle Corisande, princesse de Grenade.

— Seigneur, dit la princesse, mon nom est Corisande, et je suis la nièce de Stordilan, roi de Grenade. La mort de mon père et de ma mère me laissa orpheline dès le berceau, et je fus élevée loin de la cour, dans le château de Villafuerte, qui est bâti sur l'une des pentes de la sierra Nevada. Là je vécus tranquillement jusqu'à l'âge de seize ans, presque seule, inconnue de tous et n'ayant d'autre occupation que de lire les anciens poètes qui racontent les exploits des héros de ma race. Quelquefois, suivie de mes femmes et d'un écuyer, vieux serviteur de mon père, je montais à cheval et j'errais dans les bois, à la poursuite du daim et du chevreuil. Hélas ! que ne suis-je demeurée cachée dans cette solitude! mais un cruel ennemi devait bientôt troubler mon repos et me jeter si jeune encore, loin de ma patrie.

A ces mots, Corisande s'interrompit ; deux larmes coulèrent de ses yeux, plus beaux que les étoiles du ciel, et Roland sentit son cœur s'amollir et se fondre comme la cire qu'on approche de la flamme. Quel chevalier n'aurait été ému de la douleur d'une si belle princesse persécutée ?

Corisande essuya ses larmes et reprit son récit.

« Un soir je m'assis sur le sommet d'une colline d'où l'on apercevait les tours du château de Villafuerte, dorées par les derniers rayons du soleil couchant. Plus loin, au delà de la vallée, plantée de sycomores, entre deux montagnes, on voyait la mer retentissante, dont les flots se brisaient contre les rochers, à peu de distance du château. Tout entière à ce beau spectacle, j'avais oublié ma suite, et je rêvais tout éveillée, lorsque je fus tout à coup rappelée à moi-même par le bruit des aboiements des chiens et des fanfares. Un cerf passa près de moi en courant et s'élança au fond du bois. Presque en même temps je vis plusieurs cavaliers qui le poursuivaient au galop. Je me levai en toute hâte, et je voulus rejoindre mon écuyer et mes femmes, à qui j'avais ordonné d'attendre mon retour au bas de la colline ; mais le plus jeune de ces cavaliers, qui paraissait être le chef de la troupe, s'arrêta court en me voyant, mit pied à terre, jeta la bride de son cheval aux mains d'un de ses compagnons, et s'offrit poliment à me servir de guide. Ce cavalier, seigneur, par qui ont commencé toutes mes infortunes, était dom Gayferos, fils du roi Stordilan et mon cousin.

» Je sentis, en le voyant pour la première fois, une émotion douloureuse dont je ne pus deviner la cause. Le ciel m'avertissais des dangers dont j'étais menacée. Cependant il était jeune et passait pour l'un des plus beaux et des plus braves chevaliers de toutes les Espagnes ; mais ses débauches et son caractère orgueilleux et vindicatif l'ont rendu odieux à tout le monde.

» J'acceptai la main qu'il me présentait, et je descendis au pied de la colline, où mes femmes m'attendaient, assez inquiètes de mon absence. Il voulut tenir lui-même la bride de mon palefroi pendant que je mettais le pied à l'étrier, et me proposa poliment de m'escorter jusqu'à mon château. La route, disait-il, n'était pas sûre. En même temps il remonta lui-même à cheval, et pour faire cesser toutes mes inquiétudes, car cette rencontre ne me rassurait guère, il se nomma lui-même et me présenta les chevaliers de sa suite. Dès lors, je ne pouvais plus reculer, et je fus contrainte d'offrir l'hospitalité à un si proche parent.

» Il accepta mon offre avec empressement, tout ravi, disait-il, du hasard qui lui faisait rencontrer dans un lieu si sauvage une beauté si accomplie, et une cousine dont la réputation était répandue jusqu'au delà des rives de Golconde, où finit l'univers.

» Au milieu de ces flatteries qui ne m'éblouissaient pas, nous arrivâmes au château de Villafuerte, et le pont-levis s'abaissa devant nous. Il était déjà nuit, et mes serviteurs, rangés en haie dans la cour et portant des torches allumées, nous conduisirent dans la grande salle du château, où l'on servit bientôt à mes hôtes un magnifique souper. Je m'assis moi-même avec eux et je présidai le festin.

» Après souper les cavaliers prirent congé de moi et se retirèrent dans les chambres qu'on leur avait préparées. J'allais moi-même me retirer lorsque dom Gayferos sollicita la faveur d'un entretien particulier. Il avait, disait-il, des secrets de la plus haute importance à me communiquer, de la part du roi Stordilan, mon oncle. Bien que je n'eusse aucune raison de me défier de sa courtoisie, je ne sais quelle vague inquiétude m'empêcha d'abord d'y consentir ; mais il insista si fort que je n'osai m'y refuser, et, tout en gardant près de moi ma vieille nourrice, j'eus l'imprudence de le laisser pénétrer dans ma chambre. Hélas ! pouvais-je deviner sa scélératesse ?...

Ici la princesse s'arrêta pendant un instant et se couvrit le visage de ses deux mains. Roland frémit. Il craignait quelque irréparable malheur. Il n'osait interroger, et il brûlait de connaître la suite de cette histoire. Enfin elle reprit en soupirant :

» Cette chambre était située au second étage, dans la tour principale du château. Des tapis de Perse couvraient le plancher ; des milliers de manuscrits, œuvre des sages de tous les pays, garnissaient les rayons de ma bibliothèque ; un lustre d'un travail inestimable, présent du calife Omar, éclairait l'appartement.

» Nous entrâmes, et tout d'abord Gayferos se jeta à mes genoux.

— Oh ! interrompit Roland en mettant la main sur la garde de son épée, je n'étais pas là !

Sans paraître remarquer cette interruption, Corisande poursuivit :

— Il me déclara qu'il m'aimait passionnément,

qu'il avait usé de ruse pour s'introduire chez moi, mais que la ruse était pardonnable en amour ; qu'il voulait m'épouser et me faire, après la mort de son père, reine de Grenade, mais qu'un si long délai le ferait mourir d'impatience, et qu'en attendant le mariage et le trône de Grenade, j'allais être à lui cette nuit même.

» J'étais tellement indignée de sa trahison que je ne pus d'abord trouver une parole. Je l'écoutais, effrayée de me voir en sa puissance, car la tour était trop éloignée du principal corps de logis pour qu'on pût entendre mes cris, et ma vieille nourrice ne savait que pleurer et se lamenter. Le ciel seul pouvait venir à mon secours.

» J'essayai d'abord de le repousser : mais mes faibles mains ne pouvaient rien contre le perfide. Il me saisit et, sourd à mes prières, il m'enleva dans ses bras robustes. Je me voyais perdue. Heureusement, ma présence d'esprit ne m'abandonna pas. Je cessai de me défendre, et, le regardant avec des yeux plus doux, quoique mon cœur fût plein d'une juste horreur de son entreprise criminelle, je lui dis :

» — Écoutez-moi, dom Gayferos. Je vous crois sincère, et votre audace même est une preuve de votre amour ; mais, je vous en supplie, si vous m'aimez, ne me contraignez point, par ces violences, à vous haïr.

» Il crut m'avoir persuadée, et satisfait déjà

de son succès, il me déposa à terre, tout prêt d'ailleurs à recourir à la violence si je ne cédais pas à ses discours : mais je ne lui en laissai pas le temps. Résolue à mourir plutôt qu'à vivre déshonorée, je m'élançai vers la muraille, je saisis un poignard qui avait appartenu à mon père, et avant qu'il eût le temps de me désarmer, je me frappai moi-même dans la poitrine, et je tombai dangereusement blessée sur le tapis.

» A cette vue, dom Gayferos fut saisi de honte et de douleur. Il me crut morte, et s'élançant hors de la tour, il éveilla ses compagnons, remonta à cheval avec eux, et partit pour Grenade. Heureux s'il avait borné là ses entreprises ! »

IV

Suite de l'histoire de la belle Corisande, princesse de Grenade.

— « Aux cris de ma nourrice mes femmes se hâtèrent d'accourir ; mon vieil écuyer, qui avait accompagné mon père dans cent batailles et qui était expert en chirurgie, sonda ma blessure.

Par bonheur, le poignard avait glissé, et ce coup, qui me sauva l'honneur, ne put m'ôter la vie.

» Un mois après, j'étais complètement guérie. Je ne tardai guère à reprendre mes anciennes habitudes et à courir gaiement dans les montagnes du voisinage; mais l'expérience m'avait rendue plus prudente, et je ne me hasardais plus sans une suite nombreuse et capable de me défendre d'un coup de main. Cette précaution n'était pas inutile.

» Dom Gayferos ne fut pas plus tôt instruit de ma guérison qu'il reprit ses projets criminels et résolut de satisfaire sa passion à tout prix. Un jour, comme je me promenais à cheval dans la vallée que domine le château de Villafuerte, je tombai dans une embuscade, et je vis mon cousin lui-même s'avancer à ma rencontre avec une suite de cavaliers armés. A cette vue, je tournai bride et courus au galop vers le château, pendant que les plus fidèles de mes serviteurs se faisaient tuer pour protéger ma fuite. Je venais à peine d'entrer dans le château, et la garde levait le pont-levis, lorsque dom Gayferos, monté sur un cheval plus vite que le vent, arriva sur le bord du fossé. Heureusement j'étais déjà hors d'atteinte, et le cruel ne put assouvir sa fureur que sur deux ou trois de mes braves amis qui n'avaient pas eu le temps de rentrer dans le château. Leurs têtes furent coupées et plantées sur des pieux en face de mes fenêtres.

» Ce spectacle horrible, qui aurait dû effrayer la garnison de Villafuerte, ne fit qu'animer davantage son ressentiment, et tous mes serviteurs firent serment de mourir plutôt que de se rendre. Cependant dom Gayferos fit venir des troupes nombreuses et commença le siège. Par malheur, les vivres manquaient, et après quelques jours, la faim allait nous forcer de nous rendre. Pour moi, résolue à tout plutôt qu'à tomber entre ses mains, je lui fis dire que le jour de son entrée au château serait celui de ma mort.

» Cette menace l'effraya. Il savait qu'elle n'était pas vaine, et craignait de perdre le fruit de ses efforts. Il essaya de me rassurer, mais je connaissais trop sa perfidie pour avoir aucune confiance en ses promesses. Il eut de nouveau recours à la ruse.

» Sur ses instances, la princesse Doralice, sa sœur, vint elle-même de Grenade à Villafuerte, et m'offrit de me prendre sous sa protection. Je ne pouvais plus hésiter. La garnison du château, qui mourait de faim, reçut avec joie l'offre d'une capitulation qui sauvait l'honneur et la vie de tous mes amis, et je consentis à suivre ma cousine. Le lendemain nous partîmes pour Grenade sous l'escorte de Gayferos lui-même. Je dois lui rendre cette justice : soit qu'il eût quelque remords de sa conduite, soit qu'il espérât me la faire oublier, je ne reçus de lui que les témoignages de l'amour le plus passionné et le plus respectueux. Le jour il chevauchait à côté de la princesse Doralice et de moi, obéissant au moindre signe comme un vrai chevalier. La nuit, il se retirait avec respect, et, content de veiller à notre sûreté, il me laissait seule avec la princesse dans notre tente. Pardonnez-moi, seigneur chevalier, d'entrer dans de si longs détails, mais....

— Par les apôtres Jacques et Jean, madame, interrompit Roland, le ciel pourrait tomber sur ma tête et Mahomet entrer dans Paris la lance sur la cuisse avant que j'eusse fini d'écouter les attentats de cet infâme Gayferos. Ah ! ma bonne Durandal, réjouis-toi : avant peu, tu auras de la besogne.

— Enfin, reprit Corisande, nous arrivâmes à la cour du roi Stordilan. Mon oncle, prévenu d'avance, nous attendait ; il m'ouvrit les bras avec tendresse en souvenir de la sœur qu'il avait perdue, et dont j'étais, dit-il, la vivante image. Bientôt les fêtes et les tournois se multiplièrent à la cour de Grenade, et j'oubliai dans les plaisirs de mon âge les malheurs dont j'étais menacée.

» Hélas ! cette tranquillité fut courte. Dom Gayferos, plus amoureux que jamais, essaya de nouveau de vaincre ma résistance ; mais je ne le voyais qu'avec horreur. Le souvenir de sa première perfidie et de la mort de mes amis ne pouvait sortir de mon cœur. C'est en vain que pour me plaire il disputa le prix de l'adresse et du courage dans les tournois, et qu'il m'offrit de partager avec lui le trône d'Estremadure, où sa naissance l'appelait. Je demeurai inflexible. Peu à peu son ancienne fureur reparut. Indigné de se voir repoussé, il tenta de nouveau la violence, mais j'étais sur mes gardes, et je demandai protection au roi Stordilan.

» Cet oncle vénérable essaya vainement de fléchir mon ressentiment. Le plus cher de ses vœux, disait-il, était de m'unir à son fils et de me garder ainsi près de lui. Doralice, gagnée par son frère, me supplia de ne pas pousser au désespoir un cœur si orgueilleux et si vindicatif. Cependant tous deux continuèrent à me protéger et me conservèrent leur amitié.

» Enfin, lassé de mes dédains, Gayferos fit une dernière tentative pour m'enlever, qui ne réussit pas, et partit pour la Mekke. Il allait déposer ses vœux sur le tombeau de Mahomet, et peut-être lui demander l'oubli d'un amour malheureux. Je me crus délivrée de ses persécutions ; mais le Ciel, acharné à me poursuivre, ne permit pas que mes malheurs fussent sitôt terminés.

» A peine avait-il quitté les côtes d'Espagne, lorsque le prince Ferragus, fils du roi Marsile, parut à la cour de Grenade. Vous n'ignorez pas, sans doute, que le vieux Marsile règne sur les royaumes de Portugal, de Castille et de Léon, d'Aragon et de Valence, et que Saragosse est sa capitale. Longtemps auparavant, il avait essayé la conquête de Grenade, mais Stordilan, alors dans la force de l'âge, et Gayferos, à qui l'on ne peut refuser l'honneur d'être l'un des plus vaillants chevaliers de l'univers, défirent en deux batailles l'ambitieux Marsile, et le renvoyèrent en Aragon, privé de la moitié de son armée

» Depuis lors, la paix se fit entre les deux rois et dura plusieurs années. Marsile, allié des Maures d'Afrique contre l'invincible empereur Charlemagne, fut battu avec Abramant sous les murs de Paris, et se trouva trop heureux de revenir en Espagne sans être poursuivi. La renommée nous a appris, seigneur chevalier, la part glorieuse que vous aviez prise à cette guerre. C'est surtout à votre courage que Charlemagne dut la défaite des Maures. »

Le bon Roland rougit en recevant cet éloge.

« Ferragus vint donc à Grenade pour solliciter l'alliance de mon oncle Il avait appris, de bonne part, disait-il, que Charlemagne allait passer les Pyrénées avec une puissante armée, et que tous les rois sarrasins étaient également menacés.

Stordilan, sans accepter l'alliance, fit l'accueil le plus honorable au fils de Marsile, et donna des fêtes en son honneur.

» Dès le premier jour Ferragus ne put voir ma cousine Doralice sans en être profondément épris. Il demanda sa main au roi Stordilan ; mais ma cousine, effrayée de la laideur et de la férocité de son amant, refusa d'y consentir. Il faut dire que Ferragus qui a la taille et la force d'un géant, la voix d'un taureau et une barbe aux poils épais et mal peignés, effraye tous ceux qui l'approchent; on a peine à soutenir son regard, et Doralice, toute tremblante, résolut de prendre la fuite plutôt que d'épouser ce brigand. Stordilan, affligé de cette résolution, mais trop attaché à sa fille pour forcer ses inclinations, combla Ferragus de présents et de marques d'amitié, mais, en même temps il lui déclara l'immuable résolution de Doralice, en ajoutant, par politesse, qu'elle désirait garder éternellement le deuil de son premier mari, Mandricard, roi de Tartarie.

— Quoi ! s'écria Roland étonné, la princesse Doralice est la veuve de ce brave Mandricard qui fut tué en combat singulier sous les murs de Paris, par votre cousin Roger !

— Oui, répliqua Corisande, Doralice, après la mort de son mari, quitta le camp d'Agramant et rentra dans Grenade.

— Pardonnez-moi cette interruption, dit Roland. Ferragus ne chercha-t-il pas à se venger des dédains de votre cousine ?

— Hélas ! oui, seigneur, reprit Corisande, et par la plus noire perfidie. Profitant de l'absence de Gayferos, il revint dans le royaume de Grenade avec une armée innombrable et livra bataille à mon oncle. Le roi Stordilan, qui avait été dans sa jeunesse l'un des plus braves chevaliers du monde, et qui avait lutté sans désavantage contre votre propre père, fit des prodiges de valeur malgré ses cheveux blancs, et renversait tout devant lui lorsqu'il rencontra dans la mêlée le redoutable Ferragus. Celui-ci le perça d'un coup de lance, le renversa de cheval et lui coupa la tête. Cette tête vénérable promenée de rang en rang sur une pique, aux yeux des Grenadins, leur fit perdre courage, et ils cherchèrent leur salut dans la fuite. »

A ce triste souvenir, de nouvelles larmes coulèrent des yeux de la belle Corisande. Enfin elle fit un nouvel effort pour achever son récit :

« Le siège dura deux mois, et Ferragus jura de faire pendre tous les habitants s'ils attendaient pour se rendre le jour du dernier assaut. Cette menace mit fin à leur résistance et Doralice tomba entre les mains du vainqueur. Le même soir, déguisée et suivie seulement de quelques femmes et de quelques-uns de nos plus fidèles serviteurs, je m'échappai par une des portes de la ville, qui était mal gardée, et je résolus d'aller en France et de demander à l'empereur Charlemagne du secours contre ce brigand impie qui a tué Stordilan et enlevé la malheureuse Doralice. Ferragus, averti trop tard de ma fuite, envoya sur mes traces une troupe de cavaliers. Ce sont ceux-là mêmes qui nous ont attaqués cette nuit et dont votre bras invincible nous a délivrés, seigneur chevalier. »

Ainsi finit l'histoire de la belle Corisande.

V

Comment la belle Corisande s'endormit à l'ombre d'un chêne, ce qui fit rêver le comte d'Angers, quoiqu'il n'eût pas sommeil.

— Et vous allez à la cour de Charlemagne ? demanda Roland.

— Non, seigneur, répondit-elle, si vous daignez m'accorder votre protection. Sous votre garde, je traverserais sans pâlir toute l'armée de Ferragus.

Roland se précipita à genoux, et, saisissant la main de Corisande, qui pendait hors du lit, blanche, délicate et rosée, il la porta à ses lèvres avec un mouvement passionné.

— Que faites-vous, seigneur ? dit la princesse en rougissant et voulant relever le chevalier.

— Mon devoir, répondit-il simplement. Aussi vrai que je m'appelle Roland, fils du comte Milon et neveu de Charlemagne, je jure de dévouer ma vie à votre service et de vous apporter la tête de Ferragus et celle de Gayferos.

— Ah ! s'écria Corisande, on ne m'avait pas trompée en vantant la générosité des chevaliers de votre race et de votre lignage. La terre de France est la terre des héros.

C'est en de tels entretiens que la princesse et le chevalier passèrent la plus grande partie de la nuit. Heureux temps où l'on ne rencontrait sur les grands chemins que des princesses plus belles que le jour et des chevaliers dont le moindre eût tenu tête aux Grecs et aux Troyens réunis !

Enfin Roland sentit qu'il était temps de se retirer. Il sortit de la tente, et s'assit à l'écart, l'épée nue, prêt à voler au secours de sa princesse.

Il l'aimait déjà plus que lui-même. Qui ne l'aurait aimée ? Elle était si jeune, si belle et si malheureuse que sa vue seule aurait attendri les tigres d'Hyrcanie. Le bon chevalier oublia tout de suite sa disgrâce, la cour de Charlemagne et ses douze pairs, et ses projets d'ambition, A quoi bon chercher des couronnes, si ce n'est pour les mettre sur la tête de Corisande ? J'aurais peine à dépeindre la fureur qui le saisit au souvenir des infâmes attentats du prince de Grenade et de la perfidie de Ferragus. En vérité, oui, en vérité, le cruel Gayferos, s'il avait vu les yeux étincelants et les dents serrées du comte d'Angers, aurait de bon cœur couru jusqu'à Babylone pour éviter le châtiment de ses crimes. Mais, au milieu de ces souvenirs, le visage charmant et doux de la belle Corisande apparaissait aux yeux de Roland et réjouissait son âme comme le soleil qui dissipe les nuages.

Quelles étaient, dans le même temps, les réflexions de la princesse de Grenade ? Il est malaisé de le savoir : les femmes sont si dissimulées ! Je suppose qu'elle dut penser avec reconnaissance à son libérateur, et que cette reconnaissance pouvait aisément se changer en un sentiment plus tendre, mais je ne l'ai jamais su, et j'imiterai sur ce point la discrétion des chroniqueurs de qui je tiens cette véridique histoire.

Enfin le soleil parut et ses premiers rayons éclairèrent la cime des montagnes de l'Aragon. C'est là que Roland avait eu le bonheur de rencontrer la princesse. D'épaisses forêts de chênes couvraient le penchant de ces belles montagnes et descendaient jusque dans la vallée. Au fond, entre deux forêts, de vastes prairies s'étendaient sur les bords d'une petite rivière aux flots limpides, et quelques chevreuils s'enfuyaient à travers les arbres, effrayés par la vue des hommes. On voyait à quelque distance un petit moulin grisâtre, devant la porte duquel les poules, les oies, les canards, les petits enfants tout nus se jouaient pêle-mêle, sans souci des princesses et des chevaliers, de Charlemagne ou du roi Marsile.

Roland, assis, contemplait ce spectacle en silence, lorsque la belle Corisande sortit de sa tente, souriante et parée, comme si elle eût oublié ou ignoré les événements de la nuit. Elle s'avança doucement vers le bon chevalier et mit la main sur son épaule. Il se retourna surpris et charmé.

— A quoi pensez-vous ? dit-elle.

— Je pensais, dit Roland tout étonné de sa propre hardiesse, que si vous vouliez rester dans cette vallée et y planter votre tente, je ne reviendrais plus jamais à la cour de Charlemagne, et je ne changerais pas ce moulin pour le palais des empereurs du Cathay, dont les colonnes sont d'or et de jaspe.

Corisande baissa les yeux sans répondre, et Roland, qui craignit d'avoir déplu, s'en alla surveiller les préparatifs du départ.

— Hélas ! pensait-il, ma mère m'a donné des bras vigoureux et un cœur exempt de crainte : mais je ne serai jamais qu'un mangeur de Sarrasins.

Il se trompait. La belle Corisande n'était pas tout à fait insensible à l'amour; mais sied-il bien à une grande princesse de déclarer si promptement sa flamme, et n'avait-elle pas raison de dissimuler un peu? La meilleure partie de l'amour, n'est-ce pas la préface?

Un instant après Roland revint, tout armé, amenant par la bride le palefroi de la princesse, et s'offrant à tenir l'étrier. Corisande appuya le pied gauche sur le poing recouvert du gantelet que lui tendait le chevalier, et sauta légèrement en selle. D'un sourire elle remercia Roland et lui fit signe de donner l'ordre du départ.

— Où allons-nous? demanda-t-il.

— A Grenade, dit-elle.

— Eh bien, à Grenade! répéta Roland, et que Ferragus prenne garde à lui.

Aussitôt la troupe se mit en marche. La journée fut belle, et le paladin, heureux de voyager à côté de sa princesse, bénissait l'heureuse disgrâce qui l'avait obligé de quitter Charlemagne. Vers le milieu du jour, ils s'arrêtèrent pour dîner à l'ombre de quelques grands chênes, et Corisande voulut elle-même servir le chevalier, qui ne savait comment se défendre d'un tel honneur. Après dîner, la chaleur était si forte que tout le monde s'endormit, et la belle Corisande elle-même se coucha sur l'herbe, ne pouvant résister au sommeil.

Roland seul veillait. Malheur à qui peut dormir près de sa bien-aimée ! Le brave chevalier ne pouvait se résoudre à regarder autre chose que sa belle princesse. Forêts, ruisseaux, prairies, terre et ciel, tout avait disparu. Corisande seule survivait à toute la nature. Les yeux de Roland ne pouvaient se lasser de suivre les contours de ce corps adorable qu'animait une âme toute divine. Un souffle léger se jouait dans ses beaux cheveux. Un demi-sourire errait sur ses lèvres roses. Toutes les grâces de la jeunesse ornaient son front.

Le cœur de Roland battait à tout rompre dans sa poitrine. Ce guerrier invincible, à qui les Maures et les Sarrasins réunis n'auraient pu causer la moindre émotion, tremblait d'amour, de respect et de crainte à la vue de cette jeune fille couchée sur le gazon.

Qu'elle était belle ainsi ! Le bon chevalier soupira en la regardant. Au bout d'un instant, il vit que toute sa suite dormait, et s'approcha pour la voir de plus près. Un bruit léger le fit tressaillir ; il se coucha la tête dans ses mains et feignit de céder au sommeil ; c'était la chute d'une feuille. Tout tremblant encore du danger qu'il avait couru d'être découvert, il se pencha sur la belle princesse.

La belle Corisande dormait d'un profond sommeil. Son bras blanc, sculpté par les Grâces, sortait à demi d'un flot de velours et de dentelles. Ses cheveux soyeux et bouclés couvraient à demi le plus beau visage que la nature ait jamais formé. Roland ne put résister à son désir, il posa ses lèvres sur ce bras charmant et se rejeta tout tremblant sur le gazon en feignant de dormir.

Corisande, éveillée par ce baiser inattendu, se leva et regarda autour d'elle. La rougeur du coupable le découvrait assez, mais la maligne jeune fille se plut à prolonger son supplice. Elle appela sa nourrice. Celle-ci arriva tout endormie, bâillant et étendant les bras.

— Eh bien! tu dors, nourrice, et tu ne vois pas que le soleil a tourné sur l'horizon, et qu'il est temps de partir. Pour moi, je me suis sentie piquée au bras tout à l'heure, et je me suis éveillée. Allons, seigneur chevalier, debout, et partons.

Roland se leva à grand bruit et se mit à seller Bride-d'Or. Bientôt tout le reste de la caravane l'imita et fut prêt à le suivre.

— Hélas! pensa le pauvre chevalier, je l'aime follement ; mais elle ne m'aimera jamais.

Dans le même temps, Corisande, qui avait vu tout le manège du chevalier, se disait toute ravie:

— Il m'aime! et c'est Roland!

Mais le destin jaloux se plaît à séparer les amants.

VI

Comment le comte d'Angers et la belle Corisande s'invitèrent sans cérémonie à déjeuner chez le roi Marsile, et quelle fut la suite de cette aventure.

Aucun autre incident ne troubla pendant deux jours le cours de cet heureux voyage. Dès le matin du troisième jour on aperçut les remparts de Saragosse, capitale du roi Marsile. Cent vingt tours, aujourd'hui détruites, défendaient cette ville illustre qui disputait le pas à Grenade, à Cordoue et à Bagdad même, la ville des califes. Roland regarda quelque temps avec admiration cet imposant spectacle. Tout à coup, une idée folle traversa le cerveau de la belle Corisande, qui chevauchait tranquillement à ses côtés.

— J'ai envie, dit-elle, de déjeuner ce matin chez le roi Marsile.

— Princesse, dit Roland, avez-vous confiance en moi ?

— Pouvez-vous le demander ? répondit-elle en le regardant d'un air de reproche.

— Eh bien, dit-il, allons déjeuner chez le roi Marsile.

— Y pensez-vous, seigneur ? s'écria la nourrice effrayée. Voulez-vous livrer la princesse à son plus cruel ennemi ?

— Tais-toi, nourrice, répliqua Corisande. Et vous, seigneur, ajouta-t-elle, montrez-moi le chemin, je suis prête à vous suivre.

Roland regarda la princesse de Grenade et vit dans ses yeux tant de courage et de gaieté, qu'il en fut transporté de joie.

— Ah ! dit-il en se baissant sur le col de Bride-d'Or pour baiser le bas de sa robe, qu'il serait doux de mourir pour vous !

— Vivons, dit gaiement Corisande, et allons déjeuner.

Au même instant Roland saisit son cor et sonna d'une manière si imposante, que toute la garnison de Saragosse, composée de plus de cent mille Sarrasins, monta sur les remparts pour voir le chevalier et sa compagne.

La beauté de Corisande et la haute mine du neveu de Charlemagne frappèrent d'admiration tous les spectateurs. Balugant, l'un des principaux émirs de Marsile, s'avança lui-même à cheval avec une suite nombreuse pour recevoir le nouveau venu.

— Qui êtes-vous ? demanda-t-il d'abord.

— Allez dire au roi Marsile, répliqua Roland, qu'un chevalier français accompagné d'une dame, lui demande l'hospitalité pour un jour dans son palais.

Marsile était au milieu de son conseil lorsqu'il reçut ce message hautain.

— Assurément, dit-il, ce chevalier est un envoyé de Charlemagne. Dans tous les cas, qu'il soit le bienvenu, et qu'il partage avec nous le pain et le sel.

Malgré tout son courage, Corisande ne put s'empêcher de trembler en entrant dans Saragosse. Derrière elle, on leva le pont, et l'armée innombrable des Sarrasins forma deux haies dans les rues pour voir passer le cortège. La petite troupe de Roland n'était qu'un point dans cette foule immense. Roland devina les inquiétudes de la belle Corisande, et se hâta de la rassurer.

Marsile les reçut assis sur son trône et entouré de quarante émirs des plus illustres de l'univers. A sa droite était le roi de Nubie, qui portait sur son armure la peau d'un tigre qu'il avait tué lui-même au fond des montagnes de la Lune où sont les sources du Nil. A sa gauche était le sultan de Babylone, le célèbre Argyrodaspes, qui n'avait point d'égal parmi les plus braves chevaliers de la Perse, de l'Inde et du Cathay. Aux pieds de Marsile était couché un lion dont les rugissements portaient la terreur dans l'âme des plus intrépides.

Roland s'avança d'un pas fier et tranquille, inclina la tête et dit :

— Grand roi, ta renommée, qui s'étend jusqu'aux extrémités du monde, m'a fait désirer de te connaître, et je viens voir ta cour la plus brillante de l'univers après celle de l'empereur Charlemagne, mon souverain.

Ces derniers mots excitèrent quelques murmures, mais le roi fit signe de la main et dit :

— Qui que tu sois, noble chevalier, tu es le bienvenu dans mon palais, ainsi que la dame qui est sous ta garde, et dont les yeux sont deux fines émeraudes. Viens partager avec moi le pain et le sel ; après le repas, tu nous diras ta naissance et ton nom.

Roland s'inclina de nouveau ainsi que la belle Corisande, et toute l'assemblée passa dans la salle des banquets. Les chevaliers s'assirent, et le roi Marsile voulut faire placer Corisande à côté de la reine sa femme, mais la princesse de Grenade refusa modestement cet honneur, et Roland se plaça près d'elle en face du roi.

En ce moment les écuyers entrèrent portant les viandes sur des plats d'or, et remplirent en silence la coupe d'agate que chaque convive avait devant lui. Tout à coup Roland se leva.

— Or ça, dit-il, avant que je partage avec ces nobles seigneurs le pain et le sel, il est juste que je fasse connaître mon nom et le but de mon voyage.

A ce début, tout le monde garda le silence.

— Je suis venu, continua-t-il, vous accuser de

félonie et trahison contre le service des dames, et je vous défie au combat, soit un contre un, soit moi seul contre tous. Voilà mon gant.

A ces mots, un tumulte inexprimable s'éleva dans toute la salle, et tous les chevaliers sarrasins se disputèrent l'honneur de punir la folie de cet insensé.

— Qui es-tu ? demanda Marsile.

Roland se redressa, et d'une voix tonnante :

— Je suis le comte Roland, dit-il, et voici Durandal.

A ces mots, les plus braves pâlirent et regrettèrent d'avoir accepté le défi. Marsile lui-même en tressaillit jusqu'au fond des entrailles.

— Cette dame, continua Roland, est la belle Corisande, princesse de Grenade, que Ferragus a dépouillée de son héritage et réduite à fuir en France.

Cependant, le roi délibérait en lui-même s'il devait fuir ou commencer l'attaque. Il donna tout bas l'ordre de fermer les portes de Saragosse. Si bas qu'il eût parlé, le chevalier l'entendit.

— Fermez, dit-il, les portes de la ville et du palais. Fermez les portes de la salle : le lion est dans la bergerie.... Quoi ! parmi tant de braves chevaliers qui vivent à votre cour, ne se trouvera-t-il personne qui ose se mesurer avec moi ?

— Ventre-Mahom ! s'écria l'orgueilleux Argyrodaspes, sultan de Babylone, un chien de chrétien nous bravera-t-il impunément ?

En même temps, il tira son cimeterre et en porta un coup furieux à Roland. Le brave chevalier para le coup avec Durandal et répondit à son tour en fendant avec le tranchant de son épée le casque, la tête et le tronc de son ennemi. La cervelle et les entrailles du sultan de Babylone rejaillirent sur la muraille et jusque sur le roi Marsile.

A cette vue, tout le monde frémit. Roland profita de la frayeur générale pour enlever Corisande. Il ouvrit la chambre de la reine, femme de Marsile, y déposa son précieux fardeau, referma la porte, se plaça au devant, et rassuré désormais sur le sort de la princesse de Grenade, il continua gaiement le combat.

Deux des chevaliers les plus renommés de la cour de Marsile, le fier Balugant, émir de Tolède, et l'invincible Barbastro, s'avancèrent ensemble contre lui, et saisissant leurs lances qui étaient appuyées contre la muraille, voulurent l'en percer en même temps; mais Roland, sans s'étonner, saisit un trépied de bronze, et le lança à la tête de Balugant. Le trépied emporta comme un boulet la tête du malheureux émir, troua la muraille qui était épaisse de plus de vingt pieds, et tomba dans le fossé du château. Le corps sans tête de Balugant se roula convulsivement à terre, les bras étendus.

A cette vue l'invincible Barbastro frémit et d'une main mal assurée poussa sa lance contre Roland. Celui-ci para le coup avec son bouclier, et la lance se brisa comme un verre fragile. Le comte d'Angers sourit avec mépris.

— Durandal est d'une meilleure trempe, dit-il.

En même temps il frappa le malheureux Barbastro à l'épaule. L'armure fut tranchée, et l'épaule, avec le bras, détachée du corps. Le Sarrasin poussa un horrible blasphème. Par la blessure ouverte on voyait son cœur palpiter comme les entrailles des victimes.

— Montjoie-Saint-Denis et Roland à la rescousse ! cria le comte d'Angers.

Trente émirs se précipitèrent en avant pour venger la mort de leurs amis ; mais, gênés par leur nombre même, ils tombaient sous les coups du paladin comme l'herbe sous la faux. Les Sarrasins commencèrent à reculer.

— Allons ! criait Roland, êtes-vous sans courage, ou vos dames ne valent-elles pas un coup de lance !

— Ouvrez les portes ! dit le roi Marsile ; ce n'est pas un homme, c'est un fils d'Eblis, le roi des mauvais génies.

Et, donnant l'exemple, il sortit le premier de la salle. Les chevaliers se hâtèrent de le suivre, et les écuyers ne restèrent pas en arrière. Bientôt le comte d'Angers se trouva seul. Il ferma et barricada avec soin les portes de la salle, remit Durandal au fourreau, puis alla chercher Corisande, et dit d'une voix respectueuse :

— Princesse, il est déjà midi, et vous devez avoir grand appétit. Quant à moi, je meurs de faim. Déjeunons.

Là-dessus, il lava soigneusement ses mains toutes sanglantes, les essuya avec la serviette du roi Marsile, et s'assit pour manger, aussi tranquille que si la table du festin eût été la propre table de l'empereur Charlemagne.

VII

Comment Pentapolin, duc de Carthage, fit mal à propos la connaissance de Durandal.

La princesse de Grenade fit honneur au festin. Roland était d'une gaieté charmante : il s'était bien battu, il avait noblement soutenu l'honneur de sa dame, il avait tué vingt-cinq ou trente Sarrasins avant déjeuner, il était assis en tête-à-tête avec la belle Corisande ; que pouvait-il désirer de plus ?

Il remplit d'un vin de Chio plus doux que le nectar la coupe de sa bien-aimée.

— Par les quatre évangélistes, dit-il en riant, Saragosse est une belle ville, et le vin de Chio est un bon vin. Restons ici, Corisande, et chassons le vieux Marsile. Je vous ferai reine d'Espagne.

Corisande le regarda avec un doux sourire.

— Vaillant chevalier, dit-elle, je sais que rien n'est impossible à votre courage ; mais ne faut-il pas aller au secours de Doralice ?

En ce moment, un grand bruit de trompettes et de clairons se fit entendre. L'armée du roi Marsile se réunissait tout entière autour du palais. Le roi et les émirs armés de toutes pièces attendaient le chevalier. Roland regarda par la fenêtre ces préparatifs et se mit à rire en silence, suivant son habitude. Ce rire vaillant calma la frayeur de Corisande.

— Quoi ! dit-elle, vous allez traverser cent mille Sarrasins, l'épée à la main ?

— Parbleu ! dit Roland d'un air superbe, c'est à eux de trembler. Suivez-moi sans crainte, et que je sois déshonoré comme un traître si je ne vous conduis saine et sauve hors des murs de Saragosse.

En même temps, il sonna trois fois du cor.

A ce redoutable appel toute la ville de Saragosse fit silence. On entendit croître l'herbe dans la prairie et la laine sur le dos des moutons. Roland regarda quelques instants cette foule attentive, et d'une voix plus puissante que le gros bourdon de Notre-Dame de Paris, et plus claire que la trompette de l'archange qui appellera les morts dans la vallée de Josaphat, il dit :

— Écoute-moi, roi Marsile, et vous tous, chevaliers, bourgeois, manants et mécréants de la noble ville de Saragosse, écoutez ! Jamais je n'ai menacé en vain, ni manqué à ma parole. Or, voici ce que je vous annonce, moi Roland, comte d'Angers, neveu de Charlemagne, pair de France et chevalier de l'illustre princesse de Grenade.

« Premièrement, je consens à remettre Durandal au fourreau et à sortir en paix de Saragosse.

Le roi Marsile sourit amèrement.

— Et si nous refusons de te laisser sortir, dit-il.

— Je voudrais bien le voir, répliqua Roland. Vos petits enfants garderaient longtemps le souvenir de mon passage.... Or çà, seigneurs chevaliers, je vais descendre sur la place, tout armé. Je monterai sur Bride-d'Or et je sortirai de Saragosse au petit pas. Si quelqu'un est assez hardi pour se mettre sur mon chemin, qu'il fasse son testament.

— Et moi, dit le roi Marsile, je te somme de te rendre prisonnier avec la princesse de Grenade. Faute de quoi, tu seras pendu par le cou jusqu'à ce que mort s'ensuive.

— Mais, continua Roland sans répondre à cette menace, comme il n'est pas juste qu'une grande princesse soit exposée à perdre la vie dans la mêlée, la belle Corisande sortira la première de Saragosse, montée sur son palefroi et entourée de ses serviteurs. A ce prix, je consens à épargner Saragosse.

Un rire inextinguible s'éleva parmi les Sarrasins. Le roi Marsile seul n'avait pas envie de rire. Il connaissait trop le terrible comte d'Angers. Cependant il fit bonne contenance.

— Cesse d'inutiles bravades ! lui cria-t-il, et rends-toi !

— Allons, répliqua Roland, il faut que j'apprenne à vivre à cette canaille !

— Seigneur chevalier, lui dit Corisande, rendez-vous et livrez-moi à mon malheureux destin. Pouvez-vous résister à une ville et à une armée tout entière ?

Ses beaux yeux étaient noyés de larmes. Le héros la regarda avec tendresse.

— Ces larmes coûteront cher à qui les fait couler, dit-il.

Et sans attendre davantage, il descendit le grand escalier du palais. Au bruit de ses éperons qui résonnaient sur les marches, toute l'armée sarrasine frémit, et Marsile commença à regretter d'avoir rejeté sa proposition ; mais il était trop tard pour reculer. Enfin Roland parut sur le seuil, et sa vue fit reculer les plus braves.

Tous les cœurs battaient : un peuple entier attendait avec respect et frayeur ce que Roland allait faire. Une foule innombrable de femmes, parmi lesquelles la fille même du roi Marsile, la belle Fleur-d'Épine, regardaient du haut des fenêtres et attendaient le combat. Au premier étage du palais, Corisande à genoux priait pour le salut de son libérateur.

Roland tira du fourreau Durandal, qui resplendit au soleil d'Espagne.

— Montjoie et Saint-Denis ! cria-t-il, et il se précipita au plus épais des Sarrasins.

— Il est à nous ! dit Marsile. En avant !

En même temps, Pentapolin, duc de Carthage, l'un des plus braves chevaliers de la cour du roi Marsile, poussa son cheval sur Roland, et voulut le renverser d'un coup de lance. Le comte d'Angers baissa la tête, et la lance alla frapper l'émir de Cuença, qui s'avançait avec une ardeur toute pareille pour combattre Roland. Elle traversa le corps de l'émir, qui tomba pâmé sous les pieds des chevaux.

— Mal visé ! Bien frappé ! dit Roland.

En même temps, il enfonça la pointe de Durandal dans la poitrine du malheureux Pentapolin. Les Sarrasins poussèrent un grand cri et se serrèrent autour du vainqueur, qui se trouva comme enfermé dans un cercle de lances et d'épées.

Mais le bon chevalier n'était pas homme à s'arrêter en si beau chemin. Cavaliers, fantassins, rien ne tenait devant lui. Sous le tranchant de Durandal les têtes volaient comme ces chardons légers qu'un enfant brise et disperse à coups de bâton. Les rangs s'ouvraient devant lui, et Roland se faisait place dans la foule, lentement, sûrement, creusant son sillon comme un laboureur. Enfin, il parvint jusqu'au roi Marsile, qui, l'épée à la main, encourageait ses chevaliers et les poussait dans la mêlée. Déjà il levait sur lui sa terrible Durandal, lorsqu'un cri partit de la fenêtre d'une maison voisine.

— Seigneur chevalier, s'écria Fleur-d'Épine, qui, de la fenêtre, regardait ce terrible combat, épargnez mon père.

Roland leva les yeux et aperçut la princesse d'Espagne qui joignait les mains en suppliante. Le bon chevalier n'avait pas un cœur de pierre, et, comme un vrai Français du vieux temps, il ne savait rien refuser aux dames. Il baissa la pointe de Durandal et se prit à réfléchir.

Pendant qu'il réfléchissait, Marsile, trop heureux d'échapper à un si grand danger, chercha un asile au plus épais de ses bataillons.

Or, voici quelles furent les réflexions de Roland.

— Il y a dans cette ville cent mille hommes. Je ne pourrai jamais tout tuer. A cinq ou six cents par heure, j'ai de la besogne pour une dizaine de jours. Ce sera fort ennuyeux sans parler de la fatigue, Corisande s'ennuiera. On peut entrer dans le palais et la prendre pendant que je taillerai et couperai au hasard des bras, des jambes et des têtes. L'essentiel est de la tirer d'ici, et non pas de tuer des Sarrasins Comment faire ? Il faudrait avoir un otage.

Au même instant, il regarda Fleur-d'Épine. Ce fut un trait de lumière.

Ses réflexions avaient duré à peine le temps de dire un *Ave Maria* ; mais sa main fut plus prompte encore que sa pensée.

D'un coup de pommeau de Durandal, il enfonce la porte de chêne de la maison où Fleur-d'Épine était renfermée. Il monte au premier étage, il entre dans la chambre, enlève la princesse malgré ses cris, redescend à la hâte, court au palais de Marsile, referme la porte derrière lui et apporte la princesse d'Espagne qui s'était évanouie dans ses bras, près de la belle Corisande.

— Que faites-vous, seigneur chevalier? s'écria la princesse de Grenade. En même temps, elle se hâta de secourir la fille du roi Marsile et de la faire revenir à elle-même.

— Où suis-je ? dit Fleur-d'Épine en ouvrant les yeux.

— Ne craignez rien, répondit le chevalier. Dans une heure vous serez libre et rendue à votre père, mais il faut que je sorte de Saragosse.

— Ah ! seigneur, s'écria Fleur-d'Épine en se

jetant à genoux, ayez pitié d'une princesse infortunée.

Roland se hâta de la rassurer, et courut à la fenêtre. Déjà les Sarrasins reformaient leurs rangs et se préparaient à tenter l'assaut. Le vieux Marsile lui-même les animait de la voix et du geste. A la vue de Roland, on comprit qu'il allait parler et tout rentra dans le silence.

— Écoute-moi, roi Marsile, dit-il, et vous tous, chevaliers, bourgeois, manants et mécréants de la bonne ville de Saragosse, écoutez. Jamais je n'ai menacé en vain, ni manqué à ma parole.

— Rends-moi ma fille ! cria le roi Marsile, et tu pourras sortir de Saragosse avec ta princesse. Je le jure sur le Coran et sur le nom sacré du Prophète.

— J'y consens, dit le comte d'Angers. Qu'on m'amène Bride-d'Or.

En quelques minutes le traité fut conclu et exécuté. En ces temps heureux, la parole d'un chevalier était sacrée. Fleur-d'Épine fut rendue à son père et Roland se mit en selle accompagné de la belle Corisande et de sa suite. Une éclatante fanfare donna le signal du départ et la petite troupe se mit en marche. Les rangs des Sarrasins s'ouvrirent respectueusement devant elle, et le roi Marsile pour faire honneur au courage du bon chevalier, voulut l'accompagner lui-même jusqu'à la porte de Saragosse.

Lorsque Roland se trouva en pleine campagne et prit congé des Sarrasins, Marsile lui serra la main et dit :

— Sire chevalier, recevez ce collier d'or, qui est le prix de votre valeur, et portez-le en souvenir de moi. Je ne vis jamais guerrier plus vaillant.

— Ni moi d'ennemi plus généreux que vous, répliqua le comte d'Angers.

En même temps, ils se donnèrent mutuellement l'accolade.

— Restez avec moi, continua Marsile, je vous donnerai ma fille en mariage, et vous partagerez l'Espagne avec mon fils Ferragus.

A cette proposition, Corisande pâlit, Roland s'en aperçut :

— Beau sire, dit-il, je ne puis épouser votre fille. J'aime ailleurs.

A ces mots, les roses revinrent sur les joues de la princesse de Grenade.

— Et quant à votre royaume, continua Roland, tant que j'aurai en main Durandal, je ne craindrai ni ne désirerai rien sur la terre.

Marsile rentra pensif dans Saragosse.

— Quel est donc, dit-il, ce guerrier qu'on ne peut vaincre ni séduire ? Et il résolut de demander la paix à l'empereur Charlemagne.

VIII

Comment le comte d'Angers et la belle Corisande rencontrèrent un poète gascon et le prirent pour secrétaire.

La belle Corisande, se voyant enfin hors de danger, poussa un long soupir de satisfaction, et remercia tendrement le chevalier qui s'était dévoué pour elle.

— Eh bien ! dit Roland, suis-je homme de parole, et n'avez-vous pas déjeuné chez le roi Marsile, suivant votre désir ?

Elle fixa sur lui ses yeux bleus et profonds comme les flots de la mer Méditerranée.

— Comment pourrai-je reconnaître vos services ? dit-elle.

— En me gardant près de vous, répondit le chevalier.

Corisande s'aperçut alors que Roland était blessé et voulut panser elle-même sa blessure. La petite troupe fit halte dans une prairie, et la princesse de Grenade détacha l'armure du chevalier. Il avait reçu un coup de lance dans la poitrine, mais le fer n'avait pas pénétré fort avant, et Roland l'avait à peine remarqué. Cependant le sang coulait en abondance, et la belle Corisande, faute de meilleur remède, se vit réduite à l'étancher avec son écharpe de soie.

Pendant qu'elle était occupée de ce soin, un cavalier, vêtu d'une casaque bigarrée, s'arrêta près d'eux. Il descendit de cheval et vint baiser la main du comte d'Angers et de la belle Corisande.

— Qui es-tu ? dit Roland.

— Je suis le poète du roi Marsile, répliqua le nouveau venu.

— Quel est ton nom ?

— Raimbaud.

— Que viens-tu faire ici ?

— Vous offrir mes services, à vous et à la belle princesse de Grenade.

Roland secoua la tête.

— Nous n'avons pas besoin de tes services, dit-il.

— On a toujours besoin de quelqu'un, répliqua Raimbaud, même quand on est Roland.

Le chevalier leva sur lui son poing recouvert d'un gantelet.

— Eh bien ! drôle, que signifie cette familiarité ?

La belle Corisande posa sur ce terrible gantelet sa petite main si blanche et si délicate.

— Seigneur chevalier !... dit-elle.

Le son de cette voix apaisa la colère du comte

d'Angers comme le vent apaise la pluie. Raimbaud, qui avait soutenu sans pâlir le regard terrible du chevalier, s'agenouilla aux pieds de Corisande et baisa le bas de sa robe.

— Je savais bien, dit-il, que vous étiez la plus belle dame du monde entier et la plus sage, comme ce chevalier en est le plus brave et le plus insensé.

— Encore ! s'écria Roland.

— Ne vous fâchez pas, seigneur comte, continua Raimbaud, tel que vous êtes, vous me plaisez, et c'est pour vous que j'ai quitté la cour du roi Marsile.

— Ventre-Mahom ! dit Roland, le roi Marsile a fait là une grande perte !

— Une perte irréparable, seigneur comte, dit Raimbaud. Je suis musicien et poète. J'amuse les dames, je chante les exploits des chevaliers, je déride le front des rois, et je distribue à mon gré la denrée la plus précieuse qu'il y ait au monde, et la seule que tous les trésors de la terre ne puissent acheter.

— Quelle denrée ? demanda Corisande.

— La gloire, madame, répondit Raimbaud. Qui saurait sans nous que la princesse Hélène fut enlevée par le beau Pâris, prince de Phrygie, et que le duc Achilles coupa la gorge au vaillant Hector, fils de l'empereur Priam ? C'est un Raimbaud de ce temps-là qui chanta cette histoire

4

sur sa lyre. On l'appelait Homéros, et il fut l'écuyer du duc Achilles.

— Parbleu ! dit Roland tout pensif, tu pourrais bien avoir raison, et je te prends à mon service. Chante-nous quelque chose.

Raimbaud sourit, et prenant sa guitare qu'il portait attachée sur le dos, il chanta en s'accompagnant cette romance, dès ce temps-là si célèbre :

Alvar aimait Élise,
Élise aimait Alvar.
Mais le destin divise
Ceux qu'amour unit. Car
Dedans le Portugal
Ils avaient pris naissance,
Et chez ces mécréants
Ce n'est pas comme en France
A la seule vertu
Que l'on doit la naissance...

— Bah ! dit le chevalier, qui n'aimait pas la musique, ton Élise ne m'amuse pas beaucoup, et ton Alvar pas davantage. Dis-nous quelque histoire mélancolique.

— Voulez-vous, dit Raimbaud, que je vous raconte les malheurs de la belle princesse de Maroc et du prince d'Écosse, son amant ?

— Nous feras-tu pleurer ? demanda Corisande.

— A chaudes larmes, répondit Raimbaud. Le pathétique, c'est mon fort.

— Eh bien, commence, dit Corisande. Il est si

doux de pleurer à son aise. Mais, auparavant, raconte-nous un peu ta propre histoire.

— Hélas ! princesse, dit Raimbaud, que me demandez-vous ? Mes malheurs n'intéressent personne. Je suis né à Tarbes, j'ai étudié la musique et la poésie à Toulouse, et j'ai obtenu le prix aux jeux floraux. Je passai de là en Espagne et j'étudiai la magie, l'alchimie et l'interprétation des songes à Grenade sous le célèbre magicien Moallak. De là, je passai à la cour du roi Marsile ; mais les gens de Saragosse sont des mécréants qui n'aiment pas la musique, et sans la belle Fleur-d'Épine, qui daignait de temps en temps écouter mes chansons, j'aurais fort mal passé mon temps. Toutes les bontés de la princesse n'empêchaient pas que je ne fusse le plus ennuyé des poètes. Heureusement je vous ai vue entrer ce matin dans Saragosse, je vous ai suivie au palais ; votre beauté, madame, m'a ébloui, et la valeur du comte d'Angers a fait le reste. Je cherchais un héros digne de moi. Je l'ai trouvé. Je cherchais une dame qui fût au milieu de toutes les autres comme le soleil est au milieu des planètes. Je l'ai trouvée aussi, et si vous daignez me recevoir à votre service, je suis le plus heureux des hommes.

La princesse de Grenade sourit en entendant ce discours et détacha de son bras un bracelet orné de diamants.

— Tiens, dit-elle, poète à la langue dorée, prends ce bracelet et garde-le en souvenir de moi.

— Et moi, dit Roland, je te promets la première province et la plus riche du beau royaume que je ne puis manquer de conquérir sur les Sarrasins.

Raimbaud s'inclina avec reconnaissance et baisa la main de Corisande.

— Madame, dit-il avec émotion, ma vie est à vous. Quelque jour qu'il vous plaise de me la demander, je vous l'offre. Quant à vous, seigneur, je vous promets la gloire ; tant que vivra la poésie, on célébrera le nom du comte Roland.

— Voyons, dit Corisande, continue ton histoire.

— J'ai tout dit.

— Tout ? Tu n'as jamais aimé ?

Le poëte leva les yeux au ciel.

— J'ai aimé, dit-il en soupirant, j'ai été aimé, j'ai été trahi. O perfide Églantine ! Un autre jour, madame, je vous raconterai mes transports, ma joie, mon désespoir.... Aujourd'hui, je vais vous dire les malheurs de la belle Alicia, princesse de Maroc, fille du miramolin de Fez, et du prince Artaban, duc d'Albany en Écosse.

Roland et la princesse s'assirent sur l'herbe pour écouter plus à l'aise ce beau récit, et Raimbaud, assis près d'eux commença en ces termes :

HISTOIRE DE LA BELLE ALICIA ET DU PRINCE ARTABAN, DUC D'ALBANY.

— Le miramolin de Fez était le plus grand guerrier et le plus magnanime sultan de toute l'Afrique. Il commandait aux Maures de Fez, de Méquinez et de Tanger, aux pirates d'Alger, aux brigands de Tunis, aux peuples de Tripoli, qui sont jaunes comme du safran, et aux nègres, que le Dieu tout-puissant a condamnés à vivre dans les pays de feu pour les punir du crime de Cham, leur aïeul, qui se moqua de son père Noé.

« Ses palais, faits de marbre et d'or, étaient remplis de richesses inestimables. On lisait sur la muraille les versets du Coran gravés par les mains pieuses des imans, et quinze cents femmes, égales aux plus belles de l'univers, remplissaient son harem. Au milieu de tant de prospérités, une seule chose attristait le pauvre miramolin. Il n'avait qu'une fille, et, comme tous les pères, il en était fort embarrassé, car les dames, qui sont d'ailleurs le chef-d'œuvre de la création, ressemblent, vous le savez, à ces beaux vases du Cathay, où l'on rencontre toutes les merveilles de l'art et de la nature, mais dont la fragilité est extrême. »

Ici le bon Roland interrompit le poète.

— Sais-tu, dit-il, que ceci peut sonner comme une impertinence ? Prends garde à tes oreilles, maraud, et songe à qui tu parles.

— Raimbaud a raison, répliqua Corisande, et si la perfide Églantine l'a trahi, il est naturel qu'il accuse tout notre sexe de perfidie et de fragilité.

En même temps, elle fit signe au conteur de continuer son récit.

— Cependant, dit Raimbaud, la princesse Alicia croissait en grâces et en beauté, et déjà sa réputation s'étendait aux extrémités de l'univers. Déjà le roi des Garamantes, fier de la conquête de Taprobane et des îles qui sont au nord des tropiques, s'était mis en marche avec une armée pour enlever Alicia. Heureusement, il se prit de querelle sur la route avec le roi des Nubiens et reçut dans la poitrine un coup de lance qui l'envoya peu d'heures après visiter les rivages sombres. Cinq autres rois, tous égaux par la naissance et par la valeur, se disputèrent vainement la main de la princesse. Alicia demeura insensible, et le miramolin se désespérait de ne pouvoir offrir à sa fille un mari digne d'elle.

» En ce temps-là, vivait à la cour du roi d'Écosse un sage et vaillant chevalier, le prince Artaban, duc d'Albany. Tout jeune encore, il s'était déjà signalé dans de nombreux combats, et il avait vaincu le comte de Lithuanie qui lui disputait le prix de la valeur.

» Ce héros ne put entendre parler de la princesse Alicia sans en devenir aussitôt passionnément amoureux. Il prend un déguisement, endosse une armure noire et sans écusson, monte sur un vaisseau que les Anglais, dès ce temps-là grands marins et coureurs d'aventures, envoyaient au Maroc pour acheter du bois d'ébène et des parfums, débarque à Tanger, et se présente à la cour du miramolin, qui donnait ce jour-là un tournoi en l'honneur de sa fille.

» Vous devinez sans peine que le brave Artaban renversa tous les chevaliers, maures et chrétiens, qui lui furent opposés, et remporta la couronne d'or, prix de la valeur. Le genou en terre, la tête nue, il l'offrit à la belle Alicia. Vous savez comme moi, seigneur comte, que tous les grands seigneurs de la Calédonie ont les cheveux et la barbe rouges, ce qui est une beauté assez nouvelle dans le pays des Maures. A peine la princesse eut-elle aperçu cette barbe magnifique, qu'elle donna secrètement son cœur au chevalier. Elle eut cependant assez de force pour dissimuler ses sentiments devant la nombreuse assemblée qui regardait ce spectacle. Elle prit, avec un air de dignité qui convenait admirablement à la plus belle princesse de l'univers, la couronne que le duc d'Albany lui offrait, et la posa sur sa propre tête aux applaudissements du peuple.

» Comme le chevalier allait se retirer, frappé jusqu'au fond de son cœur de la grâce et de la beauté de cette admirable princesse, le miramolin se leva, et, lui présentant la main, lui dit qu'il ne doutait pas qu'un guerrier aussi brave et aussi habile dans les combats n'appartînt à une race illustre, et qu'il le priait de lui faire l'honneur d'assister au banquet qui devait suivre le tournoi. Artaban s'inclina avec respect, et sans dire son nom ni l'objet de son voyage, il suivit le miramolin dans son palais et se mit à table entre ce grand prince et la belle Alicia. Il serait impossible de vous dire la conversation des deux amants, leurs transports mutuels, et les serments d'amour qu'ils échangèrent sous les yeux mêmes du miramolin, lequel étant devenu sourd par suite d'une blessure qu'il avait reçue en combattant contre l'empereur du Sénégal, n'entendait pas un mot de ce que disaient la princesse et le duc d'Albany. Enfin, le repas finit, au grand chagrin d'Artaban, qui regagnait tristement son logis, lorsqu'une jeune dame vêtue de velours noir et masquée lui prit la main dans un corridor obscur et le pria de se laisser bander les yeux.

» Le duc d'Albany, après avoir hésité quelques instants, suivit son guide, et, par mille détours, arriva enfin dans une chambre magnifiquement meublée et tapissée, où l'attendait la belle Alicia. Son bandeau tomba ; la suivante se retira discrètement, et il se jeta lui-même aux genoux de la princesse de Maroc.

« Prince, lui dit-elle en rougissant légèrement, » car je ne doute pas que vous ne soyez d'une il- » lustre origine, ne prenez pas, je vous en sup- » plie, une trop fâcheuse opinion de ma faiblesse. » Je vous aime, et je sais que le miramolin mon » père a de l'amitié pour vous. Voulez-vous » m'épouser ? »

« C'est avec cette promptitude et cette simplicité de langage que les mariages se concluent à la cour de Maroc. Artaban sentit bien qu'une telle démarche témoignait plus que tout autre chose de la pudeur et de la vertu de sa belle fiancée. Il la serra tendrement dans ses bras et lui passa au doigt un anneau nuptial. Aussitôt la princesse frappa des mains. A ce signal, la suivante accourut, accompagnée d'un iman, qui les maria sur l'heure et sans attendre de plus amples informations. Après quoi, l'iman et la suivante se retirèrent et les laissèrent seuls.

« Le matin, un peu avant le lever de l'aurore, la jeune suivante fit sortir secrètement le prince Artaban du palais, et pendant plusieurs mois le mariage de la princesse et du chevalier resta secret; mais enfin la malignité publique, qui n'épargne personne, s'inquiéta des absences nocturnes du duc d'Albany. On épia ses démarches, on le suivit, on le dénonça au miramolin.

« Le premier mouvement de ce sultan féroce et sanguinaire fut de vouloir couper le cou à sa fille et à son gendre. Il assembla son conseil, suivant l'usage des rois dont les filles ont fait quelque fredaine, et tout d'abord, déposant sur la table son cimeterre, il menaça de fendre le crâne à celui de ses conseillers qui ne voterait pas la mort des coupables. Il croyait, avec assez de raison, avoir trouvé le meilleur moyen de s'assurer l'unanimité des voix. Effectivement, tout le monde se hâta d'opiner comme il l'avait désiré.

« Cependant, un sage vieillard qui avait servi sous le miramolin et sous ses deux prédécesseurs, remua sa tête blanchie, et d'une voix un peu cassée, mais claire et distincte, déclara qu'il était trop près de la tombe pour se soucier beaucoup du cimeterre du miramolin, et qu'il était prêt à dire son sentiment, dût-il déplaire à ce sage et vertueux monarque.

« Le miramolin, irrité et roulant autour de lui des yeux farouches, tira du fourreau son cimeterre et attendit en silence le discours du vieillard. Celui-ci fut d'avis que la princesse avait eu grand tort de ne pas demander le consentement de son père, et d'épouser le premier venu sans prendre des renseignements sur sa famille et ses antécédents; mais il ajouta qu'en ces temps malheureux les maris étaient si rares et si recherchés, et les filles si difficiles à contenter et si peu autorisées par la nature à l'être, si quinteuses au logis, si parées au dehors, si portées au luxe et aux fêtes, et si peu à élever leurs enfants et à faire la joie de leurs maris, qu'on devait savoir gré à tout homme assez brave pour se marier et faire tous ses efforts pour ne pas le décourager d'un métier périlleux et difficile.

— Hum ! dit Roland, voilà un conseiller bien impertinent.

— Seigneur comte, répliqua Raimbaud, et vous, madame, daignez vous souvenir que ce n'est pas moi qui parle, mais le sage vieillard. Il avait tort, j'en conviens, et c'est à sa goutte et à ses rhumatismes qu'il faut attribuer ce discours mal sonnant.

— Va, dit Corisande en riant, je te pardonne ; mais abrège ce discours.

— Bref, continua Raimbaud, le vieux radoteur fut d'avis qu'il fallait se contenter d'une légère semonce, et approuver de bonne grâce un mariage sans remède, à la seule condition qu'Artaban embrasserait la religion de Mahomet.

« Le duc d'Albany reçut cet ordre avec indignation. Il refusa d'abjurer, et fit serment d'abattre la tête du premier qui oserait en renouveler la proposition. C'est en vain que la belle Alicia se jeta à ses genoux et à ceux du miramolin ; elle ne put fléchir ni l'un ni l'autre.

« Le miramolin, désespérant de venir à bout de la généreuse résistance d'Artaban, donna ordre de le mettre à mort, et fit enfermer Alicia dans une tour au bord de la mer. Vingt des plus braves chevaliers de la cour de Fez furent chargés de couper la gorge au fier Artaban ; ce guerrier généreux, averti d'avance, les attendait tout armé et monté sur son cheval de bataille.

« A la vue de ses ennemis, il mit sa lance en arrêt, se raffermit sur les étriers, piqua des deux et s'avança au galop sur eux. Le combat fut terrible et acharné. L'amour fit faire des prodiges au duc d'Albany ; il tua plusieurs des assaillants, mit les autres en fuite, et s'éloigna lui-même de Fez pour chercher sa bien-aimée.

« Après plusieurs mois de vaines recherches, comme il errait un jour sur le bord de la mer retentissante, il entendit la voix chérie d'Alicia qui l'appelait. Cette infortunée princesse était enfermée au second étage de la tour, et le hasard, ou plutôt la divine Providence, avait amené son amant sous sa fenêtre.

« Artaban, plein de courage et d'ardeur, descend de cheval, enfonce la porte de la tour, met en fuite les lâches gardiens d'Alicia, la prend en croupe derrière lui et reprend sa course vers ses contrées lointaines où le fleuve Sénégal roule ses flots tumultueux. Mais la fatigue, la chaleur et le chagrin avaient affaibli la belle Alicia. Après deux jours de marche, il fut forcé de s'arrêter dans un bois de nopals et de la déposer mourante sur le gazon. Peu d'instants après un lion parut. Artaban affamé, et faute de gibier plus commode à tuer et plus délicat, courut l'épée haute sur le lion, qui fit retraite sans frayeur apparente et le conduisit jusqu'à une grotte. C'est là qu'un ermite était assis et lisait l'Évangile en compagnie du lion qu'il avait apprivoisé.

« Artaban étonné demanda du secours à l'ermite.

« — Seigneur, répondit ce bon vieillard à la « barbe blanche, je vous attendais depuis hier. « Un songe que le Seigneur a daigné m'envoyer « m'avertit que je vais baptiser une jeune infi- « dèle. Montrez-moi le chemin ; je suis prêt à « vous suivre. »

« En même temps il se mit en marche et retrouva la belle Alicia. Il l'instruisit rapidement des vérités principales de la religion chrétienne, car le temps pressait et Alicia allait rendre le dernier soupir, puis il la baptisa.

« — Allez, ma fille, lui dit-il, dans le sein du « Dieu des chrétiens. »

« Elle reçut le baptême avec une foi admirable, embrassa son époux et mourut. Le lendemain, l'ermite la suivit au tombeau, et l'infortuné Artaban prit sa place au désert. Il y mourut d'amour et de chagrin, cinquante ans après. »

Roland et Corisande donnèrent à l'historien tous les éloges qu'il méritait. La princesse de

Grenade ne put s'empêcher de trouver quelques rapports entre sa propre histoire et celle de l'infortunée Alicia. Elle vit que Roland était tombé dans une profonde mélancolie, et elle se détourna pour cacher sa propre émotion. Petit à petit, l'amour faisait son chemin dans ce jeune cœur.

IX

Comment la belle Doralice eut une attaque de nerfs, et comment un Gascon refusa de trinquer avec un roi.

La caravane se remit bientôt en marche, et, quelques jours après, arriva sous les remparts de Grenade, la ville aux trois cents tours, paradis des infidèles. Le soleil couchant dorait de ses derniers rayons les mosquets et les minarets. On voyait étinceler au loin, dans la lumière rose du soir, les neiges éternelles qui couvrent le sommet du Muley-Haçen, la plus belle de toutes les montagnes espagnoles. Le silence le plus profond régnait dans la petite troupe du comte d'Angers; Corisande pensait à l'infortunée Doralice qu'elle venait délivrer; Roland pensait à Corisande; et Raimbaud qui, en qualité de poète et de philosophe, ne pensait à rien, n'était occupé que du paysage.

Cependant, il ne laissa pas d'être étonné quand il vit Roland se diriger du côté de la porte la plus voisine de la ville comme s'il s'attendait à entrer dans Grenade sans combat.

— Seigneur comte, dit-il, quel est votre dessein?

— Mon dessein, répliqua Roland, est d'entrer dans Grenade et de délivrer Doralice.

— Et Ferragus ?

— Eh bien ! Ferragus voudra s'y opposer. Il tirera son épée, je tirerai la mienne, je lui couperai le cou, et je rendrai sa couronne à la fille du vieux Stordilan.

— Vous savez, dit Raimbaud, que Ferragus a près de lui vingt mille chevaliers, des plus braves qui soient dans l'univers.

— Je le sais.

— Et vous croyez qu'ils vous laisseront tuer leur chef sans résistance ?

— Ma foi, dit Roland, je ne leur défends pas de résister. S'ils veulent combattre, qu'ils viennent, fussent-ils cent mille, et je leur passerai sur le ventre. Ne suis-je plus Roland ?

Raimbaud vit bien qu'il n'avait pas touché la corde sensible. Il se tourna du côté de Corisande :

— Madame, dit-il, est-ce que vous allez le suivre dans la mêlée ?

Mais la princesse de Grenade ne doutait jamais de ce qu'avait dit Roland.

— Il dit qu'il passera, répliqua-t-elle ; et pour moi, je le crois. N'a-t-il pas passé à Saragosse ?

— Ils sont tous deux fous, pensa Raimbaud, mais je les sauverai de leur propre folie.... Seigneur comte, dit-il tout haut, je sais que rien n'est impossible à votre courage, mais souffrez que je vous fasse observer qu'il est tard, que vous n'entrerez pas avant la nuit dans Grenade, et qu'il faudra vous battre sans souper, ce qui est la condition la plus fâcheuse pour un guerrier. Ajoutez que la nuit, qui est sans lune, cachera vos exploits, et que votre ennemi, quand vous l'aurez vaincu, sera bien aise de dire que vous l'avez surpris, et que, sans trahison, vous ne seriez jamais venu à bout de lui.

— Parbleu ! dit Roland, tu as raison. Restons ici et plantons nos tentes. Demain, au point du jour, nous commencerons la bataille.

— Pour moi, ajouta Raimbaud, qui n'ai pas les mêmes raisons de coucher à la belle étoile, j'entrerai dès ce soir et seul dans Grenade. J'observerai l'ennemi, et je vous rendrai demain compte de ses mouvements.

— Va donc, et reviens vite, dit le comte d'Angers.

Raimbaud se hâta de prendre les devants et entra dans Grenade. La nuit était déjà venue, mais une foule de lumières étincelaient aux fenêtres, et toute la ville était en joie. On célébrait le mariage du terrible Ferragus avec l'infortunée Doralice.

Suivant la coutume des temps anciens, qui valait bien la nôtre, Raimbaud alla demander l'hospitalité au palais même de Ferragus. Cinq cents musiciens qui soufflaient dans des cuivres, ou qui frappaient sur des tams-tams, étaient chargés d'entretenir la joie publique. Cinquante échansons remplissaient les coupes des musiciens de boissons exquises rafraîchies dans la neige du Muley-Haçen. Trois cents poètes célébraient en vers magnifiques le courage et la générosité de Ferragus, les grâces et les vertus de Doralice. Ils récitaient tous ensemble leurs vers avec tant de chaleur, que les spectateurs portaient leurs mains à leurs oreilles pour ne plus entendre ce bourdonnement. Raimbaud traversa leurs rangs, tout assourdi de ce tumulte. Il monta le grand escalier du palais, au bout duquel était le jardin du roi Stordilan, le plus beau du monde entier.

Là, sur un gazon vert, était dressée la table du banquet. Deux cents émirs des plus nobles de toute l'Espagne, étaient assis, magnifiquement vêtus, à droite et à gauche de Ferragus et de Doralice. La princesse, un peu pâlie par le chagrin d'avoir perdu son père et son trône, et peut-être aussi par la frayeur que lui inspirait son nouvel époux, levait de temps en temps vers le ciel ses beaux yeux, noyés de larmes. Le farouche Sarrasin, le visage à demi couvert d'une barbe noire et épaisse, la regardait avec un mélange d'amour et de brutalité, et sans se soucier du Coran, ni du prophète, il buvait les vins de Schiraz dans une coupe de diamant, présent du calife de Bagdad.

Raimbaud s'approcha de lui, sans audace et sans crainte, comme un hôte qui est sûr d'être bien accueilli. Il se prosterna le front contre terre devant Doralice, et attendit pour parler qu'on l'interrogeât.

— D'où vient ce drôle ? demanda Ferragus.

— Seigneur, dit modestement Raimbaud, je ne suis pas un drôle, mais un poète. J'ai entendu célébrer votre générosité par toute l'Espagne, et, comme les gens de ma profession sont toujours besogneux, j'ai voulu vous offrir mon épithalame.

— Relevez-vous, dit Doralice d'une voix douce. Le moment est mal choisi pour chanter un épithalame ; je porte encore le deuil de mon père.

A ce souvenir, son cœur se gonfla et ses larmes coulèrent en abondance. Tous les émirs furent attendris, et Ferragus lui-même ne chercha d'abord qu'à la consoler; mais bientôt sa férocité naturelle reprit le dessus, et il s'écria d'une voix plus forte que les mugissements d'un taureau :

— Le reproche maudit me suivra-t-il toujours?... Ventre-Mahom! qu'on m'apporte ici le crâne du vieux Stordilan! Je veux boire dans ce crâne à mon bonheur nuptial.

A ces paroles, toute l'assemblée frémit, et Doralice tomba évanouie entre les bras de Raimbaud. Au même instant, on apporta le crâne du roi de Grenade, qu'un artiste habile avait taillé en forme de coupe. Ferragus le remplit lui-même de vin et but: puis, il le fit porter autour de la table, afin que chacun des émirs qui étaient présents suivît son exemple. Aucun d'eux, sous l'œil de Ferragus n'osa refuser cet honneur. Au fond, tous étaient saisis d'horreur, Raimbaud lui-même pâlit. Ferragus s'en aperçut.

— Eh bien! dit-il, on t'oublie. Remplis la coupe, échanson, et que ce poète boive à mon bonheur et à celui de ma belle fiancée.

L'échanson obéit, mais Raimbaud repoussa la coupe.

— Chien, fils de chien, s'écria Ferragus les yeux étincelants de colère, crois-tu me braver impunément?

— Seigneur, dit le poète avec fermeté, je boirai volontiers au bonheur de la reine votre épouse et au vôtre, mais non dans cette coupe impie.

Et comme Ferragus levait sur lui son cimeterre.

— Frappe, si tu l'oses, continua Raimbaud, on ne peut tuer un homme qu'une fois.

Ses yeux hardis et calmes étonnèrent le féroce Sarrasin. Il remit son cimeterre au fourreau, et tendant la main au Gascon, il lui dit :

— Quel est ton nom ?

— Raimbaud.

— Eh bien, Raimbaud, tu me plais, car tu es un brave. Veux-tu être mon ami ?

— Je ne serai jamais l'ami, répliqua le poète d'un homme qui boit dans le crâne de son ennemi, et qui ose insulter une femme sans défense.

A cette réponse, le sang monta aux yeux du Sarrasin. Il voulut parler ; sa voix s'arrêta dans son gosier. Raimbaud vit bien qu'il était prudent de faire retraite. Il se retira lentement, l'œil fixé sur Ferragus, et prêt à se défendre jusqu'à la mort ; mais celui-ci le laissa partir sans l'inquiéter.

— Diable ! pensait Raimbaud en sortant du jardin, voilà un seigneur bien difficile à vivre. Boire dans le crâne de son beau-père ! Peste ! et sous les yeux de sa femme ! Je n'augure pas bien de cette noce : elle a un air d'enterrement. Le mari fait la grosse voix ; la femme lève les yeux au ciel.... Ah ! que je me sais bon gré de n'avoir pas épousé Églantine !

Comme il faisait tout haut cette réflexion, il se sentit tout à coup saisi par le bras si vivement et si fortement qu'il poussa un léger cri de douleur.

— Seigneur poète, dit une voix de femme, déguisée mais douce et distincte, la reine Doralice vous prie de venir dans son appartement.

— Oh! oh! pensa Raimbaud, est-ce qu'elle voudrait déjà se consoler d'avoir épousé Ferragus ?

Et il se mit à friser sa moustache avec ses doigts d'un air qui n'annonçait rien de bon pour le fils du roi Marsile.

La femme qui avait parlé avait un masque sur le visage. Elle prit la main du Gascon et commença à le conduire à travers douze ou quinze salles à peine éclairées. Sa taille était svelte, et sa démarche gracieuse. Elle marchait avec la légèreté des nymphes et la dignité des déesses. Raimbaud ne tarda pas à s'en apercevoir.

— Parbleu! pensa-t-il, je n'ai que faire d'aller chez la reine Doralice. Je me contenterais bien de causer avec la suivante.

— Belle dame, dit-il tout haut, où me conduisez-vous ?

Sa conductrice garda le silence et marcha plus vite. Le poète essoufflé avait peine à la suivre.

— Au moins, dit-il, si vous daigniez lever le masque qui cache à tous les yeux votre beauté divine.....

Un grand éclat de rire l'interrompit.

— Où donc ai-je entendu rire ainsi ? pensa-t-il. Cela est étrange..... Dieu! quel souvenir! Ah! perfide Églantine!

Il n'eut pas le temps de pousser plus loin ses réflexions. Une porte s'ouvrit, et il aperçut la belle Doralice, assise et entourée de ses femmes.

Doralice fit un signe, et toutes les femmes disparurent, excepté celle qui avait son masque et s'assit sur un tapis aux pieds de la princesse. Le poète s'assit à son tour et attendit les questions de Doralice.

— Raimbaud, dit-elle d'une voix languissante, je sais que vous m'avez défendue tout à l'heure contre ce monstre qui se croit mon époux. Je vous en remercie.

— Je n'ai fait, dit le Gascon en s'inclinant, que mon devoir. Il n'est pas un chevalier en France qui n'eût tiré l'épée pour votre service.

-- Hélas ! dit-elle, nous sommes bien loin de la France !

— Vous en êtes plus près que vous ne pensez, répliqua Raimbaud.

— Que dites-vous ? s'écria Doralice. Quoi ! j'aurais des amis !

— Dès demain, madame, vous serez délivrée, répondit le Gascon. Le comte Roland est à une lieue d'ici avec votre cousine, la belle Corisande. Dès demain, il provoquera Ferragus et le tuera, car Dieu est juste et ne vous laissera pas aux mains de ce brigand.

— Dites-vous vrai ? demanda la princesse.

Raimbaud raconta la rencontre du comte d'Angers et de la belle Corisande ; il dit les exploits du chevalier dans Saragosse et son départ pour Grenade.

Doralice se jeta à genoux et remercia Dieu.

— Pourvu qu'il arrive à temps ! s'écria-t-elle. Jusqu'ici j'ai su éloigner le sanguinaire Ferragus, mais je crains tout de sa violence.

— Résistez jusqu'à demain, madame, et vous serez sauvée.

Au même moment la voix de Ferragus se fit entendre dans la salle voisine. Doralice et la suivante pâlirent de frayeur. Raimbaud, qui avait gardé son sang-froid, se roula dans un tapis et dit à la princesse :

— Feignez une attaque de nerfs, et je réponds de tout.

— Hélas ! dit la malheureuse princesse, je n'aurai pas besoin de feindre. Sa seule présence glace le sang dans mes veines.

Cependant, avec une adresse et une promptitude merveilleuses, elle commença à se tordre sur le tapis et à pousser des gémissements. La suivante, toujours masquée, la secondait de son mieux et appelait toutes les autres femmes de service à son secours. Celles-ci se hâtèrent d'accourir, et le terrible Ferragus parut en même temps qu'elles sur le seuil de la chambre. A sa vue les cris, les gémissements et les contorsions redoublèrent.

— Que veut dire ceci ? dit-il avec colère.

— O princesse infortunée ! s'écria sans lui répondre la suivante masquée, ô malheureuse Doralice ! faut-il que vous soyez victime.....

— Encore une fois, dit Ferragus, que signifient toutes ces lamentations ?

— Hélas ! seigneur, reprit la suivante, à peine la princesse a-t-elle quitté le jardin qu'elle est rentrée tout éplorée dans son appartement. Elle a versé des torrents de larmes sans que rien ait pu en tarir la source. Je ne sais ce que vous.....

— Silence ! cria Ferragus d'une voix terrible.

Et il s'approcha de la princesse de Grenade; mais celle-ci, en le voyant, se leva debout, et, le regardant avec horreur, lui ordonna de sortir.

— Mais..... dit le fils de Marsile.

— Par grâce, seigneur, interrompit l'officieuse suivante, sortez. Ma maîtresse a une attaque de nerfs. En cet état, elle est capable de tout.

— Par la barbe d'Ali ! dit Ferragus, voilà une attaque de nerfs qui vient bien mal à propos.

Mais toutes les femmes qui s'empressaient autour de Doralice crièrent si haut et si longtemps que sa présence était la seule cause du mal de la princesse, qu'il n'osa résister et partit.

Dès qu'il eut fermé la porte, Doralice s'assit tranquillement et congédia de nouveau ses femmes, moins celle qui était masquée et qui paraissait être sa confidente. En même temps, le

Gascon se dégagea du tapis dans lequel il s'était roulé, et s'assit de nouveau devant la princesse.

— Raimbaud, dit Doralice après un instant de silence, vous êtes musicien ?

— Oui, madame.

— Eh bien ! chantez-nous quelque chose.

— Voulez-vous, madame, que je vous chante les malheurs de la sultane Fatima, qui fut surprise dans le jardin de Bagdad avec le jeune prince de Perse, et qui paya de sa vie ses imprudentes amours ?

— Non, dit Doralice, l'histoire de la sultane Fatima me fatigue. Dis-moi plutôt la tienne.

— Je n'ai rien à raconter, madame, répondit Raimbaud. Un poète n'a point d'histoire.

— En es-tu bien sûr ? demanda Doralice en riant. On dit que tu as aimé quelquefois.

Le front du poète se rembrunit.

— Une seule fois, madame, répondit-il, et j'ai fait le serment de n'aimer plus jamais.

— Tu as été trahi ?

— Oui, madame.

Les yeux de la suivante de Doralice étincelèrent sous son masque.

— Bah ! dit Doralice en souriant, peut-être as-tu été trompé par les apparences.

— Je suis sûr de la trahison, répliqua le poète.

— Et comment se nommait la perfide ? continua Doralice.

— Églantine, madame, et son nom vivra dans mes vers aussi longtemps que les enfants des hommes honoreront la poésie.

A ces mots, la princesse se pencha vers la dame masquée et lui dit tout bas quelques mots.

Celle-ci ôta son masque et découvrit aux yeux éblouis du poète une des plus belles têtes blondes qu'ait jamais contemplées le soleil.

— Églantine ! s'écria-t-il.

— Oui, Églantine elle-même, dit la jeune dame; Églantine que vous avez trahie et qui vous pardonne ; Églantine qui vous a gardé sa foi et qui n'aimera jamais que vous !

Les deux amants tombèrent dans les bras l'un de l'autre, sans autre explication. Doralice riait de son ouvrage.

— Quoi ! dit-elle, vous vous aimiez, et vous vous appeliez perfides !

— Madame, dit Églantine, écoutez l'histoire de mes amours, et jugez-moi !

HISTOIRE D'ÉGLANTINE ET DE RAIMBAUD

« Vous savez, madame, que je suis fille de l'émir de Cuença. Ma mère mourut en me donnant le jour, et mon père n'épargna rien pour me rendre digne du rang où j'étais appelée par la naissance. J'avais seize ans à peine, lorsqu'un jeune homme parut à la cour de mon père, et commença à m'aimer. J'eus la faiblesse de l'écouter, et j'en suis aujourd'hui bien punie. L'ingrat est sous vos yeux.

— Moi ! ingrat ! dit Raimbaud en se récriant. Moi qui l'aimerai jusqu'à la mort !

— Chut ! dit la princesse. Vous vous justifierez plus tard. Laissez parler Églantine.

La jeune fille reprit son récit en ces termes :

« Cependant, l'amour ne me fit pas oublier ce que je devais à mon père et à la vertu. J'aimais Raimbaud, je lisais ses vers avec transport, je recevais ses lettres et ses bouquets, je ne pensais qu'à lui, je voulais l'avoir pour époux, mais le sort en avait décidé autrement.

Ici Raimbaud poussa un profond soupir.

« Cependant, continua la belle Églantine, son audace croissait avec ma faiblesse. Bientôt il osa me proposer un mariage secret. Je le repoussai bien loin. Puis un enlèvement. Je demandai à réfléchir. Pouvais-je abandonner mon père, déjà vieux et sans autre enfant que moi ? En attendant, tous les soirs je recevais l'ingrat dans une allée de sycomores qui bordait le jardin du palais de l'émir. Un soir, il ne vint pas..... »

A cet endroit, Églantine s'interrompit, et se couvrit les yeux avec son mouchoir.

— Il était infidèle ? s'écria Doralice.

— Oui, madame !

— Oh ! le perfide !

— J'appris, continua Églantine, qu'il venait

d'adresser des vers à la comtesse Barberine, femme du palatin de Hongrie, et qu'il lui jurait un amour éternel.

— Je l'avoue, répliqua Raimbaud, mais on m'avait averti qu'un jeune chevalier italien, neveu de l'empereur de Constantinople, vous faisait une cour assidue. Je crus punir votre perfidie.....

— Je lui écrivis, continua Églantine, de ne plus reparaître devant mes yeux, et l'ingrat n'obéit que trop bien à mes ordres. Six mois après, mon père mourut, et je vins chercher un asile à la cour du roi Stordilan. Vous avez eu la bonté de faire de moi votre confidente et votre amie, et vous pouvez témoigner de ma fidélité à mes premières et seules amours.

— Oh ! s'écria Raimbaud, ce témoignage est inutile, et je demande pardon de mes crimes. Églantine, je t'aime !

La nuit se passa tout entière dans ces conversations et ces serments d'amour. Quand le jour parut, Doralice fut la première à presser Raimbaud de rejoindre le comte d'Angers. Le poète quitta, bien à regret, la belle Églantine, et sortit sans bruit du palais.

X

Entretien d'un poète et d'un philosophe déguenillé qui pêchait des truites.

Le poète, sorti de la ville, suivit le cours du Xenil, perdu dans ses souvenirs d'amour et dans ses réflexions. Comme il marchait lentement, la tête baissée, les yeux fixés à terre, il donna du nez contre un homme qui remontait le long de la rivière.

— Maladroit ! dit Raimbaud.

L'autre s'excusa. C'était un pauvre diable qui portait un filet de pêche et qui guettait les truites au passage. Ses habits avaient plus de trous que son filet, et sa figure, marquée de la petite vérole, était assez semblable à une vieille écumoire. Du reste, bon homme, et disposé à causer de la pluie, de beau temps et des affaires publiques.

— Que cherchez-vous là ? dit le Gascon.

— Des truites, répondit l'autre. Et vous ?

— Moi ! Des rimes.

— Vous êtes poète ?

— Oui, seigneur cavalier, je suis poète, musicien et philosophe, et, de plus, fort à votre service.

— Euh ! dit le pêcheur, cela ne vous engage pas à grand'chose : la poésie m'ennuie et la philosophie m'assomme.

— Diable ! seigneur cavalier, dit Raimbaud, vous n'êtes pas facile à contenter.

— Bah ! dit le pêcheur, qu'est-ce qu'il me faut ? Cinq ou six truites, tout au plus. Quand je les ai, je vais les vendre au marché ; j'achète un oignon, une bouteille de valdepenas, et je n'envie pas le sort des dieux.

— Vous n'avez pas de femme ? dit le Gascon.

— Pourquoi faire ?

— Je ne sais, dit le Gascon ; pour vendre vos truites, peut-être ?

— A quoi bon ? Je les vends bien moi-même. Et, entre nous, la meilleure des femmes ne vaut pas la plus mauvaise des truites.

— Seigneur cavalier, dit Raimbaud, savez-vous que je suis Français ?

— Cela m'est égal.

— Et que dans mon pays on ne souffre pas volontiers un manque de respect aux dames ?

— Parbleu ! dit le Grenadin, souffrez ou ne souffrez pas, je m'en moque comme du prince Ferragus et du roi Marsile.

— Ce blasphème, répliqua Raimbaud, ne restera pas impuni ; prends un bâton, j'en vais prendre un autre, et nous nous battrons pour l'honneur des dames.

— Comme il vous plaira, répartit le Grenadin ; mais je vous avertis que mon bras est pesant et que mes os sont plus durs que le granit.

Le Gascon n'en voulut pas démordre. Il fallut se battre. Les deux adversaires coupèrent chacun une branche de chêne, solide et noueuse, et le combat commença.

Le poète ne tarda pas à reconnaître que le Grenadin n'avait pas exagéré la pesanteur de son bras. Après un quart d'heure de lutte, il jeta son bâton à terre, et dit :

— Causons.

Le Grenadin suivit son exemple.

— Or çà, dit Raimbaud, tu es un brave homme, et je voudrais causer avec toi à cœur ouvert. Que disais-tu tantôt de Ferragus et du roi Marsile ?

— Allons-nous parler politique ? reprit le Grenadin. Ma foi, j'aime autant reprendre mon bâton.

— Je hais la politique, dit Raimbaud.

— Et moi aussi, dit le Grenadin. J'ai dit que je me moquais de Ferragus comme de toi, et de toi comme de Ferragus. Est-ce clair ?

— Trop clair pour Ferragus et pour moi, dit Raimbaud en riant. Et que me reproches-tu, à moi ?

— D'être un bavard et un questionneur, deux espèces d'ennuyeux.

— Et à Ferragus ?

— De faire hausser le prix des truites.

— Qu'importe? tu ne les achètes pas ; tu les vends.

— Il importe beaucoup. Ferragus donne de si grands festins, et le métier de pêcheur est devenu si lucratif que tout le monde s'en mêle; de sorte qu'il ne vaut plus rien.

— Est-ce que tu ne plains pas un peu le malheur de Doralice?

— Quelle Doralice?

— La fille de Stordilan, le dernier roi de Grenade.

— Pourquoi la plaindrais-je?

— Parce qu'elle est infortunée.

— Infortunée! Tous les jours elle a trente plats sur sa table dont le plus mauvais vaut mieux que tous mes dîners de l'année.

— On ne vit pas seulement de pain et d'oignon.

— Oui, je le sais; on vit encore de vin et de viande. Eh bien! n'a-t-elle pas une ration suffisante?

— Oh! oh! dit Raimbaud; et si elle n'épouse pas celui qu'elle aime?

— Eh bien! qu'elle aime celui qu'elle épouse. tous les hommes se ressemblent.

— Diable de philosophe! dit Raimbaud, on ne peut rien tirer de ta dure cervelle.

— Parbleu! quel intérêt veux-tu que je prenne à ses malheurs que je ne comprends pas?

— Est-ce que tous les Grenadins sont aussi endurcis que toi ?

— Je n'en sais rien. Interroge-les.

— Que leur dirais-tu, à ma place, demanda Raimbaud, si tu voulais les exciter à la révolte contre Ferragus !

— A la révolte ? Pourquoi faire ?

— Pour délivrer leur patrie et la princesse Doralice.

Le Grenadin se mit à rire.

— Décidément, dit-il, tu es un peu plus poète, c'est-à-dire un peu plus insensé que je ne croyais. Laisse-moi à mes truites.

Et il fit mine de s'en aller ; mais le Gascon le prit par le bras et l'arrêta.

— Mon cher ami, dit-il, tu ne partiras pas avant d'avoir expliqué ta pensée.

— Ma pensée, mon cher ami, répliqua le Grenadin, c'est qu'il est déjà tard, que l'heure du marché est passée et que je n'ai pas vendu mes truites.

— Qu'à cela ne tienne, dit Raimbaud. Je te les achète et je t'invite à déjeuner.

— Oh ! oh ! tu es donc un puissant et généreux seigneur ?

— Généreux, oui. Puissant, non ; mais j'ai des amis partout, et ma bourse n'est jamais vide, ni mon bissac. Que dis-tu de ceci ?

Il tira de son sac un lièvre rôti, du pain et

deux bouteilles de benicarlo. Cette vue fit sourire le pêcheur, qui se hâta d'allumer du feu avec des broussailles sèches. Les deux compagnons firent griller les truites, et commencèrent à boire et à manger de bon appétit. La conversation ne tarda pas à s'échauffer, et le benicarlo cimenta tellement l'amitié des deux convives, qu'ils tombèrent dans les bras l'un de l'autre.

— Mon ami, dit Raimbaud, tu me parais homme sage et de bon conseil. N'as-tu jamais eu d'ambition ?

— Moi ! répliqua le Grenadin. Pourquoi faire ? L'ambition est le vice des gens qui n'ont plus d'appétit. Quand je cesserai d'aimer les oignons et le valdepenas, je penserai à devenir roi de Grenade ; mais jusqu'ici, grâce au ciel, l'estomac est bon. D'ailleurs, à parler franchement, j'aime à vivre tranquille. Si j'étais roi demain, après-demain je ferais des jaloux, et le troisième jour on voudrait me couper la gorge. Vois ce qui est arrivé au pauvre Stordilan.

— Bon ! dit Raimbaud ; aussi ne pensais-je pas à te faire roi ; mais que dis-tu d'une ambition plus noble : celle d'acquérir de la gloire, par exemple ?

— La gloire ! répliqua l'autre, que veux-tu qu'en fasse un pêcheur de truites ?

— Quoi ! n'as-tu jamais eu de passion dans le cœur ?

— J'ai aimé une de mes voisines qui était belle et blonde comme Fatma, la fille du Prophète. Malheureusement, elle était assise un soir sur un banc et chantait une romance. Un chevalier passa, qui cherchait aventure. Il lui jeta son collier d'or autour du cou et l'emmena. Depuis ce temps, je n'ai plus aimé que les truites.

— Et tu n'as plus entendu parler de ta bien-aimée ?

— Elle est revenue à Grenade trois ans après, maigre, épuisée, mourante. Elle me demanda du pain que je n'osai lui refuser, pour ne pas désobéir au Prophète qui recommande la charité ; mais je ne pensais pas plus à elle qu'aux chiens qui errent dans les rues.

— Est-elle morte ?

— Oui. Comprends-tu maintenant pourquoi je n'ai pas grand souci des malheurs de la princesse Doralice ?

— Bah ! dit Raimbaud, ta seconde maîtresse t'aurait consolé du départ de la première. Comment t'appelles-tu ?

— Ali.

— Eh bien, mon cher Ali, je n'ai jamais vu de philosophe de ta force.

— Il faut que tu aies fermé les yeux dès ta naissance, répliqua le Grenadin, car j'en connais plus de cent mille dans la seule ville de Grenade, qui ne se soucient de rien, sinon de vivre au soleil, de manger des oignons et de boire du valdepenas.

— A quoi passent-ils leur vie ?

— A penser.

— Et ils ne travaillent pas ?

— Le travail n'est pas le but de la vie : c'est le moyen.

— Quel est le but ?

— Je l'ignore. Expier, je suppose, en cette vie les fautes que nous avons commises dans quelque autre planète. C'est à quoi servent merveilleusement Ferragus et tous ses pareils.

— Voilà qui est bien séditieux, dit Raimbaud en se frottant les mains. Tu n'aimes donc pas Ferragus ?

— Pas plus que Stordilan.

— Tu n'aimes pas Stordilan ?

— Pas le moins du monde.

— C'était un si bon roi !

— Heu !

— Si vénérable !...

— Heu !

— Si aimé de ses sujets !...

— Qui sait ?

— Qu'avais-tu à lui reprocher ?

— Moi, rien, sinon qu'il était mon maître. Un sage l'a dit : Notre ennemi, c'est notre maître.

— Eh bien ! dit le Gascon, si tu n'aimes pas Ferragus....

— Ni Stordilan.

— Qui t'empêche de prendre les armes pour l'infortunée Doralice ?

— Peu de chose, dit Ali : la crainte d'être pendu ou empalé.

— Ferragus est donc bien terrible ?

— Lui ! je m'en soucie comme d'un fétu de paille ; mais que me reviendra-t-il d'avoir risqué ma vie dans cette aventure ?

— Le plaisir de voir une révolution, répliqua Raimbaud. N'est-ce donc rien pour un homme aussi ennuyé que toi ?

— Par les moustaches du Prophète ! dit le pêcheur, voilà une raison raisonnable et qui me plaît. Décidément, je suis ton homme. Que faut-il faire ?

— Il faut, dit Raimbaud, aller dans la place publique avec une trompette, et crier que le comte Roland arrive avec cinq cent mille hommes pour venger le vieux Stordilan, délivrer sa fille et couper la gorge à l'usurpateur Ferragus.

— Tu connais le comte Roland ?

— C'est mon maître.

— Tu as un maitre ?

— Oh ! dit le Gascon en riant, il est le bras, je suis la tête. Entre nous, c'est un héros qui se fera rompre les os à la première occasion, car je n'en connais pas de plus extravagant.

— Si les héros avaient du bon sens, dit Ali, ils

ressembleraient à tout le monde.... Eh bien ! c'est convenu. Quel jour ton héros va-t-il faire son entrée dans Grenade ?

— Aujourd'hui même.

— Peste ! c'est un homme pressé. Je n'ai que le temps d'aller chercher ma trompette. Où sont ses cinq cent mille hommes.

— Sur le papier. Il est venu seul.

— Voilà un héros qui me plaît. Au revoir, cher poète.

Les deux amis se séparèrent, et Raimbaud alla retrouver Roland. Le comte d'Angers venait de revêtir son armure et de mettre son olifant en sautoir sur sa poitrine. Ses yeux étincelaient d'une joie guerrière. Dans un coin de la tente, Corisande, les yeux levés au ciel, implorait la protection de Mahomet. Enfin, on amena Bride-d'Or. Roland allait mettre le pied à l'étrier quand Raimbaud parut.

— Eh bien, dit le comte d'Angers, quelle nouvelle ?

— Ferragus est dans Grenade avec vingt mille chevaliers sarrasins, les plus braves de l'univers.

— Tant mieux ! Et Doralice ?

— Elle pleure, elle crie, elle espère en vous et se donnera la mort si vous ne la tirez des mains de Ferragus.

— Tu l'as donc vue ? demanda Corisande.

— Oui, madame, et j'ai retrouvé Églantine !

— La perfide Églantine ?

— L'adorée Églantine, celle que j'ai toujours aimée, celle qui ne m'a jamais trahi, celle qui m'aime, et pour qui je veux donner ma vie.

— Ah ! ah ! maître Raimbaud, en une nuit vous avez fait bien des découvertes.

— Ce n'est pas tout, madame. J'ai préparé une révolution dans Grenade.

— Une révolution ! Toi ?

— Oui, madame, moi et un pêcheur de truites, ou, si vous voulez, un pêcheur de truites et moi.

— Sais-tu bien dit Roland, que je n'aime pas les mauvais plaisants ?

— Ni moi les gens qui se mettent trop vite en colère, répliqua Raimbaud.

En même temps il raconta ses aventures et sa conversation avec le pêcheur. La princesse de Grenade et le comte d'Angers éclatèrent de rire.

— Ali s'est moqué de toi, dit Corisande.

— On ne se moque jamais d'un Gascon, répliqua Raimbaud. Ali est un philosophe qui n'a pas d'occupation et qui s'ennuie. Il n'y a rien de plus révolutionnaire que ces gens-là.

Roland haussa les épaules.

— Un pêcheur de truites ! dit-il avec mépris.

— Eh bien, seigneur chevalier, vous verrez avant peu ce que valent un pêcheur de truites et un faiseur de chansons.

Roland prit congé de Corisande et lui baisa la main. La belle princesse de Grenade le regarda s'éloigner, monté sur Bride-d'Or, et rentra dans sa tente pour donner un libre cours à ses inquiétudes et à ses larmes. Quant à Raimbaud, confiant dans les promesses d'Ali, il suivit de loin le comte d'Angers avec l'espérance d'assister à une révolution, ce qui est en tout temps un régal de poète et de philosophe.

XI

Comment l'invincible Roland voulut fendre le crâne du bouillant Ferragus, et comment un philosophe sans pudeur rêva d'embrasser une grande reine.

Il était neuf heures du matin, et le soleil dardait depuis longtemps ses rayons sur Grenade, lorsque Roland parut à l'entrée de la ville. Son casque était surmonté du coq gaulois, si cher à tous les enfants de la vieille France, et si connu dans le monde entier. Tous les Grenadins, frappés de sa haute mine et de sa fière apparence, se demandaient avec curiosité qui pouvait être ce guerrier redoutable ; mais aucun d'eux n'osa l'arrêter ni le questionner. Il s'avançait au pas dans les rues, calme et assuré comme un roi qui se promène dans son royaume. Nul page, nul écuyer ne l'accompagnait. Raimbaud seul le suivait de loin, assez inquiet du succès de l'entreprise.

Enfin le comte d'Angers arriva en vue du palais de Ferragus, et arrêta son cheval à l'entrée du vestibule. Les écuyers de Ferragus s'empressèrent autour de lui pour tenir l'étrier et aider le chevalier à mettre pied à terre ; mais il fit signe de la main qu'il n'avait pas besoin de leurs services, et sans descendre de cheval :

— Avertissez Ferragus, dit-il d'une voix retentissante, qu'un chevalier qui défend la justice et les dames l'a déclaré traître et félon, et lui redemande l'héritage de la princesse Doralice qu'il a ravi au roi Stordilan en lui ôtant la vie.

A ces paroles, la frayeur s'empara de tous les assistants. Ceux qui haïssaient le plus Ferragus ne doutaient pas de son succès et plaignaient le chevalier qui bravait une mort certaine.

— Seigneur chevalier..., dit un Grenadin.

Roland l'interrompit.

— Si personne de vous, dit-il, n'est assez hardi pour porter ce message, je vais sonner du cor.

En même temps, il prit son olifant et souffla dedans avec une telle force que toutes les fenêtres du palais se brisèrent, et que le son de l'olifant fut entendu à plus de trente lieues, dans la

Sierra-Morena. A ce bruit, Ferragus tressaillit.

— Je reconnais cet olifant, dit-il. C'est celui de Roland.

En même temps il parut à la fenêtre et vit le comte d'Angers.

Le fils de Marsile était le plus intrépide et le plus féroce de tous les chevaliers sarrasins. La vue de Roland ne l'effraya donc pas ; il demanda ses armes et son cheval et voulut à l'instant même terminer la querelle en combat singulier ; mais les émirs et les principaux chevaliers de sa cour le supplièrent de ne pas exposer sa vie, si précieuse, contre un homme désespéré.

— Il suffit de fermer les portes de la ville, dit un émir, et le comte d'Angers est à nous.

— Vous ne le connaissez pas, répondit Ferragus.

Cependant il ordonna qu'on appelât sous les armes toute la garnison de Grenade et revêtit sur-le-champ son armure. A peine avait-on agrafé son casque et sa cuirasse, lorsqu'on entendit dans le lointain le bruit des tambours et des trompettes.

— Qu'cst-ce encore ? dit Ferragus inquiet.

Au même instant on entendit une voix, perçante et distincte comme un clairon, lire à haute voix dans les rues la proclamation suivante :

« Chevaliers, écuyers, bourgeois, manants et vilains de la noble ville de Grenade, écoutez tous et obéissez, car ceci est l'ordre de l'empereur Charlemagne, qui vient d'arriver cette nuit sous les murs de Grenade avec cinq cent mille hommes, dont le comte Roland commande l'avant-garde.

« Attendu que le nommé Ferragus, mécréant de profession et fils du roi Marsile, s'est indûment emparé des États du roi Stordilan, notre allié ;

« Attendu qu'il a coupé la tête audit Stordilan et dépouillé sa fille de son légitime héritage ;

« Attendu qu'il tient captive ladite héritière et qu'il l'a épousée par force et violence, ce qui est contraire à toutes les lois divines et humaines ;

« Attendu que ledit empereur Charlemagne a été établi de Dieu sur la terre pour faire régner en tous lieux l'ordre, la justice et la paix ;

« Attendu que le nommé Ferragus a pillé et massacré sans frein et sans pudeur dans le royaume de Grenade et les pays circonvoisins ;

« Attendu que le bruit en est venu jusqu'audit empereur Charlemagne dans sa cour d'Aix-la-Chapelle, et que la grande âme dudit empereur ne saurait laisser impunis de tels forfaits, qui offensent la majesté de Dieu même ;

« Ordonne, ledit empereur, que le nommé Ferragus, soi-disant prince d'Espagne et fils du roi Marsile, sera conduit, la corde au cou, les fers aux pieds et aux mains devant ledit empereur, pour être pendu, brûlé ou empalé suivant l'urgence du cas et le jugement de la noble cour des douze paires ;

« Est chargé le comte Roland de l'exécution de ladite sentence. »

Ferragus pâlit de rage en entendant cette lecture, et saisit sa lance en poussant d'horribles blasphêmes. Tout à coup, la trompette sonna de nouveau.

« Le tout-puissant, très clément et très miséricordieux empereur, ajouta le crieur public, promet la vie sauve et sa protection à tous les Grenadins qui prendront les armes contre ledit Ferragus, et fera empaler tous les autres. »

A ces mots, un grand cri s'éleva dans la place et se répandit en peu d'instants dans toutes les rues de Grenade. Le peuple, qui croyait à l'arrivée de Charlemagne et de ses preux, et qui détestait Ferragus, courut aux armes. Le fils de Marsile se trouva seul avec les vingt mille chevaliers qu'il avait amenés de Saragosse.

— Eh bien ! dit à Raimbaud une voix bien connue, que pensez-vous de ma petite proclamation ?

— Qu'il est impossible de mieux dire, répondit le Gascon, en reconnaissant Ali ; mais il faut voir comment tout cela finira.

Toute la ville était en tumulte. On tendait des chaînes dans les rues, on faisait des barricades, on amassait des pierres sur le bord des fenêtres pour les jeter sur la tête de Ferragus et de ses chevaliers ; on fermait avec des barres de fer les portes des maisons ; les hommes couraient au hasard, les femmes pleuraient, les enfants criaient, et Roland, premier auteur de tout ce tapage, attendait en silence, immobile et monté sur Bride-d'Or, le résultat de son défi.

La princesse Doralice, attirée par le bruit, parut à l'une des fenêtres du palais et tendit les bras vers le chevalier en implorant sa protection.

— Je ne sais, dit Roland à Raimbaud qui l'avait rejoint, mais il me semble que la journée sera bonne. Durandal ne m'a jamais paru si légère et si facile à manier.

— Hum ! hum ! dit Raimbaud, je n'aime pas ces présages-là, et je plains le pauvre Ferragus. Vous le connaissez, je pense ?

— Si je le connais ? dit Roland. Parbleu ! nous nous sommes déjà battus trois fois, et chaque fois un malheureux hasard l'a dérobé à mes coups, mais aujourd'hui.....

Comme il disait ces mots, Ferragus parut, monté sur un magnifique cheval dont Bride-d'Or lui-même aurait à peine égalé la force et la vitesse. Derrière lui se pressaient cinquante chevaliers bien armés et la lance en arrêt. Roland n'en fut pas étonné.

— Rends-toi, comte, cria Ferragus, ou tu es mort.

— Tu oublies à qui tu parles, répliqua Roland, et que je t'ai défié à mort. Rends toi-même son héritage à la princesse Doralice, ou prépare-toi à mourir.

Un sourire sinistre parut sur les lèvres du Sarrasin.

— Tu l'as voulu, dit-il, que ta destinée s'accomplisse. Et vous amis, faites votre devoir.

A ces mots, il piqua des deux et partit au galop pour percer le comte d'Angers de sa lance ; mais celui-ci, qui s'attendait au choc, lança de son côté Bride-d'Or sur le fils de Marsile.

A cette vue, tous les spectateurs demeurèrent immobiles et frissonnants de crainte et d'espérance.

Le choc fut si violent que les deux chevaux plièrent sur leurs jambes de derrière et que les croupes touchèrent la terre. Les lances se brisèrent avec un bruit terrible et les éclats volèrent jusqu'au toit du palais. La lance de Roland avait frappé le milieu du bouclier de Ferragus, et la lance de Ferragus le cimier de Roland. Ni l'un ni l'autre des deux combattants n'en parut ébranlé. Leurs armures étaient si solides et faites d'acier si bien trempé que les deux guerriers mirent l'épée à la main sans avoir reçu aucune blessure.

Le combat continua plus acharné et plus terrible, Roland fit le premier couler le sang de son ennemi. D'un coup de pointe de Durandal il perça la cuirasse de Ferragus près de l'épaule. Le Sarrasin poussa un cri terrible.

— A moi, dit-il, mes vaillants émirs !

A ce cri, les cinquante chevaliers vinrent le dégager et l'arracher tout sanglant aux mains de Roland. Celui-ci fut saisi d'indignation :

— Lâche et perfide Sarrasin, lui cria-t-il, crois-tu donc m'échapper par la fuite ?

Il voulut le poursuivre, mais en vain. La foule des chevaliers se jeta entre les deux combattants, et le comte d'Angers se vit forcé de songer à son salut. Il commença à s'ouvrir un large passage avant le tranchant de Durandal ; mais le nombre de ses ennemis croissait à chaque instant, et son bras, fatigué de frapper, commençait à s'appesantir. Tout à coup, la voix d'Ali se fit entendre dans la mêlée.

— Aux armes ! Grenadins ! Ferragus est tué, ses soldats n'osent plus résister. Achevons leur défaite. Aux armes ! aux armes !

Au même instant, une grêle de pierres, de tuiles et de javelots tomba sur la tête des ennemis de Roland et commença à le dégager. De toutes les fenêtres, de tous les toits, on lançait sur les soldats de Ferragus des meubles, des marmites, des pots de terre, tout ce qui peut servir à fendre, casser ou briser la tête de l'homme, ce chef-d'œuvre de la nature.

Ce secours imprévu arriva fort à propos pour dégager le comte d'Angers, que son courage avait entraîné dans une entreprise au-dessus des forces humaines. Il s'aperçut que toutes les rues avaient été barricadées en un instant; les chaînes étaient tendues pour arrêter la cavalerie, et une foule de Grenadins avaient pris les armes sans savoir pourquoi ni comment, si ce n'est qu'ils haïssaient Ferragus et les maîtres de Saragosse; qu'on leur promettait de les en délivrer, et qu'on leur annonçait l'arrivée de l'invincible Charlemagne, lequel, bien que chrétien, ne pouvait pas être plus odieux que le fils de Marsile.

Cependant, les chevaliers de Ferragus, étonnés d'avoir à combattre les Grenadins, ne tardèrent pas à reprendre courage et l'on se battit dans les règles. En moins de deux heures, près de cinq mille hommes avaient cessé de vivre des deux côtés, et Raimbaud, qui était un philosophe consommé et un parfait chrétien, se réjouissait d'avoir excité un si grand tumulte parmi ces mécréants et d'avoir causé la mort de tant d'infidèles.

Il était midi passé, et la fatigue commençait à gagner tout le monde. Les bons bourgeois de Grenade, tout fiers de leur ouvrage, songèrent qu'il était temps de dîner. Ali, qui s'en aperçut, se hâta de proposer une trêve que les soldats de Ferragus acceptèrent avec joie.

Ceux qui étaient morts restèrent sur le pavé ; ceux qui étaient blessés se firent panser comme ils purent, et ceux qui n'avaient pas une égratignure furent ravis d'avoir assisté à une belle bataille qui ne leur avait pas coûté un cheveu de la tête.

Je n'ai pas besoin de dire que Roland avait bien fait sa partie dans ce concert, et qu'autour de lui les soldats de Ferragus gisaient entassés par monceaux. Lui seul dédaigna de prendre part à la trêve, et quoiqu'il ne fût pas sorti sans blessure de la bataille, il se rongeait les poings de fureur de n'avoir pu tuer Ferragus. Il le cherchait partout des yeux ; mais le fils de Marsile, aussi prudent que brave, prenait autant de soin d'éviter que Roland de chercher le combat.

Heureusement la vue du sang versé avait fort refroidi le courage des deux partis. D'ailleurs les Grenadins gagnaient visiblement du terrain, et les soldats de Ferragus, sans vivres et sans abri contre la chaleur du soleil, murmuraient hautement contre leur chef.

Raimbaud, qui s'en aperçut, s'approcha de Roland.

— Eh bien ! dit-il, seigneur comte, n'ai-je pas fait de bonne besogne !

— Excellente, répondit Roland, mais elle serait bien meilleure si tu pouvais me faire rencontrer Ferragus face à face.

7

— N'est-ce que cela ? dit Raimbaud. Eh ! parbleu, vous aurez ce plaisir tout à l'heure.

Il alla trouver Ferragus qui était entouré de ses principaux émirs et de l'élite de son armée.

— Seigneur, dit-il, le comte Roland m'a chargé d'un message pour vous et pour ces nobles chevaliers. Si je le remplis, m'assurez-vous la vie sauve ?

— Drôle, tu peux parler, dit Ferragus irrité.

— J'hésite un peu, reprit Raimbaud d'un air humble, parce que je crains que le message ne vous soit pas agréable.

— Au nom du diable ou au nom du Prophète, parle ; je suis prêt à t'entendre.

— Seigneur, répliqua Raimbaud, souvenez-vous que vous l'avez voulu, et ne me faites pas repentir de ma sincérité.

— Que de façons, ventre-Mahom ! Parle, ou je te fais empaler.

— Seigneur, le comte Roland, mon maître, m'a chargé de vous dire qu'il a pour tous les nobles chevaliers qui vous entourent le plus profond respect et la plus grande bienveillance, qu'il n'en veut qu'à vous seul, et qu'il les laissera libres de rentrer à Saragosse si vous voulez vous battre avec lui, seul à seul.

— L'offre est honorable pour ces braves chevaliers, dit Ferragus en ricanant.

— Attendez un peu, seigneur ; je n'ai pas tout

dit. Il ajoute que si vous refusez le combat qu'il propose, il vous considérera comme un chevalier traître et félon, sans courage et sans honneur, et qu'il livrera votre corps aux corbeaux.....

Les soldats de Ferragus se regardèrent indécis. L'arrivée de Charlemagne, qu'ils croyaient aux portes de la ville avec cinq cent mille hommes, la réputation de Roland et la révolte des Grenadins, sans compter la soif et la chaleur, leur donnèrent un si vif désir de rentrer dans Saragosse, qu'ils commencèrent à murmurer.

Ferragus les regardait, plein de fureur et de crainte. Comment refuser le combat sans lâcheté, et comment échapper à l'épée redoutable de Roland? Enfin, il prit son parti en brave.

— Va dire au comte d'Angers, dit-il, que j'accepte le défi, et qu'avant le coucher du soleil l'un de nous ira visiter les ombres de ses pères.

Raimbaud s'empressa de s'acquitter de ce message, que Roland reçut avec une joie profonde. Les deux adversaires se dirigèrent, chacun de leur côté, vers la lice qui servait aux tournois, et le peuple entier les suivit, faisant des vœux pour Roland.

Ferragus prit un cheval frais, une lance nouvelle, fit donner une lance au comte d'Angers, et un autre cheval pour remplacer Bride-d'Or fatigué, et tous deux au même instant partirent au galop et se rencontrèrent vers le milieu de la lice.

Le Sarrasin, contre toutes les lois de la chevalerie, frappa droit au poitrail le cheval de son adversaire, qui tomba mort. Roland, dont la lance avait frappé le bouclier de Ferragus sans le percer, se trouva ainsi démonté et presque hors d'état de se défendre. En cet état, le fils de Marsile comptait venir à bout de lui sans la force prodigieuse et le sang-froid du paladin.

— Traître ! s'écria Roland, tu sauras ce que vaut Durandal.

En même temps il évita le choc de Ferragus, qui cherchait à le fouler aux pieds de son cheval, et lui donna un si furieux coup d'épée dans la cuisse, que l'armure et la cote de maille furent tranchées : le sang jaillit à flots de la blessure.

Tout autre que Ferragus aurait succombé sous ce coup terrible ; mais le Sarrasin était si robuste et si intrépide qu'il s'aperçut à peine de la perte de son sang. Il ramassa toutes ses forces et déchargea sur la tête de Roland un coup de son cimeterre qui fit frémir tous les spectateurs.

Le héros para le coup à demi avec Durandal, mais il en demeura quelques moments étourdi et baissa la tête, et si le cheval de Ferragus, effrayé du bruit des armes, n'avait emporté son maître loin de Roland, la victoire serait peut-être restée au Sarrasin.

Heureusement le paladin eut le temps de reprendre ses esprits, et lorsque Ferragus, maître enfin de son cheval, voulut recommencer la lutte, il trouva le comte d'Angers sur ses gardes et prêt à le recevoir.

Ce dernier combat fut court, mais terrible et décisif. La pointe de Durandal entra de deux pieds dans la poitrine du Sarrasin et ressortit par le dos. Ferragus lâcha les rênes de son cheval, quitta les étriers, étendit les bras et tomba mort sur le sable.

A cette vue un long cri de joie retentit parmi les Grenadins. Roland leva son épée en l'air et cria :

— Vive la reine Doralice !

Tout le peuple répéta à l'envi : Vive Doralice ! vive notre reine adorée ! vive Roland ! vive Charlemagne ! et voulut recommencer le combat contre les soldats de Ferragus ; mais Roland, fidèle à sa parole, leur permit de se retirer en paix.

Quand le dernier de ces soldats eut quitté la ville, Raimbaud, qui les regardait partir appuyé sur le bras d'Ali, dit à celui-ci :

— Eh bien ! mon cher ami, tu dois être content. Tu as vu une révolution.

— Ma foi, dit Ali, ce n'est pas plus amusant qu'autre chose. Je m'attendais à voir quelque chose de plus curieux.

— Philosophe, va ! dit Raimbaud, tu n'es jamais content ; que te faudrait-il donc ?

— Pas grand'chose, dit Ali ; je voudrais embrasser Doralice.

— Toi ! un mangeur d'oignons ! tu n'es pas dégoûté.

— Parbleu ! où serait le plaisir si j'étais couvert comme elle de tous les parfums de l'Arabie, et si je pouvais lui dire tous les soirs après souper : Ma chère enfant, donne-moi mes pantoufles.

— Ah ! ah ! dit Raimbaud, l'ambition te perdra. Embrasser une reine ! Par ma dague, tu es un hardi gaillard.

— Que veux-tu ? dit Ali, c'est ma fantaisie, à moi. Les poètes, qui font des vers, ont la ressource de mettre leurs extravagances sur le papier et de garder toute leur sagesse pour le cours ordinaire de la vie ; mais les gens comme moi, qui vivent seuls, qui mangent des oignons et qui pêchent des truites, rêvent souvent qu'il serait doux d'embrasser une reine. Cela les amuse, leur fait supporter la vie et ne fait de mal à personne.

— Je vais au palais, dit Raimbaud. Veux-tu que je te présente à Doralice ?

— Je me présenterai bien moi-même quand il en sera temps. Va faire ta cour, poète ; va flatter, philosophe ; va lécher, chien.

Raimbaud se mit à rire et courut droit au palais.

XII

Comment le Gascon coupa la parole au chancelier, ce qui permit aux assistants d'aller diner.

La grande salle était déjà remplie de seigneurs qui venaient protester de leur fidélité. Doralice, assise sur son trône et la couronne en tête, recevait leurs hommages avec une majesté surprenante. Elle souriait à tous, disait à chacun un mot obligeant, et pratiquait à merveille son métier de reine. Aussi était-ce la plus aimable dame qu'on pût voir dans toutes les Espagnes, si vous en exceptez toutefois Corisande. Cependant elle semblait chercher des yeux quelqu'un dans la foule. Enfin elle se pencha vers la belle Églantine, qui se tenait debout près d'elle, et lui dit à voix basse :

— Où donc est-il ?

— Qui, madame ?

— Le comte d'Angers.

— Après le combat et la fuite des soldats de Ferragus, il a quitté la ville.

— Sans recevoir mes remercîments ? Il m'aura crue ingrate.

— Oh ! oh ! pensa Églantine, une reine qui

craint d'être ingrate ! cela ne s'est jamais vu. Est-ce que le chevalier aurait ?...

Au même instant Raimbaud entra dans la salle, et tout d'abord fut relégué par la foule au dernier rang des visiteurs. La guitare qu'il portait sur son dos n'était pas de nature à inspirer le respect à ces nobles seigneurs. Mais quel Gascon n'a su faire son chemin ? Celui-ci commença à percer la foule, poussant l'un, flattant l'autre, menaçant un troisième, parlant de sa haute faveur, et promettant des places, des emplois et de l'argent ; il arriva bientôt au premier rang, en face de la reine.

Celle-ci le reconnut aussitôt, et lui fit signe d'approcher. A cette vue personne ne douta plus du crédit de Raimbaud, et lui-même moins que tout autre.

— Où est le comte d'Angers ? demanda Doralice.

— Il est allé, dit le Gascon, donner la main à la princesse Corisande, votre bien-aimée cousine, pour vous l'amener en grande pompe.

Doralice se mordit les lèvres et tomba dans une profonde rêverie.

— Bon ! pensa le poète ; je débute bien dans le métier de courtisan. Décidément Ali avait raison de se moquer de moi.

Églantine lui fit un signe. Raimbaud s'approcha.

— Eh bien ! dit-il, la reine n'est pas contente. Qu'a-t-elle donc ?

— Elle est jalouse, dit Églantine à voix basse.

— Jalouse ! Et de qui ?

— De Corisande.

— Comment peut-elle aimer le comte d'Angers, qu'elle vient d'apercevoir un instant du haut de sa fenêtre ?

— Elle n'aime pas, mais elle est jalouse. Je l'ai vu dans ses yeux.

— Une reine !

— C'est surtout parce qu'elle est reine qu'elle est jalouse. Quand on a tout, on brûle d'avoir le reste.

L'arrivée de Roland interrompit cette conversation. Une immense fanfare et des cris de joie saluèrent le héros lorsqu'il entra dans Grenade, monté sur Bride-d'Or. Il chevauchait à droite de Corisande, qui, le visage souriant, les yeux brillants de bonheur, semblait fière des exploits du chevalier.

A l'entrée du palais ils mirent tous deux pied à terre, et revêtus d'habits magnifiques, car le comte d'Angers avait pris soin de quitter son armure et de faire disparaître toute trace de ce sanglant combat, ils firent leur entrée dans la grande salle d'audience. Un long murmure d'admiration se faisait entendre sur leur passage, et tous les rangs s'ouvrirent devant eux.

A cette vue Doralice se leva et fit quelques pas en avant pour les recevoir. La belle Corisande se jeta dans les bras de sa cousine et lui témoigna toute la joie qu'elle avait de sa délivrance. Doralice répondit avec beaucoup de grâce à ce compliment, mais avec une légère froideur que les plus fins courtisans purent seuls reconnaître. En même temps elle tendit la main au chevalier, qui se tenait éloigné par respect.

Roland mit un genou en terre et baisa la main de Doralice ; mais, à son grand étonnement, il crut sentir une légère pression de cette main et leva les yeux sur la reine. Ceux de Doralice, qui étaient bleus et doux comme l'azur d'un beau ciel, exprimaient la reconnaissance la plus vive.

Il regarda Corisande, qui lui souriait avec une grâce inexprimable, et il se trouva le plus heureux chevalier de l'univers. Hélas ! le bonheur n'est pas de ce monde, et Roland devait bientôt en faire la triste expérience.

Il était déjà nuit quand Doralice eut fini de recevoir les hommages des émirs et de tous les grands seigneurs du royaume. Chacun vantait son zèle et sa fidélité et faisait valoir ses services avec tant de chaleur qu'à l'entendre Ferragus n'avait échappé à ses coups que par miracle.

La reine, un peu assourdie par un dévouement si bruyant et si tumultueux, faisait néanmoins assez bonne contenance et souriait à Roland, qui donnait au diable l'étiquette et tous ceux qui l'avait inventée.

Tout à coup Corisande, qui s'ennuyait pour le moins autant que le chevalier et qui n'était pas retenue sur son siège par les devoirs de sa place, se leva et fit signe au comte d'Angers de la suivre.

Le héros ne se le fit pas dire deux fois. Il salua profondément Doralice, et se hâta de suivre son guide.

A cette vue la pauvre reine ne put contenir son impatience et sa jalousie.

— Églantine, dit-elle à sa dame d'honneur, va dire au grand chancelier qu'il trouve un prétexte pour congédier l'assemblée. J'ai la migraine.

Églantine, qui bâillait de tout son cœur en regardant Raimbaud, ne fut pas lente à prévenir le grand chancelier, lequel voyant dans les yeux de Doralice tous les symptômes d'une tempête, se hâta de carguer les voiles. Il s'avança d'un air grave, fit signe avec son bonnet qu'il avait à parler au nom de Doralice, et dit :

« Très hauts et très puissants émirs, nobles chevaliers, et vous tous, manants et bourgeois de toute espèce qui êtes ici présents,

« Au nom de la reine !

« Savoir faisons au peuple loyal et fidèle de la ville et du royaume de Grenade.

« Qu'en signe de réjouissance de la mort du traître Ferragus et de la délivrance de la patrie, il y aura ce soir illumination et feu d'artifice dans cette ville, et distribution de pain, de vin, de viande et d'hypocras.

« Toutes les fenêtres seront illuminées par les propriétaires.

« Il y aura danse et concert sur toutes les places publiques..... »

Le grand chancelier, qui était en veine de haranguer, en eût dit bien davantage, car il n'avait pas tous les jours le plaisir de pérorer en public. Par malheur, Doralice, impatientée et pressée de rejoindre Roland et sa cousine, se mit à frapper du pied.

Raimbaud, qui ne s'ennuyait guère moins, tira le bavard par la manche. Celui-ci se retourna d'un air hautain qui n'intimida pas le Gascon.

— Hé ! dit Raimbaud.

— Que me veut-on ? demanda le chancelier.

— Concluez.

Le chancelier se drapa majestueusement dans sa simarre.

— Concluez, dit Raimbaud, ou vous allez être destitué.

— Croyez-vous ? reprit le porte-simarre inquiet.

— Voyez plutôt, répliqua le poète.

En effet, Doralice ouvrait déjà la bouche. Le

chancelier frémit et se hâta de prévenir sa destitution.

— Finalement, cria-t-il d'une voix éclatante, quiconque manquera de témoigner sa joie sera pendu suivant les lois du royaume.

— Bien dit ! s'écria Raimbaud. Et maintenant, allons dîner.

Tout le monde applaudit aux belles paroles du chancelier, et la foule se dispersa. Doralice fit une gracieuse révérence à l'assemblée et sortit par une porte dérobée en faisant signe à Églantine de la suivre. Églantine, de son côté, fit le même signe à Raimbaud, et tous trois, d'un pas léger, rejoignirent dans l'intérieur du palais Roland et Corisande, qui ne s'étaient pas ennuyés en leur absence.

XIII

I love you.

Corisande, qui connaissait parfaitement tous les détours du palais, avait conduit le chevalier dans les appartements qu'elle occupait au temps du vieux Stordilan, et qui étaient voisins de ceux de Doralice. Le comte d'Angers la suivait de près, le cœur oppressé de joie et de crainte, heureux, sans savoir pourquoi, de ce qu'elle semblait prendre possession de lui, amoureux jusqu'à la folie et timide comme les vrais amants et les parfaits chevaliers.

Enfin elle arriva dans sa chambre et lui fit signe de s'asseoir sur le tapis à la coutume des Maures. Elle-même lui donna l'exemple.

Elle était vêtue ce jour-là d'une robe de velours bleue, longue et traînante, qui découvrait le cou le plus blanc, le plus gracieux et le plus délicat qui ait jamais supporté la tête d'une femme, reine, bourgeoise ou paysanne. Ses épaules à demi découvertes, suivant la mode des Francs qu'elle avait adoptée, attiraient d'abord les regards. Roland ne put s'en défendre et tomba dans une contemplation qui pouvait durer longtemps.

Heureusement Corisande s'en aperçut et sentit le danger du silence.

— Quels souvenirs ces murs me rappellent ! dit-elle en soupirant.

Roland sortit de son rêve.

— Vous les connaissiez déjà ? dit-il.

— C'est là que j'ai vécu deux ans, continua-t-elle, sous la protection de mon oncle, le vieux roi Stordilan. Doux et charmant vieillard ! Il avait pour moi la bonté d'un père.....

Elle parla longtemps sur ce ton. Avez-vous

remarqué que la femme, même la plus émue, trouve toujours quelque chose à dire? Si elle n'a pas d'autre sujet sous la main, elle parlera de son chien ou de son perroquet. C'est un don de nature. L'homme, au contraire, se recueille dans les grandes occasions. Le comte d'Angers réfléchissait, et n'osant regarder Corisande en face, il regardait le tapis.

Sur ce tapis s'agitaient les pieds de Corisande.

Vous qui savez tout, vous n'ignorez pas que les pieds de la femme ont de l'esprit comme ses mains, ses yeux et tous ses gestes. Les pieds de la princesse de Grenade étaient, non pas les plus petits, mais les mieux faits assurément qu'il y eût au monde. Ils étaient minces, ils étaient délicats, ils sortaient avec grâce des longs plis de la robe, et ils y rentraient avec grâce. C'était merveille de les voir.

Aussi Roland regardait et n'écoutait guère. Or, voici quelles étaient les pensées du bon chevalier :

— J'ai vu bien des prodiges en ma vie, mais je n'ai rien vu de plus beau. Saint Hilaire et saint Denis, ayez pitié de mon âme. Corisande est la plus belle princesse du monde, et je l'aime à la folie; mais c'est une infidèle. Seigneur Dieu, ayez pitié de moi. M'aimera-t-elle jamais? Qu'ai-je à lui offrir? Mon comté? Charlemagne l'a repris. Hors ma Durandal et Bride-d'Or, je ne possède rien. Un royaume ? Hélas ! avant que j'en aie fait la conquête, Gayferos reviendra, ou quelque autre, et je ne serai plus qu'un étranger pour elle. Oh ! je l'aime ! je l'aime !

De son côté, Corisande pensait :

— Il m'aime. Que tarde-t-il donc à se déclarer ? Je ne peux cependant pas le prendre par la main et le mener moi-même à l'autel. Cela ne se fait pas. Et à quel autel le mènerais-je ? Suivrai-je son Dieu ou le mien, Jésus ou Mahomet ? O Prophète divin, dessille les yeux de cet infidèle ; fais luire pour lui la lumière qui t'éclaira quand tu vis paraître l'archange Gabriel..... Mais voyez s'il parlera ! En vérité, c'est trop fort ! Peut-être me suis-je trompée. Malheureuse ! s'il allait ne pas m'aimer !

Au milieu de ces réflexions, un bruit de pas précipités se fit entendre. Roland recouvra la voix ; il saisit avidement la main de Corisande, la baisa avec ardeur et lui dit :

— Je vous aime !

La princesse de Grenade sourit et sentit son cœur inondé de joie. Elle retira vivement sa main et regarda le chevalier avec une tendresse qui lui fit comprendre qu'il était aimé. Il allait se jeter à ses pieds ; au même instant Doralice parut, et le malheureux comte d'Angers ne put s'empêcher de la donner au diable. Je n'ose analyser les réflexions de Corisande.

— J'arrive à temps ! pensa Doralice.

Il est vrai que la rougeur et la confusion des deux coupables les décelaient assez. Corisande reprit la première ses esprits et se leva pour aller à la rencontre de sa cousine.

— Vous ne vous ennuyez pas ici, seigneur chevalier ? demanda Doralice avec intérêt.

Roland s'attendait si peu à cette question qu'il demeura interdit. Corisande le regarda en souriant. Ce sourire signifiait clairement : Le comte d'Angers est un brave chevalier, mais il n'a pas l'esprit prompt ni la parole facile.

— Chère cousine, dit la princesse, le comte d'Angers a besoin de repos, et.....

— J'y ai pensé, ma chère, répliqua Doralice, et par mon ordre on lui prépare un appartement dans le palais, celui de Gayferos.

— Qui est près du tien ? dit vivement Corisande.

— Oui, ma chère amie, répliqua Doralice d'un ton affectueux. Je ne saurais faire moins pour celui qui nous a sauvé l'honneur et la vie.

Corisande poussa un profond soupir. Cet empressement de Doralice ne présageait rien de bon.

— En attendant, dit la reine, allons dîner, et prenons notre part des divertissements publics. J'ai donné ordre de dresser la table au fond du jardin, sous les platanes que mon père a fait planter.

8

Pendant cette courte scène, Églantine et Raimbaud se regardaient en silence et se tenaient derrière Doralice. Leurs yeux exprimaient assez clairement leur pensée. Roland seul, plongé dans une profonde extase, écoutait la conversation sans rien entendre et énumérait dans son âme les vertus, les grâces, les beautés du petit pied de Corisande. Il est des contemplations moins douces.

Enfin il s'avança pour donner la main à Corisande et descendre dans le jardin. Mais sur un signe de Raimbaud, qui l'avertit de sa méprise, il laissa la princesse seule et présenta la main à Doralice. Celle-ci l'accepta en regardant sa cousine d'un air de triomphe. Tous ensemble allèrent au jardin.

Comme ils descendaient l'escalier, Corisande retint Raimbaud en arrière et lui dit deux mots :

— Il m'aime !

— Je le sais bien, dit le Gascon, qui fit signe à la curieuse Églantine de continuer sa route.

— Et il offre la main à Doralice ? continua Corisande.

— Ma foi, madame, à moins qu'il ne voulût me l'offrir, je ne vois pas.....

— Tu ne veux pas m'entendre, s'écria la princesse avec impatience ; ce n'est pas à toi ni à Doralice qu'il devait s'adresser.

— Madame, interrompit Raimbaud, connaissez-vous la jalousie ?

— Moi, jalouse ! dit Corisande avec hauteur.

— Appelez cela comme il vous plaira, madame. Supposons, si vous voulez, que vous êtes bien aise de voir la reine s'emparer, sous vos yeux, d'un bien qui vous appartient.....

— Raimbaud, tu es insupportable.

Le Gascon descendit l'escalier sans répondre. La reine Doralice et ses hôtes s'assirent à l'ombre des platanes et commencèrent à dîner. Des esclaves muets, placés derrière les convives, faisaient le service avec une adresse et une promptitude surprenantes. Roland, assis entre les deux princesses, avait à peine le temps de répondre à leurs questions. Il buvait le vin de Lesbos, apporté pour lui seul et pour Raimbaud, et jouissait d'un bonheur sans mélange.

— Avouez, seigneur chevalier, dit tout à coup le poète, qu'il fait meilleur ici qu'au fond des montagnes d'Aragon.

— Qui sait ? dit gaiement le comte d'Angers. Les montagnes d'Aragon n'étaient pas sans charme. N'est-ce pas là que j'eus le bonheur de voir et de délivrer ma belle princesse ?

Un regard de Corisande fut la récompense de Roland ; mais Doralice sentit son cœur se serrer.

— Eh quoi ! dit-elle, n'est-il pas plus doux de vivre ici ?

— Oui, continua Raimbaud, et de passer la nuit près des dames, sous la voûte étoilée des cieux, dans ces beaux jardins qui valent mieux que tous ceux que Mahomet promet à ses élus ?

O les belles nuits étoilées
Qu'on passe aux bras des bien-aimées !

Ici Raimbaud fut pincé si cruellement qu'il poussa un cri de douleur. C'était un avertissement d'Églantine.

— Qu'as-tu donc ? demanda le comte d'Angers.

— Oh ! rien, répliqua Raimbaud. J'ai cru être piqué par une vipère.

Églantine se mit à rire.

— Voilà qui t'apprendra à parler des bien-aimées, lui dit-elle tout bas.

— C'est une figure poétique, dit le Gascon. Tu sais bien que je n'aime que toi.

— Et moi, dit Églantine, je te défends les figures poétiques ou non poétiques. Nous ne sommes pas encore mariés, très cher, et la fille de mon père n'en est pas réduite à chercher un amoureux.

Pendant que le Gascon se justifiait de son mieux, Doralice fit enlever la table du souper et servir le café dans des coupes d'or. Du haut de la terrasse qui servait de salle pour le festin, Roland put voir la vallée de Grenade, et les flambeaux dont la ville était éclairée. Peu à peu, la lune parut à l'horizon et s'éleva lentement au-dessus des plus hauts sommets de la sierra

Nevada. Le Muley-Hacen se montra dans toute sa gloire.

Le temps était doux, le ciel sans nuage. Une brise légère apportait le doux parfum des orangers et des citronniers. Doralice, Roland et Corisande, absorbés dans leurs pensées, gardaient le plus profond silence. Heureux ceux qui s'entendent sans se parler ! Le comte d'Angers regarda Corisande et soupira. Les rayons de la lune, se glissant à travers le feuillage, éclairaient le plus doux et le plus charmant visage de l'Andalousie. Ses cheveux à demi dénoués comme ceux de Diane, retombaient sur ses épaules en boucles épaisses et soyeuses. Ses yeux, qui regardaient le ciel, avaient cette expression mélancolique et souriante que donne le bonheur parfait. Elle sentit que Roland la regardait et elle sourit. Il lui prit la main et la serra. Elle se livra à cette douce étreinte. Doralice s'en aperçut et se leva brusquement.

— Qu'on fasse venir les musiciens et les danseuses ! s'écria-t-elle d'une voix troublée.

Corisande s'aperçut de ce trouble et retira sa main de celle de Roland.

— Qu'a donc ta maîtresse, aujourd'hui ? dit tout bas Raimbaud à Églantine.

— Tais-toi, dit Églantine, on pourrait nous entendre. Le temps est à l'orage, ce soir.

— Diable ! dit Raimbaud, si le temps est à

l'orage, il faut rentrer. Je n'aime pas la pluie.

— Rassure-toi, c'est une pluie de larmes.

— Raison de plus. J'ai toujours peur quand je vois pleurer les femmes.

— Pourquoi ? demanda Églantine.

— Parce que ....

— Pourquoi ? Réponds ! et surtout prends garde de dire une impertinence.

— Eh bien ! répliqua Raimbaud, c'est parce que les femmes pleurent comme les crocodiles... quand elles ne peuvent pas saisir et dévorer leur proie.

Églantine prit un visage sévère.

— Monsieur Raimbaud, dit-elle avec gravité, je vous engage fort à rentrer dans Saragosse.

— Hein ? Plaît-il ?

— Vous êtes un homme fort mal élevé.

— Églantine !

— Un impertinent.

— Églantine.

— Un faquin.

— Églantine !

— Et, pour tout dire, un poète.

— Églantine, vous me percez l'âme !

— Retournez à Saragosse !

— Églantine, vous me déchirez le cœur !

— Retournez à Saragosse !

— Vous me désespérez !

— Retournez à Saragosse !

Raimbaud tira son épée.

— C'en est fait ! dit-il. Voilà le prix de mon amour ! O cruelle ! sois témoin de ma mort !

Comme il faisait le geste de se jeter sur la pointe de l'épée, Églantine l'arrêta. — Vivez, dit-elle, et, dorénavant, soyez plus poli pour les dames.

Pendant cette querelle que les deux princesses et Roland, trop occupés d'eux-mêmes, n'entendirent pas, les musiciens et les danseuses étaient arrivés. Raimbaud se glissa sans être aperçu près du comte d'Angers et lui dit tout bas :

— Seigneur, j'ai deux mots à vous dire.

Roland se leva et le suivit sous un bosquet de platanes.

— Seigneur, continua Raimbaud, vous plairait-il d'être roi de Grenade ?

— Que dis-tu là ? répliqua le comte d'Angers étonné.

— Je dis qu'il ne tiendrait qu'à vous, la reine Doralice vous regarde d'un œil fort doux.

— Raimbaud, dit Roland d'une voix sévère, vous savez que je n'aime pas la médisance.

Le Gascon baissa la tête avec un repentir apparent et feignit de s'en aller.

— A quel signe, continua le chevalier, as-tu reconnu ?...

Le Gascon s'arrêta et dit :

— Je n'ai rien reconnu.

— Qui te fait croire ?...

— Je ne crois rien.

— Es-tu le confident de la reine ?

— Je ne suis rien qu'un joueur de guitare.

— Voyons, explique-toi.

— Vous n'aimez pas la médisance.

— Raimbaud, mon ami, si je t'ai blessé par mes paroles.....

— Vous ne me blessez pas.

— Qu'est-ce que tu voulais dire ?

— Moi ? rien..... que la nuit est belle, que la lune est brillante, et que le Muley-Hacen est la plus belle montagne qu'on puisse voir. Voulez-vous que je vous chante les premiers vers d'un grand poème que j'ai dessein d'écrire sur vos exploits de ce matin ? Écoutez-moi ceci :

D'Angers le noble comte,
Botté, monte à cheval,
Il tire Durandal,
Que personne n'affronte....

— Maudit bavard ! s'écria Roland, que chantes-tu là ?

— Des vers à votre louange, que redira la postérité.

— Laisse là ma louange et la postérité. Doralice m'aime.....

— Ou elle déteste Corisande ; je ne sais pas encore lequel des deux.

— As-tu des preuves ?

— Est-ce qu'on a des preuves ? Dieu seul sait ce qui se passe dans un cœur de femme..... Eh bien ! vous rêvez ?

— C'est toi qui rêves, dit Roland, et je suis bien fou de t'écouter.

— Ne m'écoutez pas.

Roland demeura quelques instants pensif. Le bon chevalier, pas plus qu'un autre, n'était insensible à la gloire d'être aimé d'une grande reine et d'une femme aimable ; mais il faut dire à sa louange que le souvenir de Corisande eut bientôt banni toute autre pensée de son cœur.

— Non, je n'hésite pas, se dit-il en prenant son parti après quelques réflexions intérieures, nous partirons demain.

— Qui ? *nous ?* dit Raimbaud, qui feignit d'être étonné.

— *Nous,* c'est-à-dire toi et moi.

Raimbaud secoua la tête.

— Vous, seigneur chevalier, à la bonne heure; mais moi, serviteur ! Que dirait Églantine ?

— Qu'est-ce qu'Églantine ?

— C'est la jeune dame que vous voyez là-bas, et la confidente de Doralice.

— Eh bien ! que nous importe Églantine ?

Le Gascon se mit à rire.

— Et que m'importe Corisande ? dit-il.

— Drôle ! s'écria Roland irrité, oses-tu comparer ?

— Je ne compare pas, reprit le Gascon ; Églantine est mille fois plus belle ! je le soutiendrai jusqu'à la mort.

— Donc, tu restes ?

— Je reste, et si vous voulez m'en croire, vous resterez aussi : Doralice vous aime.....

— Encore !

— Toujours !... Doralice vous aime.....

— Et moi j'aime sa cousine.

— Parbleu ! je le sais bien. Voilà ce qui me gêne. J'avais compté sur la province que vous m'avez promise, sur une île, un continent, un monde ou un chef-lieu de canton que vous deviez me donner dans votre royaume, en toute propriété.

— Eh bien ! je te le promets encore.

— Promettre est bon, seigneur comte ; mais tenir est meilleur. Voilà un bon royaume, une bonne reine, une jolie femme, très raisonnablement amoureuse de vous ; vous n'avez qu'à vous baisser et prendre pour faire votre fortune et celle de votre serviteur, et je vous vois des doutes et des scrupules de conscience comme à une novice qui va confesser son premier péché. Par le saint chrême ! vous me faites lever les épaules. Je n'ai jamais vu chevalier errant de votre humeur.

— C'est que tu n'as jamais vu d'homme d'honneur, apparemment.

— Ainsi, seigneur comte, c'est une chose résolue : vous refusez Doralice et Grenade ?

— Je refuse.

Le Gascon se mit à genoux devant le comte.

— Eh bien! monseigneur, pardonnez-moi d'avoir douté de vous. Je perds mon île, mais je gagne de contempler le héros le plus illustre qui, depuis Alexandre le Grand, ce fameux chevalier macédonien, ait tiré l'épée pour l'honneur et la défense des dames..... Me voilà prêt à servir vos amours. Vous aimez Corisande ?

— Je l'adore et je la disputerai à tout l'univers.

— Et à Gayferos ?

— Ah ! dit Roland, qu'il vienne, celui-là, et je lui ferai d'un seul coup expier tous ses crimes !

— Entre nous, continua Raimbaud, vous faites bien de préférer Corisande.

— Pourquoi ?

— Parce que vous ne seriez pas le premier qu'ait préféré Doralice.

— Oh ! oh ! encore des cancans !

— Non, seigneur comte, mais de belles et bonnes vérités. Doralice est veuve.

— Parbleu ! je le sais bien.

— Oui, mais veuve sans avoir été mariée.

— Hein ! que veux-tu dire ? Je croyais que Mandricard.....

— Oui, seigneur, Mandricard, roi de Tartarie, a eu le bonheur d'être aimé d'elle.

— Et il l'a épousée.....

— Si l'on veut, car on n'a jamais pu retrouver

le cadi devant qui fut contracté le mariage. Mais enfin l'essentiel y était; et la preuve, c'est qu'elle a porté le deuil de ce grand roi lorsqu'il fut tué par votre cousin Roger.

— Diable ! dit le comte d'Angers, je croyais à sa vertu.

— Moi aussi, j'y crois ; seulement, c'est une vertu éprouvée, expérimentée, qui a vu le feu comme l'acier qu'on trempe dans la fournaise.

— Et depuis la mort de Mandricard ?

— Ma foi, seigneur comte, je ne sais ce qui est arrivé, je n'y étais pas.

— De qui tiens-tu ces sottes histoires ?

— D'Églantine.

— La dame d'honneur de Doralice, mais c'est une infâme trahison, et je vais l'avertir.

Le Gascon l'arrêta.

— N'allez pas si vite en besogne, seigneur comte, et daignez réfléchir. Églantine a tous les secrets de sa maîtresse, et se tait par honneur et par devoir.

— Excepté avec toi.

— Doit-elle avoir des secrets pour son futur époux ?...Si Doralice la chasse, Églantine, qui est la bonté même, mais qui ne peut s'empêcher de donner çà et là un coup de langue, fera savoir à tout l'univers que la veuve du grand Mandricard est une reine assez légère. Ne vaut-il pas mieux que ce secret reste enfermé entre elle, vous et moi ?

— Il a raison, dit Roland pensif.

— Donc, continua Raimbaud, n'avertissez personne, et qu'il vous suffise de connaître à fond l'aimable et tendre veuve du grand Mandricard.

— Merci, dit Roland, ton conseil est d'un ami et je m'en souviendrai.

Après cette conversation, tous deux retournèrent sur la terrasse, et les danses commencèrent.

Roland fut ébloui de la beauté et de la magnificence de cette fête, si différente des rudes tournois auxquels il avait assisté à la cour de Charlemagne. Doralice suivait dans ses regards toutes ses émotions, mais le bon chevalier, tout entier à son amour pour la belle Corisande, faisait peu d'attention aux coquetteries de la reine de Grenade. Enfin elle fit un signe et tous se retirèrent, danseuses et musiciens. La reine fit apporter des tapis de Perse, présent du sultan d'Arménie, et des coussins de velours brodés d'or. Elle se coucha à demi, la tête appuyée sur son bras droit, engagea Corisande à l'imiter, et demanda au comte d'Angers, qui était assis à ses pieds, de lui conter ses aventures.

— Un héros tel que vous, dit-elle, doit avoir bien des histoires à raconter. La renommée nous en a dit plusieurs. Daignez, seigneur comte, nous dire le reste.

— Madame, répondit Roland, assez embarrassé de cette demande, car il n'avait pas la parole facile et il haïssait les longs récits, ma vie est très simple et n'a rien que de très ordinaire. La voici en quelques mots.

XIV

Histoire de Roland.

« Ma mère est la propre sœur de l'empereur Charlemagne. Elle était blonde comme un épi et belle comme une rose. Un jour, comme elle avait seize ans, et suivait la chasse dans la forêt, son cheval s'emporta à la vue d'un ours énorme et la jeta évanouie contre le tronc d'un chêne. Un jeune chevalier se trouva par hasard près d'elle, attendit l'ours de pied ferme et le tua : c'était le comte Milon, mon père.

« Trois jours après cette aventure, il dit à ma mère qu'il l'aimait et fut payé de retour. Le quatrième jour il entra tout botté, tout armé et tout éperonné dans la cour du palais de l'empereur et lui demanda sa sœur en mariage. L'empereur lui rit au nez et lui demanda d'où lui venait cette audace. Milon, sans répliquer, sortit du palais, alla trouver ma mère, l'enleva, et partit avec elle pour les pays lointains, où un ermite les maria comme il put. Je fus le seul fruit de cette heureuse union.

« Dix ans après ma naissance, mon père, le comte Milon, fut tué par trahison après avoir fait sur les Sarrasins et les idolâtres la conquête de l'île de Taprobane dans la mer des Indes. Ma mère, qui était alors reine de Taprobane, fut forcée de quitter l'île et de s'embarquer sur un vaisseau qui portait des marchands de Venise et de Marseille. Les vents poussèrent le vaisseau sur les côtes de France où il échoua, et ma mère, dépouillée de tout, mais pleine de courage et d'espérance, partit avec moi pour implorer le pardon de Charlemagne et lui présenter son fils.

« Charlemagne était alors occupé à faire la guerre aux Saxons. Quand il revint en son palais d'Aix-la-Chapelle, nous errions depuis longtemps, ma mère et moi, dans la forêt des Ardennes, et je chassais le sanglier pour nourrir ma mère, qui manquait de tout. Le seul bien que nous eussions conservé était Durandal, l'épée de mon père, que j'ai encore aujourd'hui.

« Un soir j'entendis le son du cor et les aboiements des chiens. Charlemagne était en chasse. Je le suivis de loin, déjà instruit par ma mère de ma naissance et tout prêt à me faire connaître. Je n'attendis pas longtemps l'occasion. L'empereur, fatigué, s'était arrêté près d'une fontaine. Il descendit de cheval, se coucha et s'endormit. Le hasard, ou plutôt la Providence, m'amena près de lui.

« Au même moment, un lion, débusqué par les chasseurs, débouche des profondeurs de la forêt et s'approche par bonds énormes de Charlemagne endormi. Je ne voulus pas l'éveiller, mais je tirai mon épée et m'élançai sur le lion. Ses rugissements firent retentir la forêt et réveillèrent l'empereur, qui voulut venir à mon aide ; mais déjà le lion était tombé sous mes coups. Charlemagne me regarda étonné.

« — Qui es-tu ? dit-il.

« — Je suis ton neveu, le fils du comte Milon et de Berthe aux grands pieds.

« — A ton courage, dit-il, je reconnais mon sang.

« Peu d'instants après, ma mère arriva et fut reçue par lui avec tendresse. Il me fit élever à sa cour, m'arma lui-même chevalier, me rendit les fiefs de mon père et me mena au combat contre les infidèles. »

— C'est toute votre histoire ? dit Doralice.

— A peu près.

— Vous n'avez point parlé de vos exploits.

— Oh ! dit Roland, c'est toujours la même chose. J'ai donné des coups de lance et des coups d'épée, et j'en ai reçu un nombre considérable.

— Et vous ne nous parlez pas de vos amours ? On dit que vous avez aimé longtemps la belle Angélique, reine du Cathay.

Roland regarda Corisande et rougit. La jeune princesse baissa les yeux et attendit avec une émotion mal contenue la réponse du chevalier.

— J'ai cru longtemps l'aimer, dit-il avec effort.

— Et maintenant.....

— Maintenant, ajouta-t-il en regardant Corisande, oh ! je vois bien que j'en suis guéri pour la vie.

Doralice aperçut ce regard et en comprit le sens. Elle tomba dans une profonde rêverie. Peu à peu la conversation se ralentit. Roland, qui n'était pas un grand parleur, regarda le ciel, Corisande regarda Roland, Raimbaud se pencha vers Églantine.

— Beauté cruelle, dit-il tout bas, quel jour voulez-vous mettre un terme à vos rigueurs et m'épouser ?

— Dans un an, répondit-elle.

— C'est trop tard.

— Je veux voir si vous m'aimerez éternellement.

— Églantine, mon amour est éternel, mais la vie est courte. D'ailleurs, je veux que le comte d'Angers assiste à mon mariage.

— Eh bien ! qu'il reste ici. N'est-il pas l'ami de tout le monde ? La reine lui veut du bien et Corisande aussi.

— Toutes deux en même temps ! C'est trop d'une.

— Qu'il choisisse.

— C'est fait. Vois de quel œil il regarde Corisande. Avant huit jours, je te le prédis, ils seront mariés ou séparés.

— Séparés ! dit Églantine. Par qui ?

— Par Doralice et Gayferos.

— Allons, dit Églantine, je vois bien qu'il faut céder. La noce se fera dans trois jours.

Il était déjà tard, et la voix du gardien de nuit annonçait qu'il était temps de se retirer, et que les honnêtes gens devaient dormir d'un profond sommeil. Roland se leva et prit congé de la reine et de Corisande. Un esclave muet fut chargé de le conduire dans l'appartement qu'il devait occuper au palais. Raimbaud le suivit.

XV

Comment le brave Roland se leva à deux heures après minuit pour massacrer les Sarrasins, et passa la nuit à écouter les discours de Doralice.

Roland se coucha tout botté sur son lit, tant il était fatigué, et ne tarda guère à s'endormir. Les images les plus douces et des songes tantôt riants, tantôt terribles, vinrent le visiter pendant son sommeil. Il était aux pieds de Corisande et lui jurait une éternelle fidélité. La belle princesse lui donnait la main, et tous deux allaient à l'autel..... Tout à coup la scène changea. Un cavalier maure galopait dans le lointain, et Roland reconnaissait Gayferos. Son visage était menaçant, sa voix pleine de fureur. Il provoquait au combat le comte d'Angers, et, pour la première fois, celui-ci ne pouvait plus tirer Durandal du fourreau. Une puissance inconnue le retenait immobile et paralysé. Déjà Gayferos levait sur lui son cimeterre.....

A ce moment, un grand bruit se fit entendre et réveilla Roland. Il entendit des voix qui criaient : « Aux armes ! les soldats de Ferragus sont rentrés dans Grenade ! » En un clin d'œil, le bon chevalier fut sur pied et tira son épée. Sans prendre le temps de revêtir son armure, il se hâta de courir à la porte extérieure du palais. Sur son chemin il rencontra Églantine.

— Seigneur comte, s'écria-t-elle, tout est perdu. Les Maures de Saragosse reviennent et vont mettre la ville à feu et à sang. Courez vite chez la reine, qui se meurt de frayeur.

En un instant, tout le monde fut sur pied dans le palais. Le tumulte était épouvantable. On parlait, on criait, on se culbutait, les femmes poussaient des lamentations et s'arrachaient les cheveux.

— Où est l'ennemi ? demanda Roland au capitaine des gardes.

— Seigneur comte, répliqua celui-ci, nous n'avons vu personne. C'est une fausse alerte donnée par je ne sais qui. Grenade est tranquille.

A ces mots, tout rentra dans l'ordre et chacun reprit le chemin de son lit. Roland se hâta de rassurer Corisande, et regagnait déjà son appartement, lorsque la belle Églantine reparut, chargée d'un message pressant.

— Seigneur chevalier, dit-elle, Doralice est encore tout effrayée de cette panique et personne ne peut la rassurer, si ce n'est vous.

— Hum ! dit Raimbaud qui était présent, il est une heure du matin. C'est le bon moment pour rassurer les dames effrayées. N'aurais-tu pas quelque crainte, reine de beauté ?

— Nenni, monsieur, répondit Églantine. Ces manières-là sont bonnes pour de très grandes dames.

En même temps, elle montra le chemin au chevalier, et l'introduisit dans l'appartement qu'habitait la reine de Grenade. Après quoi, sur un signe de sa maîtresse, elle se retira et la laissa seule avec le comte d'Angers, un peu inquiet des suites de cette aventure.

La belle Doralice était couchée sur un lit de repos. Sa toilette, négligée avec art, faisait ressortir à merveille toutes les perfections d'un corps admirable. Ses yeux bleus, pleins de langueur et de passion, regardaient le chevalier et semblaient rayonner d'un feu contenu. Roland n'en put soutenir le doux éclat.

— Ah! seigneur comte, dit-elle d'une voix languissante, qu'est-ce encore? Sauvez-moi des mains de ces brigands; sauvez-moi!

— Madame, dit Roland, qui crut qu'elle était réellement effrayée, vous n'avez rien à craindre. C'est une fausse alerte, donnée par je ne sais qui.

Mais Doralice fit semblant de n'en rien croire.

— Seigneur chevalier, continua-t-elle, je n'ai d'espoir qu'en vous. Ne me quittez pas, je vous en supplie. Hélas! si mon pauvre frère Gayferos était ici, c'est à lui que j'aurais recours; mais qui sait où l'aura rencontré le messager qui lui porte la nouvelle de la mort de mon père et de l'horrible usurpation de Ferragus. Jusqu'à son retour, seigneur comte, ne me quittez pas.

Et en parlant ainsi, elle regardait Roland avec des yeux si suppliants et si doux, que le candide héros, incapable de soupçonner les ruses d'une coquette, se laissa prendre au piège. Il fit tous ses efforts pour rassurer la reine, et parut y réussir. Peu à peu la conversation changea de sujet, et Doralice parla d'elle-même et de ses malheurs. Elle était si belle que le bon chevalier ne s'aperçut pas du chemin qu'elle lui faisait faire, et, voyant qu'il n'était pas possible de se retirer et de dormir, il finit par montrer quelque curiosité de connaître son histoire. C'est là que l'astucieuse Doralice l'attendait. Elle commença son récit en ces termes :

XVI

Histoire de la belle Doralice.

« Seigneur comte, l'illustre Stordilan, mon père, régnait depuis vingt ans sur Grenade et passait pour le plus grand roi de toutes les Espagnes. Il était aimé de ses sujets, respecté de ses ennemis, et pendant longtemps il n'eut que des raisons de remercier Dieu de ses bienfaits.

« Enfin, le jour des disgrâces arriva, et c'est moi qui causai ses premiers malheurs. Un jour, le roi d'Alger, le célèbre Rodomont, que vous avez connu, sans doute, parut à la cour de mon père, et quelque apparence de beauté qu'on vantait alors en moi, attira ses regards et me gagna son cœur. Malheureuse ! j'étais loin de deviner l'avenir !

« J'avais alors quinze ans. Quoique fort insensible aux soupirs de Rodomont, je ne pus m'empêcher d'être flattée de retenir à mes pieds un guerrier si célèbre, qui, vous excepté, seigneur, n'avait, dit-on, pas d'égal dans l'univers. Mon père, sollicité de lui donner ma main, n'osa la refuser, et je me trouvai, sans y penser, fiancée au roi des Algériens.

« Je ne sais si vous avez connu Rodomont, seigneur comte. C'était le mortel le plus orgueilleux et le plus féroce qui eût jamais vu le jour, Sa violence et sa brutalité m'effrayaient au point que je n'osai avertir mon père de l'horreur que me causait mon futur époux. Je craignais qu'il ne se vengeât de mes dédains sur mon père, et je le voyais déjà, armé de son cimeterre, trancher la tête au vénérable Stordilan et porter dans Grenade le massacre et l'incendie.

« Par un rare bonheur, mon frère Gayferos, qui le détestait comme moi, s'aperçut de mes sentiments et s'avisa, pour me tirer de ses mains, d'un stratagème assez habile. Un soir, comme Rodomont, excité par les fumées du vin, vantait ses exploits et sa race, Gayferos répliqua d'un air insouciant qu'il avait entendu parler d'un chevalier très supérieur à Rodomont lui-même, et qui n'avait point d'égal à la cour de Charlemagne. Il vous nomma, seigneur comte.

« — Roland n'oserait se mesurer avec moi, interrompit le fougueux Rodomont.

« — Il est aisé de défier un ennemi absent, répondit Gayferos en ricanant.

« A ces mots, le roi d'Alger se leva plein de fureur et jura qu'il n'aurait ni repos ni trève jusqu'à ce qu'il vous eût rencontré et arraché la vie. En même temps, il fit apporter ses armes, monta à cheval et prit congé de mon père.

« Stordilan, qui n'avait aucune raison de manquer à sa parole, voulut en vain le retenir. Rodomont partit pour Alger, décidé à joindre son armée à celle que le roi Agramant rassemblait alors contre l'empereur Charlemagne.

« Vous savez, seigneur, mieux que moi, quel fut le succès de cette grande entreprise. Toute l'Afrique soulevée et transportée sous les murs de Paris, vint se briser contre votre courage et celui de Charlemagne et de ses pairs. Le monde entier sait par quels exploits vous avez mérité la palme du courage.

« Vers ce temps-là, Rodomont absent et campé sous les murs de Paris, sentit se réveiller son amour. Il envoya des ambassadeurs à mon père pour lui rappeler sa promesse et me conduire dans son camp, où je devais l'épouser dès le jour de mon arrivée. Hélas ! il était écrit que ce funeste hymen ne s'accomplirait pas et que je tomberais dans un malheur plus grand encore que tous ceux que je craignais.

« Comme je voyageais sous l'escorte des ambassadeurs du roi d'Alger, nous rencontrâmes, un soir, entre Bordeaux et Angoulême, le fameux

Mandricard, roi de la Grande-Tartarie. C'était un géant immense, aux cheveux roux, au nez épaté, aux yeux arrondis comme ceux des bêtes féroces, qui ne connaissait d'autre loi que son plaisir et d'autre justice que sa volonté. J'eus le malheur de lui plaire.

« En un instant le roi de Tartarie mit en pièces toute mon escorte, et sans tenir compte de mes prières et de mes larmes, il m'emmena captive sous les murs de Paris. Cependant, malgré sa violence et sa férocité, il n'osa se porter aux dernières extrémités contre moi, et la Providence me protégea contre toutes ses entreprises.

Le lendemain de mon arrivée, le roi d'Alger prévenu vint chercher querelle au Tartare et redemander sa fiancée. Les deux rois se précipitèrent l'un sur l'autre avec la férocité de deux tigres d'Hyrcanie, et peut-être tous deux se fussent entre-tués si Agramant et quelques amis communs ne les avaient obligés de déposer les armes et de s'en fier à mon choix. Jugez, seigneur, de mon embarras.

« Entre deux rivaux que je détestais également, que pouvais-je faire? Les rejeter tous deux était impossible. Je baissai la tête et je me résignai. Comme Rodomont tenait du consentement de mon père des droits particuliers, je le regardai comme le plus dangereux, et je choisis son ennemi. Mais je mis à ce choix des conditions sévères. D'abord je demandai un délai de deux mois avant la célébration du mariage.

« Sur les réclamations pressantes du roi de Tartarie et d'Agramant, je réduisis ce délai à quinze jours, me promettant de fuir ce camp inhospitalier et de chercher un asile à la cour de Charlemagne, le protecteur des opprimés. J'espérais tout de la valeur de ses pairs, et surtout, seigneur comte, de la vôtre, car votre renommée avait franchi depuis longtemps les Pyrénées, et je devinais déjà en vous le sauveur de mon trône et le vengeur de mon père.

« Heureusement, je n'eus pas besoin de recourir à cette extrémité. Dès le lendemain, votre cousin Roger tua le roi de Tartarie en combat singulier, et je pus revenir à Grenade, saine et sauve, et trop heureuse d'avoir échappé à mes deux féroces amants ; car le jour même où je feignis d'accepter la main de Mandricard, Rodomont, comme vous savez, partit pour un exil volontaire. Vous n'ignorez pas que cet exil dura dix-huit mois, et que Rodomont fut tué par Roger comme son rival Mandricard, car c'est le destin des chevaliers français de me délivrer successivement de tous mes ennemis. »

XVII

Comment le Gascon étudia l'influence du clair de lune sur la bonne musique, ce qui dérangea fort mal à propos le brave Roland.

Ainsi se termina l'histoire de la belle Doralice. Elle leva les yeux au ciel, poussa un profond soupir et se tut. Roland sentit son cœur agité d'une émotion inconnue. Ses yeux étaient fixés sur cette belle et malheureuse reine dont la vertu avait été si indignement calomniée, et qui se confiait à lui avec tant d'abandon. Quelle délicieuse langueur dans sa beauté divine, dans sa pose charmante et dans tous ces discours ! Les plus doux parfums brûlaient dans des cassolettes d'or ; les fleurs les plus rares embaumaient l'air et énervaient les sens. Doralice regarda le héros avec des yeux si tendres qu'il tressaillit jusque dans ses entrailles ; puis elle baissa les paupières et rougit comme une vierge amoureuse et pudique. Roland se sentit ébranlé et près d'oublier Corisande, Doralice s'en aperçut et voulut achever sa défaite.

— Excusez-moi, reprit-elle, de vous entretenir si longtemps de mes infortunes. Hélas ! les femmes sont si malheureuses, exposées à tant de périls, et si peu libres de suivre le penchant de leurs cœurs! Vous du moins, seigneur chevalier, vous ignorez ce cruel supplice de n'oser disposer de sa destinée. Vous avez aimé sans doute, et vous avez été aimé.

Un regard plus éloquent que tous les discours expliqua au comte d'Angers la pensée de Doralice. Il y avait dans ce regard tant de douceur, tant d'admiration et une langueur si touchante que le bon Roland eut peine à se défendre de tomber aux genoux de la reine.

— J'ai aimé, madame, dit-il, mais sans espoir, et aujourd'hui cet amour est arraché de mon cœur.

— Quoi donc? répliqua Doralice avec un air d'étonnement et de naïveté, quoi! l'on n'a pas répondu à votre amour? Quel cœur de roche a pu vous résister? Tant d'exploits, un si grand nom, un courage sans pareil, une générosité qui est connue de tout l'univers, n'ont pu fléchir l'inhumaine! Était-elle donc, par sa naissance, si fort au-dessus du neveu de Charlemagne?

— Non, répondit Roland avec simplicité, mais elle ne m'aimait pas; dans le même temps où je courais le monde pour la servir l'épée à la main, j'eus la douleur d'apprendre qu'elle s'était laissé enlever par un simple écuyer, sans naissance et sans courage, et je manquai de mourir de désespoir en recevant un coup si rude. Le temps et la réflexion ont calmé ma douleur.

— C'est pour cette fameuse Angélique que vous avez fait tant d'exploits immortels? dit Doralice.

Il y eut un moment de silence. Roland, qui était un vertueux chevalier, bien décidé à demeurer fidèle à Corisande, se sentait cependant descendre sur une pente glissante. Il regarda Doralice et ne put s'empêcher de s'apercevoir que son bras nu était blanc comme la neige, que sa main était la plus belle du monde, et que l'heureuse négligence d'une toilette de nuit laissait à découvert un cou et des épaules qui eussent fait envie aux plus belles princesses de la terre, et qui ne le cédaient qu'à la beauté merveilleuse de Corisande. Ces réflexions pouvaient le mener loin. Doralice, qui lisait sa pensée sur son visage, jugea le moment venu, ayant jeté sa ligne et amorcé le chevalier, de le tirer de l'eau par une brusque secousse.

— Pardonnez-moi, seigneur comte, dit-elle tout à coup comme s'éveillant d'un songe, pardonnez-moi de vous avoir retenu si longtemps. Vous devez être fatigué de vos combats d'hier.

Cette petite secousse ne manqua pas son effet.

— Je ne suis pas fatigué, dit Roland. La plus grande partie du temps, je ne dors qu'à cheval.

— Non, cher comte, je ne veux pas abuser de votre complaisance, et.....

— Vous n'en abusez pas, madame, reprit avec chaleur Roland, tout étonné de sa propre hardiesse, et je suis trop heureux de veiller moi-même sur une reine si belle et si.....

— Mais, interrompit Doralice, ravie de l'avoir amené à ce point, le jour va paraître : ne craignez-vous pas qu'on ne s'étonne un peu de vous voir sortir si tard de mon appartement, et que les méchantes gens n'en tirent parti contre moi !

— Qu'ils viennent ! dit Roland avec feu, et Durandal saura les réduire au silence !

— Je n'en doute pas, répliqua Doralice avec coquetterie ; le calomniateur est puni, mais la calomnie subsiste. Ces entretiens innocents peuvent exciter le soupçon. Une reine doit être au-dessus de l'injure. Car je suis reine, cher comte, et je dois l'exemple à mon peuple. Mon père Stordilan m'a légué son royaume.

— Quoi ! dit Roland étonné, vous êtes vraiment reine de Grenade ?

— Oui, seigneur, répliqua Doralice qui crut à l'ambition de Roland, et Gayferos, mon frère, n'est que mon plus proche héritier. C'est une loi de l'État qui veut que la couronne passe toujours aux filles, afin qu'elles puissent prendre pour époux le chevalier le plus brave et le plus renommé qui devient roi à son tour.

Cette révélation ne produisit pas tout l'effet que Doralice en avait espéré. Roland, qui se souciait fort peu de la Constitution du royaume de Grenade et des lois sur la succession au trône, rêvait toujours à la beauté de Doralice, et, il faut l'avouer, cette rêverie avait un peu affaibli dans son cœur la séduisante image de Corisande.

— Cher comte, reprit Doralice avec sa voix de sirène, il faut vous retirer.

— Quoi ? déjà ! dit Roland.

Cependant, comme il ne trouvait aucun prétexte honnête pour rester, il se leva lentement et se disposa à sortir. Il s'approcha de la reine. Elle lui tendit la main, il la baisa avec une passion que n'aurait pas trop approuvée Corisande si elle en avait été témoin, et la garda un instant sur ses lèvres sans savoir ce qu'il faisait. Il leva les yeux sur Doralice, et ne vit dans son regard aucune colère. Elle souriait doucement sans parler. Alors le bon chevalier, oubliant son amour pour Corisande, ses devoirs et son serment, se jeta à genoux devant elle et la serrant dans ses bras, il lui dit avec tant de passion : Je vous aime, que Doralice vit bien qu'il n'était plus besoin de lui donner des encouragements.

— Vous m'aimez ? dit-elle d'un air incrédule.

En même temps, elle fit quelques efforts pour se dégager des bras du chevalier.

Tout à coup, le son du cor se fit entendre sur la terrasse, et la sentinelle cria : Aux armes ! A ce cri, Roland se leva, réveillé comme en sursaut. Il y eut un second appel du cor, et Roland saisit son épée. Doralice ne cachait pas son effroi.

— Fuyez, dit-elle, par cet escalier dérobé ! Fuyez, et prenez garde qu'on ne vous voie.

Au signal de Doralice, Églantine reparut et guida le comte d'Angers par des chemins détournés jusqu'à la terrasse d'où partaient les sons du cor. Là, elle le quitta, et Roland fut bien étonné de retrouver Raimbaud qui sonnait de toutes ses forces dans le cuivre.

— Comment ! drôle, c'est toi, dit-il avec colère.

— Oui, c'est moi, répliqua Raimbaud. Je vous dérange, peut-être ?

— C'est toi qui sonnes du cor à trois heures du matin et qui jettes l'alarme dans tout le palais ?

— Ma foi, dit le Gascon, j'étudiais l'effet du cor dans la nuit, et l'influence du clair de lune sur la bonne musique.

— Pourquoi ne dors-tu pas, au lieu d'éveiller ton prochain ?

— Oh ! mon prochain ne dormait guère plus que moi, si j'en crois la promptitude avec laquelle vous avez répondu à mon appel.

— Tu oses m'interroger, je crois ? dit Roland avec hauteur.

— Moi, non. Je réponds à vos questions. Ah ! si je vous demandais d'où vous venez à cette heure, ce serait une autre affaire ; mais je ne vous le demande pas.

— Mon Dieu ! dit Roland embarrassé, je regardais, moi aussi, le clair de lune.

— Je ne vous demande pas ce que vous faisiez, continua Raimbaud. Que m'importe, à moi, que vous dormiez tranquillement dans votre lit, ou que vous soyez occupé à écouter les touchantes histoires d'une reine persécutée ?

— Je n'écoutais rien, dit Roland avec impatience.

— Je vous répète que je ne vous interroge pas, continua l'imperturbable Gascon. Il n'est rien de plus naturel que de faire appeler à deux heures du matin un noble et beau chevalier (car vous êtes noble et beau), pour lui conter ses malheurs.

— Maître Raimbaud, savez-vous que vous me déplaisez fort ?

— Tant pis, dit le poète, car vous me plaisez beaucoup, au contraire.

— Et que vous pourriez bien attirer le bâton sur vos épaules ?

— Vous vous calomniez, seigneur comte ; le neveu de Charlemagne ne lèvera jamais le bâton sur moi.

— Et qui m'en empêcherait, drôle ?

— Vous-même, seigneur. Jamais le duc Achilles n'a bâtonné Homéros. Il a levé la main sur Agamemnon, le roi des rois ; mais sur un poète, jamais ! Les dieux et les hommes auraient crié vengeance contre le sacrilège.

10

— Tu as raison, dit Roland après avoir réfléchi ; ne crains rien !

— Est-ce que je crains ? répliqua Raimbaud avec fierté. Entre nous, seigneur, sachez écouter les conseils d'un ami.

— Tu vas donc me conseiller, à présent ?

— Pourquoi non, si je suis plus sage que vous ?

— Eh bien ! va, conseille.

— Avant tout, seigneur, répondez-moi. D'où venez-vous maintenant ?

— De l'appartement de Doralice.

— Bon ! je m'en doutais..... C'est pour cela que j'ai sonné du cor, ce qui a fait crier par la sentinelle : Aux armes !... Êtes-vous bien fâché d'avoir été dérangé ?

Roland garda un instant le silence.

— Que veux-tu dire ? demanda-t-il enfin. On est toujours fâché d'être dérangé.

— De quoi parliez-vous ?

— Elle me racontait son histoire.

— Belle, vierge et persécutée, n'est-ce pas ? dit Raimbaud en souriant.

— Oui ; est-ce que tu l'as entendue ?

— Non, mais je le savais d'avance. C'est l'histoire de toutes les femmes..... Elle ne vous a rien dit de plus ?

— Elle m'a dit de m'en aller.

— Ah ! et de quel ton ?

— D'un ton très doux. Comment veux-tu qu'elle e dise ?

— Mais quelle raison a-t-elle donnée ?

— Elle craignait de se compromettre. Elle voulait dormir. Que sais-je ?

— Et vous êtes resté ?

— Maître Raimbaud, vous êtes bien curieux.

— Bon ! vous êtes resté. Et vous y seriez encore si je n'avais eu l'heureuse inspiration d'étudier les effets du cor dans la nuit. Fort bien. Or ça, seigneur comte, aimez-vous la reine ?

— Elle est bien belle ! répondit Roland.

— Ce n'est pas répondre. Êtes-vous à elle, corps et âme, ou à Corisande ?

Roland tressaillit.

— J'adore Corisande, dit-il.

— Bien ! très bien ! Et vous passez la nuit à écouter les contes bleus de la reine ? Seigneur chevalier, il faut choisir. Voyez-vous cette fenêtre éclairée ? C'est celle de la princesse. Elle veille comme vous, comme moi, comme Doralice, comme Églantine, et comme tous les amoureux du monde. Elle croit que vous êtes dans l'appartement de Doralice, et elle frémit de colère, d'amour et d'indignation. Tenez, elle paraît à la fenêtre. Voyez-vous ses beaux cheveux à demi-dénoués ? Elle soupire, elle vous aime, elle vous hait, elle vous croit plus heureux que vous ne l'êtes, elle frémit en pensant à sa rivale, et elle fait serment de renoncer à vous.

— Oh ! dit Roland, qu'elle est belle !

— Et vous la quitteriez, dit le poète, pour cette femme artificieuse qui a déjà oublié ses deux premiers amants ?

— Quels amants ? dit Roland.

— Mandricard et le roi d'Algérie.

— Elle m'a juré qu'elle les avait toujours haïs, s'écria le comte d'Angers.

— Ah ! le bon serment ! dit Raimbaud en riant ; et si je vous jurais que j'ai pris la lune dans ma main gauche et que je l'ai fait sauter comme une balle, le croiriez-vous ? Seigneur, seigneur, n'oubliez pas que toutes les femmes sont menteuses comme le serpent qui tenta Ève.

— Oh ! dit Roland indigné.

— J'en excepte, bien entendu, Corisande.

— Et Églantine ?

— Hum ! hum ! dit Raimbaud, ce n'est pas elle qui tirera la Vérité du puits où elle se cache.

— Qui t'a parlé des amants de Doralice ?

— Vous doutez ?... Toute la ville de Grenade. Voulez-vous que je vous amène mon ami Ali ?

— Qui ? ton pêcheur de truites ?

— N'en faites pas fi ! c'est un homme d'esprit. Il est très impartial, car il ne se soucie ni des rois, ni des reines, ni des chevaliers.

— Eh bien ! voyons Ali.

— Déjà ! seigneur comte, l'affaire vous tient au cœur plus que vous ne voulez l'avouer.

— Moi ! c'est pure curiosité. Je n'aime que Corisande.

— Oui, mais l'autre est reine.

— Que m'importe ? Avec Durandal, je saurai bien me tailler un royaume.

— Taillez-le donc, seigneur, car il me tarde d'entrer en jouissance de la province que vous m'avez promise.

— Ambitieux !

— Ce n'est pas moi, c'est Églantine, qui a des inclinations royales. Allons chercher Ali.

Cette conversation avait lieu à l'ombre des orangers de la terrasse. Le comte d'Angers et son compagnon descendirent vers la poterne et rencontrèrent l'officier de garde.

— Vous n'avez pas vu l'ennemi ? demanda Roland.

— Non, seigneur, répondit l'officier qui commandait les gardes. La nuit a été tranquille, sauf deux alertes dont je n'ai pu connaître la cause.

Raimbaud se mit à rire. Quand il eut passé la poterne avec Roland, il se tourna vers le chevalier.

— Eh bien ! dit-il, comprenez-vous l'histoire de cette nuit ?

— Non, répondit le comte d'Angers.

Le Gascon leva les épaules.

— Que les héros sont candides ! dit-il. Vous avez cru à la frayeur de Doralice ?

— Pourquoi n'y croirais-je pas ?

— Je n'ai pas cru, moi. Je me suis informé, et je sais qui a fait donner la première alerte.

— Qui est-ce ? demanda Roland étonné.

— Doralice elle-même.

— Tu es fou. Elle était toute tremblante.

— C'est que la frayeur lui va bien. Avez-vous remarqué comme Églantine s'est trouvée là fort à point pour vous saisir au passage et vous conduire chez sa maîtresse ? Je vous le répète, seigneur comte, il ne tient qu'à vous d'être roi de Grenade.

— Bah ! dit Roland,que ferai-je de ce royaume? J'aime mieux Corisande.... Mais où me mènes-tu donc? Nous voilà depuis longtemps dans la campagne.

— Je vous mène chez Ali.

— Je ne vois que des arbres et des prairies, entre lesquels coule le Xénil.

— Bon ! c'est là. Je parie qu'il tend ses filets.

Ils marchèrent encore quelque temps le long de la rivière. Tout à coup Roland heurta du pied un homme couché dans l'herbe.

— Regarde donc où tu marches, dit l'homme qui se leva.

— Qui es-tu, maraud ? demanda Roland.

— Je suis un homme, répliqua l'autre, et

je demande pourquoi tu mets le pied dans mon lit.

— Eh ! dit Raimbaud, c'est celui que nous cherchons. Bonjour, Ali.

— Bonjour, dit le pêcheur. Tu me cherchais ? As-tu besoin de truites, poète ? La pêche n'a pas été bonne, cette nuit : le poisson fuit devant moi comme les courtisans devant le malheur.

— Cynique ! dit le Gascon.

— Parasite ! répliqua le pêcheur. Qui est ce bel homme qui t'accompagne ?

— C'est le comte d'Angers.

— Et que faites-vous ici tous deux ?

— Nous nous promenons comme toi.

— Je ne me promène pas, moi. Je prends des truites, ce qui n'est pas la même chose. Bonsoir.

En même temps il se recoucha dans l'herbe, tout prêt à dormir.

— Eh ! l'ami, dit Roland, je voudrais te parler.

— Parle, dit Ali, et parle vite, car j'ai sommeil.

Le comte d'Angers tira de sa poche une bourse remplie de pièces d'or et la fit sonner dans sa main.

— Je ne suis pas avare, dit-il.

— Tant mieux, répliqua Ali : l'avarice est un vilain défaut.

Et il arrondit son bras autour de sa tête pour dormir plus commodément.

— Je ne suis pas avare, reprit Roland, et je sais récompenser ceux qui me servent.

— Auras-tu bientôt fini de faire ton éloge? dit le pêcheur ; il est tard, et quand la nuit n'a pas été bonne, la journée ne vaut rien.

— En deux mots, dit Raimbaud, que penses-tu de Doralice ?

— Je ne pense rien.

— Mais si l'on te priait de penser, que penserais-tu ?

— Que c'est une bien belle femme.

— Et de sa vertu ?

Ali se mit à siffler.

— Siffler n'est pas répondre, continua Raimbaud. Est-elle vertueuse ou non ?

— Qu'est-ce que cela me fait ? Je ne pense pas à l'épouser.

— Mais si quelqu'un de tes amis songeait à l'épouser ?

— Tu te mets sur les rangs ?

— Moi ! non, mais quelqu'un qui vaut mieux que moi ?

— Ah ! j'entends ; le seigneur comte. Eh bien ! qu'il épouse, nous danserons à la noce et je boirai volontiers à la santé des deux époux comme j'ai déjà bu à celles de Rodomont et de Mandricard.

— Hum ! dit Raimbaud, voilà une parole qui n'est pas de bon augure.

— Tu aimes qu'on te gratte ? Va chercher ton homme ailleurs ?

— Tu ne veux pas répondre ?

— Que veux-tu que je te dise. Elle rendra son mari très heureux. C'est une très bonne femme qui ne sait rien refuser à personne. Elle n'a rien refusé au roi d'Alger, elle n'a rien refusé au roi de Tartarie ; pourquoi serait-elle plus cruelle pour le comte d'Angers ou pour ses successeurs ?

— C'est bien ! dit Roland. Je sais tout ce que je voulais savoir. Ali, voici ma bourse.

— Pourquoi faire ? dit Ali. Je n'ai pas besoin d'argent pour dire du mal de mon prochain.

Roland rentra tout pensif au palais. Il était plein de remords d'avoir pensé un instant à trahir Corisande. Il se détestait lui-même et détestait Doralice, dont il devinait, grâce au zèle de Raimbaud, tous les artifices. Il résolut d'expier sa faute. En prenant cette belle résolution, il se coucha et s'endormit, juste à l'heure où le soleil commençait à poindre derrière le sommet neigeux du Muley-Haçen, et les oiseaux à chanter dans les feuilles des orangers.

Raimbaud, qui n'était guère moins fatigué, suivit son exemple, et tous deux dormirent d'un profond sommeil jusqu'à midi.

Veillez toujours, dit le sage, si vous voulez fermer votre porte au malheur.

XVIII

Comment une grande reine obtint à force d'adresse la protection d'un Gascon.

Ce jour-là, Doralice se leva de méchante humeur. Ses femmes ne pouvaient la servir au gré de son impatience. Son petit pied s'agitait et frappait le tapis. Ses cheveux étaient mal noués, sa robe était mal faite ou mal agrafée, ses pantoufles n'étaient pas à sa portée. Dieu vous garde, ô mes amis, des changements d'humeur d'une jolie femme. Enfin, elle se hâta de renvoyer ses femmes et fit appeler sa confidente. Églantine parut.

— Eh bien ! Églantine, quelle nouvelle ?

— Madame, dit Églantine, le temps est beau pour la promenade. Voulez-vous monter à cheval aujourd'hui ?...

— Il s'agit bien de cheval et de promenade ! interrompit brusquement Doralice.

— Si vous vouliez, madame, essayer une robe nouvelle ? J'en ai deux à vous montrer qui viennent de la bonne faiseuse.

— Églantine, tu ne veux pas me comprendre. Que fait-il aujourd'hui ?

— Qui ? le prince Gayferos, votre frère ? Je suppose qu'il est à la Mecque et qu'il fait dévotement ses prières.

— Je ne te parle pas de Gayferos, mais du comte d'Angers.

— Ah ! Roland.... ma foi, madame, il dort comme un loir.

— Il dort !

— N'est-ce pas une indignité, madame ! Eh bien ! Raimbaud dort encore une fois plus fort que lui. Écoutez ce sourd grondement, semblable à celui d'un tonnerre lointain, qui pénètre jusqu'ici à travers les plus épaisses murailles, c'est le chevalier qui ronfle. Et cet autre, plus faible, mais aigu comme le son d'un flageolet, c'est Raimbaud.

— Curieuse ! dit Doralice en souriant ; qui te l'a dit ?

— Je suis allée écouter à la porte, madame, et j'ai même un peu regardé par le trou de la serrure.

— Indiscrète !

— Madame ! n'est-ce pas mon métier de l'être ? Sans moi sauriez-vous quelque chose de ce qui se passe dans le royaume, excepté la haute politique, et encore !...

— Ah ! ma chère Églantine, que je suis malheureuse !

— Pourquoi ? n'êtes-vous pas reine ? n'êtes-vous pas jeune ? n'êtes-vous pas belle ?

— Églantine, il ne m'aime pas !

— Il vous aimera, madame. Il en était bien près, je crois, lorsque ce maudit cor est venu donner l'alarme.

— Oui, il m'a dit qu'il m'aimait ! Mais quelle différence de ses transports à ceux de mon pauvre Mandricard ! c'était un amant, celui-là !

— Bah ! un Tartare?

— Ah ! ma chère Églantine, les Tartares ont quelquefois du bon. Ce n'est pas lui qui aurait passé la moitié de la nuit à écouter mon histoire, et qui se serait enfui de peur de me compromettre ! Te souviens-tu de notre première rencontre? Il me vit, il m'aima, il m'enleva le même soir, et, le lendemain, j'étais reine de Tartarie.

— Oui, il était prompt dans ses manières, et il ne prit pas trop le temps d'appeler le cadi.

— Qu'importe ! J'avais confiance en lui ! Sa parole me suffisait.

— Le fait est qu'auprès de lui, madame, le comte d'Angers est un amoureux transi.

— Et Rodomont? c'était un brave, celui-là. Aussi l'ai-je aimé bien longtemps ; et même quand je l'eus quitté pour Mandricard, je ne pus m'empêcher de le regretter un peu. Si tu avais vu de quel air, de quels yeux il me disputait au roi de Tartarie, quels éclairs jetait son épée ! ce n'était plus un homme ni un chevalier, mais un tigre déchaîné !...

— Mais, madame, le respect de Roland...

— Eh ! respecte-t-on quand on aime ?

Églantine ne put s'empêcher de sourire.

— Écoute-moi, reprit Doralice, cette froideur n'est pas naturelle. Roland aime quelqu'un.

— Qui donc, madame, pourrait lutter avec vous ? dit Églantine.

— Qui, si ce n'est Corisande ? Il l'aime, te dis-je. Ah ! malheureuse que je suis ! Ils ont eu, dans ce voyage, le temps de se voir, de s'aimer, de se le dire. Il rit peut-être avec elle de mes tourments et de ma vaine jalousie ! Non ! A tout prix, il faut que je le sépare de Corisande !

— Comment ?

— Je ne sais. Il faut que je les sépare ou que je meure.

— Ne mourez pas, madame, dit Églantine ; vivez, au contraire, pour le bonheur du comte d'Angers et pour le vôtre. Quand même il l'aimerait, il ne pourra résister à l'appât d'une couronne.

— Je l'ai cru longtemps, dit Doralice, mais je suis détrompée. Roland n'est pas une âme vulgaire. Je le connais, il est de ceux qui donnent des couronnes, mais qui n'en reçoivent pas. Ah ! si je pouvais connaître son faible !

— Madame, dit Églantine, rien n'est plus aisé. Faites appeler Raimbaud. Par le serviteur, vous connaîtrez le maître, et vous le séduirez, s'il n'est pas déjà séduit.

— Eh bien ! amène Raimbaud.

Églantine ne perdit pas de temps et alla frapper à la porte du Gascon, qui se réveilla en sursaut. Il se mit sur son séant, étendit les bras, bâilla longuement et regarda le soleil qui entrait à flots par la fenêtre ouverte.

— Tiens, dit-il, il est grand jour. J'ai bien dormi.

Églantine frappa de nouveau.

— Qui va là ? demanda le Gascon. Ami ou créancier ?

— Ami, dit la dame.

— Hum ! dit le poète, c'est peut-être une ruse ; il y a des amis qui sont faits comme des créanciers.

— C'est moi, moi, Églantine. Ne me reconnais-tu pas ?

Raimbaud ouvrit la porte avec empressement.

— Ame de ma vie, dit-il, tu viens sous ce toit hospitalier ? est-ce pour couronner ma flamme ?

Elle se dégagea de ses bras.

— Parlons raison, répondit-elle. Notre fortune dépend de ta docilité. M'aimes-tu ?

— Je t'adore.

— Es-tu prêt à tout pour m'épouser ?

— A tout.

— Bien. Suis-moi.

— Où me mènes-tu ?

— C'est un mystère.... En deux mots, tu vas

chez Doralice, et tu feras tout ce qu'elle va t'ordonner.

Raimbaud secoua la tête.

— Tu refuses ? reprit Églantine C'est bien. Reprends ta liberté, je reprendrai la mienne.

— Ange adoré, dit le Gascon, tu veux me faire travailler à quelque perfidie ?

— Entrez donc, monsieur l'honnête homme, et ne faites pas trop le délicat.

Au fond, Raimbaud commençait à se douter des desseins de Doralice. Il était ambitieux et amoureux, à la façon des poètes qui aiment, comme les enfants et les papillons, tout ce qui résonne et tout ce qui brille. De plus, il était Gascon, de ce beau pays de Béarn qui a donné à la France tant d'illustres aventuriers, demi-héros, demi-sacripants. Il avait besoin de faire fortune, et il voyait la fortune passer à portée de sa main. Toutes ces réflexions ne tardèrent pas à porter leurs fruits, et il se présenta devant Doralice, à demi gagné par les insinuations de la belle Eglantine.

La reine de Grenade le regarda quelque temps sans parler, cherchant à deviner sa pensée; mais elle ne put rien distinguer sous le respectueux sourire du Gascon.

— Mon ami, dit-elle, vous êtes poète ?

— *Mon ami !* pensa Raimbaud. Peste ! je suis en faveur.... Oui, madame, dit-il tout haut, je suis poète et musicien.

— Tant mieux, dit Doralice, j'ai une passion pour la poésie. C'est la langue des dieux.

— Elle me flatte, pensa le Gascon. Il faut qu'elle ait bien besoin de moi.... Madame, continua-t-il, je puis, si vous le voulez, vous chanter quelques-uns de mes vers.

La reine parut enchantée de cette idée. Raimbaud prit une guitare et chanta une romance très mélancolique, après quoi il entonna un chant de guerre, puis un chant d'amour, puis un chant d'extase, et menaçait de ne pas s'arrêter en si beau chemin ; mais tout à coup Églantine, qui se tenait un peu en arrière de Doralice, lui fit un signe et il déposa sa guitare.

Il était temps. La pauvre Doralice avait peine à rester maîtresse de sa mâchoire diacrânienne, laquelle se séparait de la syncrânienne d'une façon trop désobligeante pour le poète. Cependant elle eut la politesse d'insister et de témoigner à Raimbaud l'admiration la plus vive. Celui-ci faisait bonne contenance, et répondait avec une orgueilleuse modestie à ces compliments d'une reine.

— Ah ! pourquoi le monde entier n'est-il pas témoin de ma gloire ? pensait-il.

Après de longs préliminaires, où Doralice déploya la plus habile et la plus inutile diplomatie :

— Êtes-vous depuis longtemps au service du comte Roland ? demanda-t-elle avec une négligence charmante.

Cette question fit tomber le Gascon de ciel en terre.

— Je ne suis pas au service de Roland, dit-il, ni à celui de personne, excepté les dames. Un poète vaut bien un comte, et surtout un comte sans comté, car Charlemagne l'a dépouillé de tous ses biens.

— Je parie, dit Églantine, que c'est le comte qui est à ton service ?

— Non, dit le Gascon, il faut être modeste et véridique.

— Qu'est-ce que tu apportes dans l'association ? dit Églantine.

— La poésie, madame, répliqua fièrement Raimbaud.

— Et lui ?

— Les coups de sabre.

— Ainsi, vous allez par le monde, semant les vers et les coups de sabre ?

— Oui, madame, et nous récoltons la gloire.

— Et l'argent ? dit Églantine.

— Vil métal ! répliqua Raimbaud. Nous nous soucions bien de cela, vraiment !

— Je suis fâchée, dit Doralice, de n'avoir guère d'autre moyen de te récompenser du service que tu m'as rendu ; mais si tu méprises l'argent....

Le Gascon tressaillit.

— Je méprise l'argent, madame... c'est-à-dire que je préfère l'or.

La reine sourit et jeta un regard d'intelligence à sa confidente.

— Ces deux femelles ont juré de me faire damner avec leurs préliminaires, pensa le Gascon. Que ne disent-elles tout d'un coup ce qu'elles désirent et le prix qu'elles mettent à mes services.

A ce moment, Doralice parut prendre son parti et aborda franchement la question.

— Écoute-moi, dit-elle ; tu as du génie, tu es un grand poète et un musicien parfait ; je veux faire ta fortune et te garder près de moi. Tu seras la gloire de mon règne et le confident de mes plus secrètes pensées. Je te couvrirai non pas d'argent, puisque tu n'aimes pas ce métal, mais d'or; je te donnerai le gouvernement d'une province, et le pas sur les plus grands seigneurs de ma cour ; je ferai chanter tes vers dans les cérémonies publiques, et tu pourras faire célébrer tes louanges et ton génie par d'autres poètes ; mais....

— Mais.... demanda Raimbaud ébloui et inquiet.

— Mais tu me seras dévoué corps et âme.

— Ne l'étais-je pas déjà, grande reine ? dit le Gascon, dans un transport d'enthousiasme. O belle Doralice ! que ma plume se brise si je célèbre jamais une autre beauté que la vôtre; que...

— Corisande est-elle aimée de Roland ? interrompit brusquement Doralice.

Le Gascon se gratta la tête d'un air indécis.

— Réponds ! s'écria-t-elle vivement. L'aime-t-il ou non ?

— Qui sait ! dit Raimbaud, qui crut se tirer d'affaire.

— Tu le sais ! Il l'aime, n'est-ce pas ? Avoue ! je le sais !

— Si vous le savez, reprit le Gascon, vos questions sont inutiles.

— Tu l'avoues donc ?

— Eh bien, oui, madame, il l'aime.

— S'est-il déclaré ?

— Je ne crois pas, mais cela ne tardera guère.

— Oh ! s'écria Doralice, être reine et ne pouvoir l'empêcher !

— On peut tout empêcher, dit le Gascon.

— Que dis-tu ?

— On peut les brouiller.

— Tu le ferais ?

— Moi ! non, madame, mais d'autres peuvent le faire.

Doralice tira d'un coffret de bois de santal une bourse remplie de sequins d'or, et l'offrit au poète. Raimbaud prit la bourse et secoua la tête.

— Madame, dit-il, Roland est mon ami et mon associé. Que voulez-vous faire de lui ? car je ne veux m'engager à rien qui soit contraire aux lois de l'amitié et de l'association.

— Je veux le faire roi de Grenade, dit-elle, et te donner le gouvernement de Jaen, qui est la ville la plus considérable de mon royaume,après Grenade. En revanche, tu t'engages à séparer Roland de Corisande?

— Vous me jurez, dit Raimbaud, qui n'était pas sans remords, qu'il ne sera fait aucun mal à la princesse?

Doralice sourit.

— Son bonheur m'est aussi cher qu'à toi-même, dit-elle. Je veux lui donner un mari de ma main.

— Lequel?

— Mon propre frère, dom Gayferos, à qui mon père a laissé par testament l'Estramadure et les Algarves. Elle régnera au même titre que moi sur ce beau pays qui ne le cède en rien à Grenade, même pour la puissance et la richesse.

— Tout va bien, dit Raimbaud. Avant peu, ces deux amants seront brouillés. C'est à vous, madame, d'achever votre ouvrage et de consoler le comte d'Angers.

A ces mots, le Gascon sortit, prêt à ourdir sa trame.

— Eh bien! madame, s'écria Églantine, ne vous l'avais-je pas dit que vous l'emporteriez? Du courage, la victoire est à vous.

— Ah! mon enfant, dit Doralice en soupirant, qu'il en coûte pour gagner un mari!

— Il est vrai, madame, qu'on aurait un amant à meilleur marché, mais une grande reine doit se sacrifier à ses peuples et garder de la décence.

XIX

Comment une princesse aimable, mais trop jalouse, mit à la porte le plus fidèle des amants.

La belle Corisande avait passé la nuit sans dormir. Pensive, accoudée à sa fenêtre, le regard perdu dans les horizons lointains, les cheveux dénoués, elle pensait à Roland, à son amour trahi, à son cœur désolé. Un héros si généreux pouvait-il être si cruel et si perfide pour elle ? Quoi ? à peine, le soir, avait-il serré cette main loyale, et dans la nuit même, il violait son serment ! O chevalier parjure ! Elle pleura longtemps sans rien dire, insensible à toutes les prières et à toutes les consolations de sa nourrice.

— Peut-être, ma chère enfant, t'a-t-on fait un faux rapport ? dit la vieille femme.

— Ne cherche pas à le justifier, nourrice, s'écria Corisande, je l'arracherai de mon cœur. Je ne l'aime plus ; je le déteste ! Je veux me retirer au désert et vivre dans la solitude. Je veux fuir ce chevalier perfide et cette artificieuse Doralice qui l'a si vite séduit. Qu'a-t-elle de plus que moi, cette femme trompeuse ? Elle est reine. Il a cédé à l'ambition.

— Mon enfant, répéta la nourrice, défie-toi des faux rapports.

— Je ne puis plus douter, nourrice, dit Corisande accablée. Deux de mes femmes l'ont vu entrer dans l'appartement de Doralice, et en sortir avant le jour par une porte secrète.... Le perfide, comme il m'a trompée ! Sous quels faux semblants de loyauté il cachait une âme sans foi ! Ah ! je sens que sa vue seule me causerait une profonde horreur ! S'il se présente ici, dis lui que je ne veux voir personne.

Au même moment elle entendit la voix de Roland. Tout son sang reflua vers son cœur ; elle pâlit, et s'assit pour ne pas s'évanouir.

— Faut-il lui fermer la porte ? demanda la nourrice.

— Fais ce que tu voudras, répondit Corisande.

La nourrice introduisit le chevalier. Roland était en costume de cour, vêtu d'une tunique de velours noir et d'un manteau brodé d'or. Jamais il n'avait été plus heureux. Il était amoureux, il était aimé, il avait sauvé sa maîtresse d'un grand danger, et lui avait rendu tous ses biens ; il ne voyait rien de plus beau sous le soleil que l'admirable Corisande ; il avait bien dormi ; il était installé dans un palais magnifique et traité avec les honneurs qu'on rend aux rois ; c'était bien des raisons de remercier le grand Jupiter. De plus, il se savait bon gré d'avoir résisté aux séductions de Doralice. Bien que le hasard l'eût sauvé de ce piège autant pour le moins que sa propre vertu, il avait la conscience nette, et il prétendait bien que Corisande le payât de sa fidélité. C'est dans ces dispositions qu'il s'avança la tête nue, et de l'air le plus respectueux pour saluer Corisande et lui baiser la main.

Tout à coup il s'arrêta étonné. La princesse de Grenade répondit à son salut par une froideur glaciale et retira la main qu'il allait prendre. Le malheureux Roland se trouva pendant quelques minutes dans la position d'un homme grave qui va s'asseoir lorsqu'un enfant ingénieux retire subitement le fauteuil. L'homme grave tombe en arrière et prête à rire aux assistants.

— Reste près de moi, nourrice, dit Corisande, j'aurai besoin de tes services. Et vous aussi, Fatma et Zuléma, restez.

Les deux femmes désignées s'assirent, et tous les regards se tournèrent sur le comte d'Angers.

— Vous avez désiré me parler,seigneur comte? reprit Corisande.

Roland était debout comme un accusé devant son juge. Il cherchait vainement par quelle faute il avait pu mériter ce froid accueil. Il rougissait, il pâlissait, il commençait à regarder derrière lui et à désirer de n'être jamais venu. Cependant, après un instant, honteux de sa timidité, il essaya de reprendre ses esprits.

— Madame, dit-il d'une voix étranglée, je désirerais vous parler seul. J'ai d'importantes nouvelles à vous communiquer.

— Parlez, répliqua l'impitoyable Corisande. Je n'ai pas de secrets pour mes femmes. Ce sont des nouvelles de France, sans doute? Peut-être vous regrette-t-on à la cour de Charlemagne? Votre cousin Renaud de Montauban, votre ami Olivier sont inquiets de votre sort?

— Non, madame, dit Roland qui comprit qu'elle se moquait de lui, Renaud et Olivier n'ont aucune inquiétude. Il s'agit de choses plus graves et plus intimes que je ne puis communiquer qu'à vous seule.

Corisande sentit qu'il était blessé au vif par ces moqueries; mais elle avait tant souffert de sa prétendue infidélité, qu'elle voulut avant tout venger son injure. La conversation continua quelque temps sur ce ton, et le pauvre comte d'Angers eut lieu de maudire cent fois le jour de sa naissance et la fatale idée qu'il avait eue de se faire le chevalier des princesses persécutées. Enfin, Corisande consentit à l'écouter et se retira avec lui dans l'embrasure d'une fenêtre d'où la vue s'étendait sur la vallée du Xénil.

— Eh bien! parlez, dit-elle.

— Au nom du ciel! Corisande, dit Roland à voix basse, faites cesser ce supplice: vous me désespérez!

— Quel supplice? de quoi parlez-vous, seigneur comte? demanda-t-elle d'un air froid et hautain.

— Corisande! s'écria Roland d'une voix suppliante, je vous aime.

— Parlez moins haut, seigneur comte, répondit-elle, mes femmes pourraient vous entendre et répéter vos paroles à Doralice.

— Corisande, je vous jure...

— Ne jurez pas! interrompit-elle vivement. Ne laissez pas dire dans tout l'univers que Roland, ce héros glorieux et invincible, a fait un faux serment.

— Corisande!

— Seigneur comte, je sais ce que je vous dois, Ma reconnaissance sera éternelle. N'attendez de moi rien de plus.

— Corisande!

— Au revoir, seigneur comte.

Et elle le congédia d'un geste. Dès qu'il fut parti, elle se jeta dans les bras de sa nourrice.

— Ah! nourrice, s'écria-t-elle, je ne le verrai plus, mais j'en mourrai.

XX

Comment le perfide Gascon brouilla Roland avec Corisande et trouva le sujet d'un poème épique.

Roland sortit plus mort que vif de cette triste entrevue. Était-ce bien l'aimable et douce Corisande qu'il avait connue pendant son voyage? Quel malheureux destin avait changé tout à coup son cœur? Quoi! pas même un regard pour lui! Pas un mot de remercîment ou d'amitié, sinon d'amour! Il craignit de l'avoir offensée par une déclaration trop brusque. Il s'accusa de témérité, ce héros candide qui tremblait devant elle et qui obéissait au moindre signe. Il se reprochait des crimes imaginaires, oubliant Doralice et les événements de la nuit précédente.

C'est dans cet état d'abattement et de crainte qu'il rencontra Raimbaud. Du premier coup d'œil le Gascon devina l'état de son âme. C'est lui qui avait confirmé les vagues soupçons de Corisande et qui avait secrètement inspiré le rapport des deux femmes esclaves. Il jouissait, non sans quelque remords, du fruit de ses intrigues; il cherchait à se persuader qu'il avait voulu seulement assurer la fortune de Roland en même temps que la sienne propre, et donner un royaume au comte d'Angers.

— Après tout, disait-il à Églantine, si Roland n'épouse pas Doralice, il reprendra son chemin à travers l'Espagne, il tuera des Sarrasins, il conquerrera des royaumes, et, par ses exploits, me fournira un beau sujet de poème. En tout temps, les vrais héros sont rares. Celui-ci est à ma portée, sous ma main ; je serais bien sot de le laisser s'enfoncer et s'endormir dans l'oisiveté.

Ayant, par ce raisonnement, rassuré sa conscience, il alla gaiement au-devant du pauvre chevalier, qui marchait triste et sombre comme un brouillard d'automne.

— Eh bien ! dit-il, seigneur, vous avez vu Corisande ?

Roland poussa un profond soupir.

— Oh ! oh ! continua Raimbaud, est-ce que vous ne seriez pas content d'elle ?

Second soupir plus profond que le premier. Les deux amis continuèrent leur route jusqu'à un pont jeté par les Romains sur le Xénil. Ce pont était en ruines et n'avait plus qu'une arche.

— Voilà l'image de ma vie, dit Roland. Mon cœur est brisé.

— Seigneur comte, dit le Gascon, après la pluie vient le beau temps.

— Il n'est plus de bonheur pour moi. Corisande me hait.

— Seigneur chevalier, dit Raimbaud, toutes les femmes sont ingrates.... excepté Doralice.

— Ne prononce plus ce nom devant moi ! s'écria Roland. C'est elle qui cause tous mes malheurs. Avant de la connaître j'étais heureux, j'adorais en paix ma belle princesse ; je donnais ma vie et mon sang pour elle, et j'étais payé d'un sourire qui eût ravi les saints anges. Doralice a paru, et je suis retombé dans la douleur et dans le désespoir.

— Seigneur, continua le Gascon, ne craignez-vous pas que cette jalousie prétendue ne soit qu'un prétexte ?

— Un prétexte ! dit Roland surpris. Que veux-tu dire ?

— Que Corisande a saisi ce prétexte pour oublier vos services, et pour vous éconduire doucement et sans éclat. Qui sait si Gayferos, souverain des Algarves et de l'Estramadure ?...

— Tais-toi ! ne blasphème pas ! elle a repoussé ce Gayferos.

— Elle l'a repoussé, reprit l'opiniâtre Gascon, lorsqu'il était fils de roi et non pas roi lui-même; lorsqu'il voulait lui faire violence et non pas lui donner un trône.

— De qui tiens-tu cette histoire?

— Des gens de Grenade qui la connaissent dans ses plus petits détails. J'ai déjà passé deux heures dans une boutique de barbier, après déjeuner, et je connais Grenade comme si je l'avais bâtie pierre à pierre. Je sais que le boucher est ivrogne, en dépit de la loi du prophète, que l'épicier est battu par sa femme, que le boulanger bat la sienne, que le cadi vend la justice ; que l'iman a trouvé un soir, dans la chambre de sa fille, des babouches qui ne lui avaient jamais appartenu, et dans ces babouches les pieds de leur propriétaire. Comment pourrais-je ignorer l'histoire de Corisande ?

— Tu crois que Gayferos ?...

— Je ne crois rien, seigneur. Il est trop dangereux de vouloir deviner la pensée d'une femme. Mais je sais que Corisande est ambitieuse, qu'elle aime la gloire et la puissance ; je sais que Gayferos l'aimait ; je sais qu'il est roi, qu'elle est de haute naissance et qu'elle est belle ; je sais que les filles d'Ève sont fragiles, et je vous conseille de ne compter sur celle-ci qu'à moitié.

Roland soupira une troisième fois.

— Pourquoi vous désespérer ? continua l'impitoyable Raimbaud. Il y a trois ou quatre cents millions de femmes au monde Il faut que vous soyez bien malheureux si vous n'en pouvez pas accrocher une seule. Moi qui vous parle et qui ne suis qu'un simple poète, ni cousin de Renaud, ni neveu de Charlemagne, ni Roland, je n'ai jamais chômé. Jugez du succès qui vous attend ! Doralice vous aime, c'est clair ; épousez-la et faites-vous une belle et bonne royauté. Corisande vous regrettera, et peut-être bientôt dégoûtée de son Gayferos, vous la verrez revenir à vous, et vous aurez les bénéfices sans en avoir les charges.

— Oh ! que me dis-tu là ? s'écria Roland indigné.

— Ce qui se fait tous les jours dans la meilleure société, dit le Gascon. Ce sont les maximes de la Haute-Morale, qui n'a rien à démêler avec la morale ordinaire, apanage des petites gens et de tous les pauvres diables qui ne peuvent pas rompre les mailles du filet de la loi. La Haute-Morale, comme la Haute-Métaphysique, ne peut être comprise et pratiquée impunément que par un petit nombre d'initiés.

— Je n'épouserai jamais Doralice, dit Roland.

— Et vous refusez d'être roi à ce prix ?

— Je refuse.

Le Gascon regarda Roland avec admiration.

— Ma foi, pensa-t-il, je m'étais engagé à les brouiller ; ils sont brouillés. Il est temps de penser à moi-même et au poème que l'univers a droit d'attendre de moi.

— Seigneur, dit-il tout haut, votre résolution me plaît : elle est digne d'un grand cœur. Mais si vous aimez encore Corisande....

— Si je l'aime ! grand Dieu !... interrompit Roland.

— Si vous l'aimez, continua le Gascon, il ne

faut pas perdre de temps en d'inutiles soupirs. Elle veut être reine. Ayez un royaume. Avec Durandal, tout vous sera facile. Les chemins sont ouverts. Vous pouvez gagner de vitesse Gayferos et lui enlever Corisande.

— Tu as, parbleu ! raison, dit le chevalier, et j'étais fou de me consumer de tristesse. Va seller ton cheval et Bride-d'Or. Je t'emmène.

— Quoi ! tout de suite ? dit Raimbaud. Que pensera Églantine ?

— Veux-tu un comté ? demanda Roland.

— Certes !

— Eh bien, suis-moi, et je te promets le plus beau de toute l'Espagne.

A ces mots, ils revinrent au palais.

— Seigneur, dit un officier à Roland, la reine vous attend et le banquet est préparé.

— Allons, c'est le coup de l'étrier, dit le comte d'Angers. Nous partirons ce soir après la fête.

Raimbaud le suivit en se frottant les mains. Il serait comte, le Gascon ! Il aurait à son service des chevaliers, des écuyers, des pages ; il aurait des palais, des châteaux, des villes; il aurait des poètes, ses confrères, qui chanteraient sa gloire en crevant intérieurement de rage et de jalousie; il serait aimé des dames, car les grands seigneurs sont toujours bien vus du beau sexe ; il ferait souche de comtes et de petits Raimbaud.

Il serait le grand poète du siècle, l'Homère de

Roland ; les Alcuin des siècles à venir répéteraient son nom et réciteraient ses œuvres avec respect. On lui élèverait des statues et sa gloire rayonnerait sur toute la Gascogne, sur la Loire, la Seine et le Rhin.

Ainsi pensait Raimbaud en se frottant les mains. Il faut avouer qu'Églantine ne tenait pas beaucoup de place dans ses rêves de gloire et de puissance.

XXI

Comment dom Gayferos entrait par une porte tandis que Roland sortait par l'autre.

Doralice attendait Roland sur la terrasse du palais. Ses yeux rayonnaient de joie et de tendresse. Grâce aux intrigues du Gascon et à ses propres charmes, elle se croyait désormais seule maîtresse du cœur du désolé chevalier. Déjà elle fixait dans sa pensée le jour du mariage, et n'attendait plus, pour mettre sa couronne sur la tête de Roland, que l'arrivée de son frère Gayferos. Encore était-elle toute prête à se passer de cette formalité.

Dès que Roland parut, elle le salua d'un sourire et s'avança au-devant de lui.

— Allons, cher comte, dit-elle, vous vous êtes fait attendre. Donnez-moi la main, je vous prie.

Bien que Roland la regardât comme l'unique auteur de tous ses maux, il ne put s'empêcher de faire bonne contenance et de répondre à ses compliments. Après tout, un chevalier français ne pouvait pas, sans déshonneur, rebuter les avances d'une jolie femme et d'une reine. Après quelques moments d'hésitation, il se trouva lui-même injuste et cruel envers Doralice. Que pouvait-il lui reprocher ? sa facilité ? Était-ce à lui de s'en plaindre ? Ses anciennes faiblesses ? Sans doute Rodomont et Mandricard étaient deux ombres fâcheuses pour la réputation de la belle Doralice ; mais qui sait si la malignité publique n'exagérait pas leur succès ? N'avait-elle pas protesté de son innocence ? N'avait-elle pas versé de vraies larmes en racontant son histoire ? Qu'importe, après tout, pensait-il, qu'elle les ait aimés ? Je ne veux être ni son amant, ni son mari.

Telles étaient les réflexions du comte d'Angers. Au reste, Doralice, qui l'avait fait placer près d'elle à table, lui laissait à peine le temps d'examiner de sang-froid sa position. Elle n'était occupée que de lui et n'avait d'yeux que pour lui. Tout ce qu'il disait était approuvé d'avance. Elle se récriait sur les moindres choses ; elle l'interrogeait sur ses campagnes ; elle l'écoutait avec tant d'attention et une admiration si constante, qu'il aurait fallu pour résister à cette sirène toute l'insensibilité du philosophe Xénocrates.

Raimbaud, qui était placé à quelque distance, voyait avec inquiétude les progrès de Doralice. Le Gascon, qui aimait la gloire aussi bien que l'argent, commençait à trembler pour son poème. Il craignait d'avoir trop réussi. Elle va le prendre dans sa glu, pensait-il, et voilà mon poème à bas. Une fois marié, Roland se rangerait, vivrait tranquille à Grenade comme un bonhomme de roi. Adieu les exploits ! adieu les beaux coups de lance ! adieu les folles aventures, adieu les beaux vers et l'admiration des Alcuin de la postérité ! Peu à peu l'inquiétude du poète devint si forte qu'il ne put la cacher aux yeux pénétrants d'Églantine.

— Qu'as-tu donc ? dit-elle. Tu t'agites comme un goujon dans la poêle à frire.

— Je n'ai rien, répondit Raimbaud d'un ton bourru.

— Monsieur le poète, reprit Églantine, vous me cachez quelque chose ?

— Je ne te cache rien.

— Je parie que tu fais des vers ?

— Plût à Dieu !

— Savez-vous, monsieur le poète, que vous n'êtes pas poli ?

— Et toi, tu es trop curieuse Vraiment, je suis indigné !...

— De quoi, s'il vous plaît ?

— De la légèreté des femmes, répondit Raimbaud.

— Oh ! oh ! monsieur le moraliste, soyez plus respectueux, s'il vous plaît, pour une grande reine qui vous fera comte de Jaen, de petit Gascon que vous êtes.

— Qu'elle garde son comté ! le Gascon n'en a pas besoin.

— En vérité, dit Églantine, je ne te reconnais plus. N'est-il pas convenu que Doralice doit épouser Roland et faire notre fortune ?

— Plutôt que de consentir à ce mariage, dit le poète, je me couperais le poignet.

— Monsieur a des remords ?

— J'en ai. Malheureuse Corisande !

— En tout cas, il est trop tard. Le chevalier est pris dans les filets de Doralice.

— C'est ce que nous verrons, dit Raimbaud.

Au même instant on se leva de table, et la belle Doralice, mollement appuyée sur le bras du comte d'Angers, sortit de la salle, suivie de tous les convives.

Tout à coup, Roland se sentit tiré par la manche. Il se retourna ; c'était Raimbaud.

— Seigneur comte, dit le Gascon, un homme est là qui vous demande à la porte du palais.

— Qu'on le fasse entrer ! dit Doralice, secrètement contrariée de cette interruption.

— C'est un messager de France, reprit le Gascon ; il est venu à franc étrier ; ses bottes et ses habits sont couverts de poussière ; il n'ose se présenter, ainsi vêtu, devant une si grande reine.

Roland sortit avec le Gascon.

— Seigneur, dit Raimbaud, il est temps de partir.

— Bah ! répondit Roland, rien ne presse. La vie est longue....

— Et Doralice est bien belle.

— Que dis-tu ? s'écria le chevalier.

— Que vous allez tomber dans les pièges d'une coquette, que vous l'épouserez, que vous serez roi de Grenade, que vous ne reverrez plus Corisande....

— Tu as raison, dit-il, je suis fou. Va seller Bride-d'Or.

— Je ne vous quitte pas, dit le Gascon. Faites vos adieux à la reine sur-le-champ.

— Mais....

— Ces adieux vous embarrassent. Laissez-moi faire et approuvez tout.

— Va, parle, dit Roland. Aussi bien, je sens que la nature ne m'a pas fait pour les longs discours ni pour les exordes insinuants, comme dit maître Alcuin.

Raimbaud retourna seul près de Doralice. En

le voyant, elle devina qu'il était porteur d'une mauvaise nouvelle.

— Madame, dit le Gascon, le comte d'Angers va partir.

— Partir ! s'écria Doralice stupéfaite. Et sans me dire adieu !

— Il va lui-même prendre congé de vous, et vous remercier de l'hospitalité que vous lui avez offerte dans ce palais.

— Il part, répéta Doralice, au moment même où j'allais....

Elle s'interrompit et se mordit la langue. Raimbaud eut grand'peine à s'empêcher de rire.

Cette réticence justifiait assez l'empressement qu'il avait mis à emmener Roland.

— Où va-t-il ? dit Églantine, pour couvrir un peu le silence de sa maîtresse.

— Il va rejoindre Charlemagne qui vient d'entrer en Espagne avec trois cent mille hommes, et qui l'a rappelé dans son camp.

Les courtisans, aussi étonnés que Doralice, se regardaient sans rien comprendre à un événement si brusque et si peu attendu. Raimbaud sentit qu'il était temps de faire retraite.

— Adieu, Églantine, dit-il.

Les yeux d'Églantine étincelèrent,

— Tu pars aussi ? s'écria-t-elle.

— Il le faut.... La gloire.... mon poème.... Je ne

t'oublierai jamais.... tu vivras dans mes vers.... Je reviendrai.

— Perfide ! lui dit-elle tout bas, ce sont là de tes coups ! C'est toi qui emmènes Roland ! C'est toi qui....

— Ma chère enfant, dit le Gascon, n'ajoute pas ta douleur à la mienne.... Je reviendrai, je le jure.

Là-dessus, comme il était près de la porte, il sortit brusquement et alla rejoindre le comte d'Angers.

— Quelle excuse as-tu donnée ? demanda Roland.

— Aucune. Charlemagne vous demande, et vous allez le rejoindre.

En peu d'instants tout fut prêt pour le départ. Roland, tout armé, botté, éperonné, vint faire ses adieux que Doralice reçut avec une dignité froide ; elle était désespérée. Quoi ! tant d'intrigues et tant d'avances n'avaient pu le retenir !

— Vous reviendrez ? dit-elle.

Et plus bas, comme il lui baisait la main et allait se retirer :

— Ah ! si vous m'aviez aimée !... ajouta-t-elle en soupirant.

Ce soupir parut si dangereux à Raimbaud qu'il se hâta d'emmener le comte d'Angers. Roland voulut prendre aussi congé de Corisande ; mais le Gascon, qui craignait une explication bien plus dangereuse encore que les soupirs de Doralice, lui persuada qu'il était de sa dignité de partir sans la voir, et de ne revenir qu'après avoir conquis une couronne.

Le héros, qui avait plus de courage que de cervelle, comme la plupart des héros, se laissa emmener, et tous deux sortirent à cheval de Grenade. Hélas ! que de malheurs eût prévenus cette explication !

Le lendemain du départ de Roland, dom Gayferos, revenu de la Mecque faisait son entrée dans Grenade.

XXII

Comment Ali se décida à suivre le Gascon dans le pays d'Occident qui est la vraie patrie des truites.

Les deux voyageurs avançaient lentement dans la campagne, laissant la bride sur le cou de leurs chevaux, et livrés tout entiers à leurs pensées. Raimbaud n'était pas sans remords.

— J'ai agi sans réflexion, comme un véritable étourdi, pensait-il. J'ai presque trahi mon ami pour une coquette ; j'ai séparé deux cœurs, dont l'un est le plus héroïque et le plus généreux, et l'autre le plus délicat et le plus fidèle que l'on puisse trouver dans tout l'univers ; et, au moment de recueillir le fruit de mes intrigues, je me sens pris de remords comme un petit garçon qui a volé un pot de confitures ; je plante là Églantine, qui m'a entraîné dans le crime, et je reviens à mes rêves de gloire. Décidément, je ne suis qu'un coquin manqué, qu'un pauvre diable de poète, et je ferai bien de m'en tenir à ma guitare et à mes chansons.

Cependant il n'osa tout avouer à Roland de peur que, dans un premier mouvement de colère, le bon chevalier lui passât son épée au travers du corps, ce qui n'était pas sans exemple.

Après un quart d'heure de marche silencieuse :

— Où allons-nous ? dit Roland.

— A l'Occident, répondit le Gascon.

— Raimbaud, reprit Roland, je ne suis pas un grand clerc, et Alcuin a bien perdu son temps quand il a voulu m'apprendre à lire. Qu'entends-tu par Occident ?

— L'Occident, c'est le vent, c'est l'inconnu, c'est l'Océan, c'est la nature, c'est le vide, c'est le plein peut-être, c'est la verte forêt, c'est le gland d'où sort le chêne, c'est un monde, c'est tout ce qu'on désire et tout ce qui est beau, c'est le royaume que nous allons conquérir et la province que vous m'avez promise après la victoire.

— Je ne comprends pas bien, dit le héros,

mais tu dois avoir raison. Trouverai-je des Sarrasins en Occident ?

— Par milliers.

— Allons donc en Occident.

Les deux compagnons marchèrent encore quelque temps sans se parler ; mais Raimbaud, à qui le silence pesait, le rompit de nouveau.

— Seigneur comte, dit-il, ne trouvez-vous pas qu'il nous manque quelque chose ?

Roland poussa un profond soupir. Tous ses malheurs lui revenaient en mémoire.

— Seigneur, continua le Gascon, je ne veux pas parler de vos peines de cœur. Il est convenu d'avance que vous brûlez d'amour pour Corisande, et que si vous ne la revoyez bientôt, vous en mourrez de chagrin comme un très fidèle et très sensé chevalier que vous êtes. Aussi n'est-ce pas de cela que je suis occupé.

— Et de quoi donc, maudit bavard ? s'écria le comte d'Angers.

— Je pense, dit Raimbaud, que toutes les bonnes choses de ce monde marchent ensemble trois par trois. Par exemple : les trois Grâces, les trois vertus théologales ; Dieu le père lui-même donne la main au Fils et au Saint-Esprit ; et nous nous ne sommes que deux.

— Que veux-tu que j'y fasse ? demanda Roland.

— Seigneur, permettez-moi de chercher un autre compagnon de voyage.

— Qui ?

— Mon ami Ali.

— Le pêcheur de truites ? Il est insupportable.

— Vous vous trompez, seigneur. C'est un philosophe. Il nous fera rire. A nous trois, nous ferons un homme complet. Moi, je représenterai la Poésie, et Ali le Sens Commun.

— Et moi ? dit Roland qui s'amusait des discours du Gascon.

— Ma foi, après la poésie et le bon sens, il ne reste pas grand'chose... Eh parbleu ! vous représenterez les héros....

— C'est-à-dire, apparemment, ajouta Roland, ceux qui n'ont ni poésie ni bon sens.

— Seigneur, dit le Gascon, c'est vous qui tirez la conclusion et non pas moi.

— Va, va, mon héroïsme et ta poésie ont le cerveau aussi fêlés l'un que l'autre. Cherchons donc ce merveilleux Ali.

— Il est déjà tard, dit Raimbaud. Il doit dormir dans quelque fossé, près du Xénil. Attendez-moi près d'ici, et je vous l'amènerai avant une heure.

En même temps, il se mit à la recherche d'Ali. Le pêcheur pelait un oignon, et il avait déposé sur le sable, près de lui, une petite outre pleine d'un vin de Vadepenas exquis. Le Gascon lui frappa sur l'épaule. Ali se retourna.

— Bonsoir, dit Raimbaud.

— Bonsoir, dit l'autre en mangeant son oignon. Veux-tu souper avec moi ? Il est un peu tard et mes provisions sont médiocres. Veux-tu un oignon ?

— Je n'ai pas faim, répliqua le Gascon.

— Poète ! tu fais le dégoûté ! Prie Dieu de t'en donner autant chaque soir. Pense aux oignons d'Egypte que les juifs ont regretté si longtemps dans le désert.

— Bah ! des coquins de juifs ! c'était encore trop bon pour eux... A propos, tu as vu mon ami le comte d'Angers ?

— Ton ami ? dit le pêcheur. Oui.

— Comment le trouves-tu ?

— C'est un bien bel homme.

— Il t'aime beaucoup.

— Ah ! tant mieux, dit Ali. J'ai très bien soupé. Laisse-moi dormir.

— Et il voudrait t'emmener.

— Lui ? Pourquoi faire ?

— Pour faire ta fortune.

— Je ne veux pas qu'on m'emmène.

— Il te fera grand seigneur.

— Aurai-je plus d'appétit ?

— Je n'ose te le promettre, dit le Gascon, mais tu peux essayer. De plus, ton air lui plaît, ta physionomie lui revient. Enfin, il veut être ton ami.

— Flatteur, va ! Eh bien ! dis à mon ami que j'ai sommeil et qu'il parte sans moi.

— Sais-tu où nous allons ? dit Raimbaud.

— Qu'importe ! puisque je n'y vais pas. Bonsoir.

Et Ali se mit à bâiller étendant les bras.

— Nous allons en Occident, continua le Gascon, conquérir un royaume.

— Pour qui ?

— Pour la belle Corisande, avec qui nous sommes brouillés depuis ce matin.

— Déjà ? dit le pêcheur étonné. Oh ! les femmes ! les femmes !

— Oui. L'on nous a vu sortir un peu trop tôt de l'appartement de Doralice, et l'on s'est fâché. Pour apaiser la belle affligée, nous lui mettrons sur la tête une couronne. Nous sommes des héros, et nous agissons comme de parfaits chevaliers.

— Cette idée ne me déplaît pas, dit Ali, et si je savais seulement où est l'Occident, je vous suivrais volontiers.

— C'est très simple : l'Occident est devant nous.

— Y a-t-il des truites dans ce pays-là ?

— Les rivières en sont pleines, dit le Gascon, mais elles se serrent un peu dans l'eau.

— Pourquoi ?

— Pour faire place aux saumons.

— Bravo ! dit Ali, je te suis. Vive Roland et la belle Corisande ! Je vais voir du pays. Il n'y a que les huîtres qui ne changent jamais de place.

Là-dessus, il appela son chien et suivit Raimbaud.

XXIII

Où l'on voit que le métier de seigneur est plus compliqué que celui de pêcheur de truites.

Roland les attendait, à cheval, appuyé sur sa lance, dont le fer était fiché en terre. Il réfléchissait, le héros ! il rêvait à Corisande, à la gloire, au vieux Charlemagne, au royaume qu'il allait conquérir, à la dureté de sa maîtresse et au plaisir de se venger en la faisant reine d'Occident.

Au milieu de ses réflexions, il leva la tête et reconnut le gascon qui s'avançait à pied, tenant son cheval par la bride, et donnant le bras au pêcheur de truites.

— Voilà notre Philosophe, dit Raimbaud. J'ai eu peine à le décider, mais enfin il consent à nous suivre. Avec lui, du moins, je ne crains plus de m'ennuyer.

— Mais drôle que tu es, dit Roland, tu craignais donc de t'ennuyer avec moi ?

— Pourquoi non ?... interrompit Ali. Oh ! ne te fâche pas. Tu es un héros, c'est connu, et tu as la tête dure. Ce n'est pas étonnant si l'on songe que ton casque a reçu, depuis dix ans, plus de six mille coups de massue, de lance ou d'épée, et que ton crâne n'a pas fléchi sous cette grêle épouvantable. Mais la même dureté qui protège ton crâne contre l'ennemi, le défend aussi contre les idées nouvelles ou ingénieuses. Pendant que ton bras travaille, ton cerveau se repose. C'est ce qui fait de toi le plus sublime héros dont j'aie jamais gardé le souvenir.

— Hum ! dit Roland, je ne t'entends pas trop bien. Je soupçonne seulement que tu ne me flattes pas... Tu viens avec nous en Occident ?

— Oui, dit le pêcheur. Je vais faire le tour du monde. Avec toi ou avec un autre, peu importe.

Comme Ali était à pied, le comte d'Angers et le Gascon ralentirent le pas de leurs chevaux. Peu à peu la nuit vint. On entendait dans les fossés, le long de la route, le coassement des grenouilles et ce profond murmure qui s'élève vers le ciel, formé de tous les bruits de la terre.

La nuit était chaude et de fréquents éclairs, déchirant les nuages, annonçait un orage prochain.

Enfin, vers minuit, le tonnerre commença à

gronder et une pluie abondante tomba sur les trois voyageurs. Ils cherchèrent un abri à l'entrée d'une forêt dans une hôtellerie de mince apparence.

Roland descendit de cheval, se dépouilla de son armure, pansa lui-même Bride-d'Or, car il ne voulut laisser à personne le soin de ce fidèle ami, et vint, plus d'une heure après, se chauffer et se sécher devant le feu de l'hôtellerie. Raimbaud, qui avait suivi son exemple, mais que son armure n'embarrassait pas, était déjà assis et ôtait ses bottes. Quant au pêcheur et à son chien, dès leur arrivée ils s'étaient installés au coin de la cheminée et ils attendaient patiemment le souper. Cette vue ne laissa pas de donner de la mauvaise humeur au comte d'Angers. Ali s'en aperçut et se mit à rire silencieusement.

— De quoi ris-tu ? demanda Roland.

— De ta bêtise, répondit l'autre.

Le comte d'Angers leva le poing sur lui.

— Oh ! oh ! reprit Ali, es-tu de ce caractère ? Est-ce que la vérité te déchire les oreilles ? En ce cas, bonsoir et bon voyage.

Il se leva aussitôt, mais Raimbaud le retint.

— Seigneur comte, dit le Gascon, je vous avais bien prévenu que c'était un philosophe.

— Philosophe tant qu'il lui plaira, dit Roland, mais non pas jusqu'à se moquer de moi ! Je ne le souffrirai pas !

— Par la jument du Prophète ! s'écria le pêcheur, je veux parler et rire tant qu'il me plaira, et si cela te déplaît, je te planterai là. Tu fais le grand seigneur, tu voyages à cheval avec une armure, une lance, une épée ; la pluie qui mouille les chevaliers et les héros comme les autres hommes, te trempe jusqu'aux os, et tu viens me chercher querelle !

— Encore ! dit Roland.

— Ma foi, continua le pêcheur, je plains les peuples d'Occident. Quel roi tu vas faire ! On ne peut pas te dire deux mots sans te mettre en colère. Que sera-ce donc quand tu auras la couronne en tête et le sceptre en main ?

— Seigneur comte, reprit Raimbaud, un peu de patience, ou bien Ali va nous quitter. Soupons.

On soupa de bon appétit. Au dessert, quand le vin eut rendu la joie aux trois compagnons, Roland mit ses coudes sur la table, et dit au pêcheur :

— Ça, qu'appelais-tu tout à l'heure ma bêtise?

— Ecoute, dit Ali d'un air grave, je veux bien te répondre ; mais convenons d'abord qu'en aucun cas tu ne lèveras la main sur moi, et que tu ne répondras pas par des coups de poing à de bonnes raisons.

— C'est convenu dit Roland.

— Bien. Dis-moi maintenant qui te force

d'aller à cheval quand il est si doux, si facile et si commode d'aller à pied ?

— Je vais à cheval, répondit Roland, parce que mon armure est pesante et que la marche me fatigue.

— Bien répondu. C'est plaisir de raisonner avec toi quand tu as soupé. Maintenant, qui te force de porter une armure ?

— Ma foi, c'est l'usage. D'ailleurs, j'ai un justaucorps de velours brodé d'or et une bourse pleine de sequins dans les poches. Il faut bien être armé pour les défendre.

— Et qui te force de porter un justaucorps de velours brodé d'or et d'avoir une bourse pleine de sequins ?

— Personne, dit Roland ; mais c'est l'usage. Ne suis-je pas un seigneur ?

— Très bien. De sorte qu'étant un seigneur, tu as de beaux habits ; qu'ayant de beaux habits, tu prends une armure et une épée pour les défendre ; qu'ayant une lourde armure, tu as besoin d'un cheval pour te porter ; qu'ayant un beau cheval, tu le panses avant de souper toi-même ; et qu'étant refroidi et mouillé, tu es furieux contre ceux qui sont secs et chauds au coin du feu. Voilà où te mène le plaisir d'être seigneur.

— Alors, tu te crois plus heureux que moi ? dit Roland.

— Au moins, répliqua le pêcheur de truites, je suis d'humeur plus gaie.

Ce mot fit réfléchir le bon chevalier, mais ne le convainquit pas. Raimbaud vint à son secours.

— On ne se mouille pas tous les jours, dit-il. On n'a pas toujours sa cuirasse sur le dos et son cheval entre les jambes ; et il est quelquefois agréable d'aller à la cour et de plaire aux grandes dames.

— Truite et saumon ! dit Ali, as-tu perdu le sens, mauvais rimailleur ? Qu'ont-elles donc de si rare ces grandes dames dont tu parles ? Elles font plus de façons, voilà tout. La sauce n'est pas la même, mais n'est-ce pas toujours le même poisson ?

— Justement, dit le Gascon ; mais la sauce vaut mille fois mieux que le poisson. Et quelle sauce divine ! des refus, des grâces, des caprices, des langueurs, des larmes, des sourires, des révérences, tout ce que le bon Dieu a prodigué aux dames pour nous mener au galop sur le grand chemin de l'enfer. Demande au seigneur chevalier comment il a été accommodé par la belle Doralice.

— Ne dis pas de mal des dames, interrompit Roland.

— Ma foi, seigneur, si la conversation vous ennuie, n'écoutez pas, et laissez-moi philosopher à mon aise avec Ali.

Les trois convives passèrent encore une heure

dans ces discours et s'endormirent du plus profond sommeil. Le lendemain, quand le soleil parut, ils se remirent en marche. Dix jours après, ils traversèrent un pays admirablement cultivé, et qui ressemblait à un jardin. Ce pays était enfermé dans une enceinte circulaire de collines qui s'ouvrait par deux défilés fort étroits et faciles à défendre. L'un était situé à l'est, l'autre à l'ouest de ces collines. Au milieu de cette vaste enceinte, on apercevait une ville de médiocre étendue, entourée de hautes murailles. Sur la route, un peu en avant de la ville, se trouvait un poteau avec cette inscription :

« Il est ordonné, sous peine de mort, à tous les étrangers, de déposer leurs armes avant d'entrer dans la ville. »

— Oh ! dit Roland, qui se fit lire l'inscription, voilà un poteau bien impertinent. Je suis curieux de voir si quelqu'un osera mettre la main sur moi pour me désarmer.

En même temps, il poussa Bride-d'Or en avant et mit sa lance en arrêt. Ali et Raimbaud le suivirent assez lentement, peu soucieux de violer la loi d'un peuple et d'un pays inconnus.

XXIV

Comment le bon Roland passa son épée au travers du corps de plusieurs républicains, et se lia d'amitié avec les autres.

Le comte d'Angers eut à peine fait cent pas au delà du poteau, lorsqu'un homme à mine sévère sortit d'une petite maison située sur le bord du chemin et semblable à un corps de garde. L'homme était simplement vêtu et tenait à la main une hallebarde longue de plus de vingt pieds. Il en présenta la pointe au visage de Roland, et lui montrant un second poteau, qui portait la même inscription que le premier, lui cria :

— Lis.

— Je ne sais pas lire, dit Roland.

— Apprends, répliqua l'autre.

Le sang monta au visage du chevalier, qui voulut donner de l'éperon dans le ventre de son cheval.

— Tourne bride ou tu es mort ! cria l'homme.

Et en même temps il mit la pointe de la hallebarde dans les naseaux de Bride-d'Or, qui se cabra et faillit renverser Roland.

A cette vue, celui-ci fit reculer son cheval, piqua des deux et bondit par-dessus la hallebarde et la tête de son adversaire. Bride-d'Or retomba debout sur ses quatre pieds, aussi ferme que s'il fût resté immobile. Quant au chevalier, il était resté en selle, après ce tour de force prodigieux.

— Voilà une magnifique cabriole, dit le pêcheur de truites. Bon cheval ! Bon cavalier ! deux animaux solides !

— Quel beau début pour mon poème ! s'écria Raimbaud.

— Ce qui me plaît, dit Ali, c'est que le hallebardier n'est pas bavard. On voit bien qu'il connaît le prix du temps.

Cependant l'homme à la hallebarde, étonné, mais non pas effrayé du saut de Bride-d'Or, s'était retourné et faisait de nouveau face au chevalier. D'un coup de hallebarde, il perça la cuirasse de Roland, quoiqu'elle eût été forgée par le meilleur armurier de Milan, et fit couler le sang du paladin.

Comme il retirait sa hallebarde, Roland se précipita sur lui et d'un coup de Durandal lui fendit la tête en deux parts, depuis le crâne jusqu'au menton.

En même temps il entendit plusieurs voix crier : aux armes ! une vingtaine d'hommes armés de hallebardes comme le premier s'avancèrent à la fois contre lui.

— Hum ! dit Raimbaud, nos affaires se gâtent. Voilà des hallebardes qui ne plaisantent pas !

En même temps, il se tint un peu en arrière

avec le pêcheur de truites, attendant l'issue du combat.

Le comte d'Angers ne s'effraya point de ces nouveaux adversaires.

— Place ! canaille ! s'écria-t-il en brandissant Durandal.

Le combat ne fut pas long. En quelques minutes, Roland vint à bout de ses ennemis et tua ou blessa tout ce qui osa tenir devant lui. Peu à peu les remparts de la ville se couvraient de curieux qui regardaient avec admiration et frayeur cette lutte d'un homme contre une troupe entière. Tout à coup, un vieillard à barbe blanche et sans armes s'avança vers le chevalier et lui dit :

— Étranger, que nous veux-tu ?

— Je veux passer, dit Roland.

— Ne connais-tu pas la loi ? demanda le vieillard.

— Je suis Roland, dit le chevalier, et Durandal n'a jamais passé dans d'autres mains que les miennes.

Au nom de Roland, le vieillard s'inclina avec respect, et lui tendant la main :

— Sois notre hôte, dit-il, et garde ton épée. Un héros tel que toi est partout dans sa patrie. Viens dans ma maison. Tu es digne de faire alliance avec mon peuple.

Le chevalier le suivit, et, tenant son cheval par la bride, entra dans la ville avec le vieillard.

— Comment s'appelle ta ville ? demanda le héros.

— Villanueva, répondit le vieillard. C'est une république.

— République ? dit Roland. Je connais ce mot-là. Le savant Alcuin m'en a parlé souvent. Et que faites-vous dans votre république ?

— Nous vivons en liberté, obéissant aux lois que nous avons faites, et nous ne craignons personne.

— A ce compte-là, dit le chevalier, je suis donc un républicain, car je ne crains âme qui vive, et je n'obéis qu'à moi-même.

Le vieillard frappa bientôt à la porte d'une maison de modeste apparence, située sur une place publique, au centre de la ville. Un jeune homme vint ouvrir.

— Bernardo, dit le vieillard, prends soin du cheval de cet étranger.

Le jeune homme s'empara de Bride-d'Or et le conduisit à l'écurie, pendant que le comte d'Angers, toujours précédé de son guide entrait dans une grande salle où se trouvait réunie toute la famille du vieillard.

— Etranger, dit celui-ci, tu vois mes sept fils et mes cinq filles. Tous mes enfants sont mariés. Je m'appelle Roderic. Je suis le premier magistrat de la République, et Bernardo, que tu viens de voir est mon fils aîné.

Roland salua toute l'assemblée avec la cordialité d'un homme qui est bienveillant envers les autres hommes, parce qu'il est au-dessus de tous les pièges et de tous les dangers. Les enfants du vieillard lui firent l'accueil le plus hospitalier. Peu d'instants après, Raimbaud et le pêcheur de truites entrèrent à leur tour dans la maison et reçurent le même accueil.

— Roderic, dit le comte d'Angers, j'ai entendu parler de beaucoup de villes et de royaumes ; j'ai fait trois fois, monté sur Bride-d'Or, le tour de l'Asie et de l'Afrique ; j'ai vu le royaume de Cathay, où sont nos antipodes, et le pays des Garamantes, dont le noir visage rappelle celui des démons ; mais je n'avais jamais entendu parler de Villanueva. Êtes-vous donc inconnus de tout l'univers ?

— Roland, répondit le vieillard, heureux les peuples qui sont inconnus et dont les malheurs ni la gloire n'occuperont jamais personne ! Nous sommes sur la carte du monde comme un poil blanc sur la peau d'un chameau noir, et nous n'envions ni ne craignons nos voisins. Nos pères ont échappé aux Romains, ont battu les Goths, ont massacré les Maures, et gardé leur liberté parmi des ennemis sans nombre. Nous sommes le dernier débris de cette antique nation des Ibères, qui possédait autrefois toute l'Espagne. Vivre libres ou mourir, voilà notre unique loi.

— Ta ville est belle, continua Roland ; les rues sont larges et plantées d'arbres, les maisons bien bâties et bien éclairées du soleil. Tous les habitants sont bien vêtus et propres ; vous devez être des gens heureux. Est-ce à ton gouvernement que vous devez tant de prospérité ?

— Non, répondit Roderic. Je fais observer les règlements ; mais ces règlement ont été votés dans l'assemblée du peuple. Au reste, nous causerons politique après dîner, si tu veux.

Le vieillard, sa famille et ses hôtes se mirent à table. Le festin était abondant et varié, sans trop de recherche. Les vins étaient choisis parmi les meilleurs de toute l'Espagne. Roland mangea de grand appétit et tint tête à tous les convives.

— Tu me plais, dit Roderic, car tu n'es pas un grand seigneur comme les autres. Veux-tu devenir citoyen de Villanueva ? Je me fais fort de t'en délivrer le brevet avant trois jours. Toute la République sera ravie de te garder. Je donnerai ma démission et je te ferai nommer à ma place premier magistrat de Villanueva. Qu'en dis-tu ?

— Je te remercie, dit Roland, ton offre est d'un ami. Ta ville me plaît et ton amitié m'honore, mais je ne puis rester ici.

— Pourquoi ?

— J'aime Corisande, la plus belle de toutes les princesses de l'univers, et je lui ai promis une couronne.

Roderic secoua la tête.

— Hum ! dit-il, une femme qui veut qu'on lui donne un royaume n'est pas une bonne femme.

— Ne blasphème pas ! s'écria Roland. Je l'aime.

Toutes les femmes qui étaient là parurent approuver vivement le chevalier et envier le sort de la belle Corisande.

— Au reste, continua le comte d'Angers, si tu veux faire la même offre à mes deux compagnons, je te les abandonne.

Roderic se tourna vers le Gascon :

— Et toi, dit-il, qui es-tu ?

— Je suis un nourrisson des Muses, répondit Raimbaud avec emphase.

Roderic fronça le sourcil.

— Un nourrisson des Muses, c'est-à-dire un poète, un méchant aligneur de rimes ! A quoi cela peut-il servir dans une république ?

— Un méchant aligneur de rimes ! reprit le Gascon en colère. Sais-tu que j'ai été deux ans le poète du roi Marsile et de la princesse Fleur-d'Epine ? Sais-tu que les gens de Saragosse ont au moins autant de goût que ceux de Villanueva ?

— Un poète de cour ! dit Roderic en riant avec mépris. Que ferions-nous de cela ?

— Mais, dit le Gascon, je saurai chanter la liberté, j'animerai les guerriers au combat, je charmerai le cœur des femmes sensibles, et je répandrai une gloire éternelle sur ma nouvelle patrie.

— Sais-tu bêcher ? dit le vieillard ?

— Non.

— Sais-tu sarcler ?

— Non.

— Sais-tu balayer les rues ?

— Non.

— Sais-tu faire des souliers ?

— Non, mille fois non. Je sais célébrer les exploits des héros, et...

— Bien, dit Roderic, passons à ton compagnon, qui a du moins le mérite de savoir se taire.

— Interroge, dit Ali.

— Veux-tu être citoyen de Villanueva ? demanda le vieillard.

— Avant tout, dit le pêcheur, j'ai soif. Fais-moi passer la bouteille.

Il but, et s'essuya les lèvres avec le dos de la main.

— Réponds, reprit le vieillard, veux-tu être citoyen de Villanueva ?

— Comme tu voudras, dit l'autre, je n'y tiens pas.

— Que sais-tu faire ?

— Pêcher des truites et manger des oignons.

— As-tu besoin d'argent ?

— Jamais.

— Bravo ! dit Roderic, voilà notre homme ! comment t'appelles-tu ?

— Ali.

— Es-tu marié ?

— Non.

— Aimes-tu les femmes ?

Ali fit un geste d'horreur.

— Très bien, dit le vieillard. Tu es un sage. Dans trois jours tu seras citoyen de Villanueva.

— Ingrat ! dit le Gascon au pêcheur, tu nous quittes !

— Que veux-tu ? répondit Ali, je cherchais le bonheur, je l'ai trouvé, je m'en saisis. Vous qui cherchez encore, vous faites bien d'aller plus loin.

Le lendemain, Roland et le Gascon prirent congé de leur hôte et continuèrent leur route, suivis jusqu'à la frontière de la république par tout le peuple, qui admirait le courage et la générosité du héros.

XXV

Comment le bon Roland, qui n'avait pas de péchés sur la conscience, fit néanmoins pénitence suivant la méthode de l'archevêque Turpin.

Roland se mit en marche avec Raimbaud, cherchant partout son royaume, et un peu ennuyé de ne savoir où le prendre, car les royaumes ne se perdent pas comme les colliers et les bracelets, et, si quelqu'un d'eux vient à s'égarer, il est rare qu'il ne soit pas réclamé par cinq ou six propriétaires légitimes.

Enfin, après trois semaines de courses inutiles :

— Où donc est l'Occident ? demanda le comte d'Angers.

— Seigneur, répondit le Gascon, il est partout; mais je ne vois pas de trône vacant en Espagne.

— Ventre-Mahom ! dit Roland, Corisande veut avoir un trône et elle l'aura, dussé-je assommer cent mille Sarrasins.

— Cent mille ! c'est beaucoup, répliqua Raimbaud. N'avez-vous pas quelques scrupules ?

— Des scrupules ! répliqua Roland étonné. Tu n'y songes pas. Est-ce mal faire que de rosser les ennemis de notre sainte foi ? L'archevêque Turpin m'a dit bien souvent : Mon cher enfant, quand tu auras quelque gros péché sur la conscience, va-moi tordre le cou à un cent de Sarrasins, et tu m'en diras des nouvelles. C'est la seule pénitence que je t'ordonne.

— Et vous l'avez toujours faite exactement ? dit le Gascon.

— Tu peux m'en croire, répliqua Roland ; mais pour faire pénitence, il faut toujours s'ennuyer un peu, et, en conscience, cette pénitence-là ne m'ennuyait pas du tout. Vraiment, j'aurais péché, je crois, pour le seul plaisir de faire pénitence.

— Heureux effet d'une belle âme! s'écria Raimbaud. Eh bien! où allons-nous?

— Ma foi, dit Roland, je n'ai pas besoin d'aller plus loin. Nous sommes en Portugal. C'est un pays de mécréants, un des sept royaumes du roi Marsile. Voilà mon affaire. Corisande sera reine de Portugal, ou j'y perdrai mon nom.

— C'est bien vu, dit le Gascon, et je suis content de vous. Entre nous, seigneur, depuis notre départ de Grenade, je vous trouvais un peu changé. Je ne retrouvais plus en vous cet air de maître du monde dont vous fîtes votre entrée dans Saragosse avec la belle Corisande. Vous étiez triste et découragé. Vous hésitiez; vous n'étiez plus Roland. Prenez-y garde : les dames n'ont jamais aimé les mélancoliques.

— Oh! dit Roland, Corisande m'aimera, s'il ne faut pour lui plaire que mettre toute la terre à ses pieds. Elle m'aimera, où les Sarrasins me le payeront!

Tout en parlant, ils arrivèrent en vue de Valdemoro, ville très grande et très fortifiée qui était située à cheval sur les deux rives du Tage, et qui n'existe plus aujourd'hui.

— Seigneur, dit Raimbaud, ce pays-là me convient; la ville est bien située, la vallée est vaste et ombreuse; il y a du chevreuil dans les bois et du vin sur les coteaux. S'il vous plaisait de commencer par là vos conquêtes, ce serait une assez jolie capitale pour votre futur royaume.

— Eh bien ! dit le chevalier, va pour Valdemoro.

— Mais, continua le Gascon, est-ce que nous allons le conquérir à nous seuls ?

— Pourquoi non ? Ali et son chien sont partis, et je n'ai jamais eu d'autre armée.

— Mais..., reprit Raimbaud.

— Or ça, dit Roland, auras-tu bientôt fini de faire des objections ? Si tu veux me quitter, tu es libre.

— Moi, Seigneur ! Ah ! quelle récompense de ma fidélité !

— Tu vas entrer dans Valdemoro, dit Roland; tu iras droit au palais du vice-roi, lieutenant de Marsile, et tu le sommeras de me rendre sa ville.

— Et s'il refuse ?

— Tu le provoqueras de ma part au combat.

— Et s'il ne veut pas combattre ?

— Tu l'appelleras lâche et félon.

— Et s'il me fait couper le cou ?

— Oh ! dit Roland, tu m'ennuies avec tes si..., fais ma commission, ou j'irai moi-même.

— J'y vais, seigneur ; mais permettez-moi de vous faire encore une question.

— Fais vite, car je suis pressé.

— S'il accepte le combat, que ferez-vous ?

— Belle question ! Je le tuerai.

— Et après ? Un autre prendra sa place.

— Eh bien, je le tuerai encore, et après lui un troisième, un quatrième, un cinquième, un sixième, et tout autant qu'il s'en présentera.

— Seigneur, dit le Gascon, cette méthode est un peu longue, outre qu'elle n'est pas trop sûre.

— En connais-tu quelque autre qui soit plus prompte et plus facile ?

— Ma foi, non !

— Va donc en avant, et ne t'inquiète de rien.

— Hélas ! pensa le Gascon, j'aurais mieux fait de garder le comté de Jaen. Mais il me fallait un héros, et celui-ci réunit toutes les qualités du genre. Il n'a peur de rien, il est généreux, il est amoureux, il n'a pas le sens commun ; en vérité, c'est un héros sans défaut. Et qui sait ? la Providence fera peut-être un miracle en sa faveur. Parmi tant de rois qui ressemblent à des cuistres, elle voudra peut-être placer un honnête homme.

Ces réflexions le conduisirent tout doucement jusqu'à la porte de Valdemoro.

Cette ville admirable était la résidence du puissant Quebrantador, qui gouvernait au nom du roi Marsile le royaume de Portugal. Quebrantador était l'un des plus vaillants chevaliers de toutes les Espagnes, et la terreur des chrétiens des Asturies.

Il était à table lorsqu'on annonça l'arrivée de Raimbaud. Quebrantador, avant toute chose, lui fit donner une coupe d'or pleine du vin le plus exquis. Le Gascon la vida d'un trait et voulut la rendre à l'échanson ; mais Quebrantador étendit la main :

— Garde-la, dit-il, et explique-nous ton message.

Raimbaud s'inclina en signe de remercîment, et dit :

— Seigneur, mon ami Roland, comte d'Angers, qui est le premier chevalier de France, comme vous êtes le premier d'Espagne, est à la porte de Valdemoro ; il a vu de loin votre ville et l'a trouvée belle : il a parcouru le royaume et il en est très content ; il m'envoie vous prier de lui céder la place, ou de rompre une lance avec lui.

— Hein ? Que dis-tu ? s'écria Quebrantador.

— Seigneur, dit Raimbaud, je sais bien que cette proposition est absurde ; mais mon ami, qui d'ailleurs, la lance en main, n'a pas son pareil au monde, est un peu entêté de son naturel ; il veut être roi de Portugal. C'est une folie, mais une folie sans remède. Cédez-lui donc la place, je vous en supplie.

A ces mots, les cinq fils de Quebrantador, qui étaient assis à table à côté de leur père, éclatèrent d'un rire si long, si prodigieux et si retentissant, qu'un vaisseau se rompit dans la poitrine de l'aîné, et qu'il expira sur-le-champ. On emporta son corps, et le cadet s'adressant à son père :

— Seigneur, dit-il, laisse-moi le soin de punir ce téméraire chevalier.

— Va, dit le père, va, dom Jayme, et apporte-moi sa tête.

Dom Jayme s'arma de pied en cap, prit une forte lance, un lourd cimeterre, monta à cheval et courut, guidé par Raimbaud, au-devant du comte d'Angers.

Roland, qui le vit s'avancer au galop, lui épargna la moitié du chemin, et les deux guerriers se rencontrèrent sur le bord du Tage, à deux cents pas des remparts de Valdemoro. La lance de dom Jayme se brisa sur le bouclier de Roland sans l'ébranler, mais le coup du comte d'Angers fut porté d'une main plus sûre. Il enleva dom Jayme de sa selle, dont les sangles se rompirent, et le jeta sur le talus qui bordait la rivière. Le malheureux dom Jayme, roula, sans pouvoir se retenir, jusque dans le Tage qui l'engloutit.

Cette vue fit pousser des cris de douleur aux Sarrasins de Valdemoro qui regardaient le combat du haut des remparts. Il s'éleva un tel concert de cris et de lamentations, que la triste nouvelle fut portée en un instant au palais de Quebrantador.

Le Sarrasin demanda son cheval et ses armes ; mais déjà son troisième fils l'avait prévenu. Impatient de venger la mort de son frère, il piqua des deux et courut attaquer Roland.

Celui-ci, qui s'y attendait, se mettait aussitôt n défense. Le second combat fut plus long que e premier. Les lances se brisèrent vainement ur les armures, mais Durandal fit voler la tête u Sarrasin.

Comme elle tombait et roulait sur le sol, Querantador parut, suivi de tous ses chevaliers. Plus de dix mille Sarrasins, chevaliers ou fantasins, grands seigneurs ou gens du peuple, remplient la vallée. A cette vue, Roland se mit à rire.

— Raimbaud, dit-il au Gascon, la journée era bonne. Qu'en dis-tu ?

— Je dis, répliqua le Gascon, qui avait perdu uelque chose de son assurance ordinaire, que ous avons bien des chances de coucher en Paradis ce soir.

— As-tu peur ? Reste neutre et les bras croisés. Regarde-moi faire seulement.

La mort des deux fils de Quebrantador avait ort ébranlé la confiance des Sarrasins ; aussi le vieux chevalier ne jugea-t-il pas à propos d'accepter le défi de Roland et de se battre en combat singulier.

— Allons, mes amis, cria-t-il à sa troupe, ous sommes dix mille, il est seul.

— Oui, mais je suis Roland, s'écria le comte l'Angers qui se jeta sans hésiter au milieu des Sarrasins.

Le premier qu'il rencontra fut Quebrantador

lui-même qui s'avançait en tête de sa troupe. Le Sarrasin était monté sur un cheval arabe, petit-fils de la jument du prophète Mahomet. Il était plus léger que le vent, plus ardent que le feu, plus robuste qu'un vieux chêne, et, pour tout dire d'un mot, le digne rival de Bride-d'Or. On l'appelait Borak, du nom de sa grand'mère.

La lance de Roland était brisée, mais Durandal lui restait. Le Sarrasin se précipita sur lui et le frappa de sa lance. Le comte d'Angers demeura immobile comme un mur, et d'un coup d'épée coupa la lance par le milieu. Le tronçon seul resta dans la main du Sarrasin, qui le jeta loin de lui et appela ses chevaliers à son aide

Douze Sarrasins des plus illustres de la cour de Portugal se jetèrent à la fois sur Roland. La foule qui se pressait derrière entoura le comte d'Angers, et le serra au point qu'il craignit d'en être étouffé Il chercha des yeux Raimbaud, qu avait disparu.

— Allons, je suis seul, pensa Roland, et i poussa un profond soupir. Ah ! barbare Cori sande, que ne ferais-je pas pour toi !

Tout en soupirant, il ne perdait pas courage et poussait Durandal au hasard dans toutes le directions. Les plus proches voisins, effrayé s'écartèrent un peu. Roland, qui voyait son épé s'émousser à force de frapper, saisit par le pie un des plus braves chevaliers sarrasins et le f tournoyer autour de sa tête avec la force et la précision d'une meule de moulin. La tête du malheureux Sarrasin alla frapper Quebrantador dans la poitrine et le renversa, évanoui de cheval.

En peu d'instants Roland eut assommé cent vingt ou cent trente Sarrasins et fait le vide autour de lui. Il commença à réfléchir.

— Ventre Mahom ! pensa-t-il, est-ce que cet exercice va durer longtemps ? Je n'en puis plus, Je suis couvert de sueur. Mon sang coule par dix blessures. Je n'en sortirai jamais. Ah ! si j'avais là mon ami Olivier ou Renaud de Montauban ! Au diable le royaume de Portugal !

Comme il réfléchissait, tout en faisant tournoyer son Sarrasin, dont une jambe seule et une partie du tronc étaient restées dans sa main, il s'aperçut que ses ennemis étaient attaqués par derrière, et qu'on le dégageait peu à peu.

— Est-ce Raimbaud qui vient à mon secours ? se dit-il.

Bientôt il vit que le désordre des Sarrasins augmentait, et deux chevaliers qui portaient une croix sur leurs casques, se frayèrent à coups d'épée un chemin vers lui.

En arrivant, tous deux levèrent leurs visières. L'un d'eux était Olivier, l'ami le plus cher de Roland. L'autre lui était tout à fait inconnu. Roland se jeta dans les bras d'Olivier. Les Sarrasins fuyaient de toutes parts.

— Te voilà, cher ami, dit Roland. Eh ! qui t'amène en Espagne ?

— Ma foi ! dit Olivier, c'est une idée du vieux Charlemagne ; mais je te conterai cela tout à l'heure. Laisse-moi d'abord te présenter un de mes amis, que tu ne connais pas encore ; dom Bernard de Carpio, surnommé le Matamoro, le tueur de Maures, qui n'a pas encore trouvé son pareil sur un champ de bataille. Aussi ne s'est-il jamais rencontré avec toi.

— Dom Bernard de Carpio, dit Roland, qui tendit la main au chevalier, tous les amis d'Olivier sont les miens.

Le Matamoro prit la main du chevalier et la serra sans dire une parole.

— Ton ami n'est pas bavard, dit tout bas Roland à Olivier.

— C'est le plus fier de tous les hidalgos, répliqua Olivier sur le même ton, et, entre nous, je le crois jaloux de toi.

XXVI

Comment le bon Roland se lia d'amitié avec dom Bernard de Carpio, le plus noble gentilhomme de la chrétienté, et quelles furent les suites de cette amitié.

— Orça, dit Olivier, nous voilà seuls. Les Sarrasins sont en fuite et nos amis vont arriver. Causons.

— Nos amis ! dit Roland. De quels amis veux-tu parler ?

— De l'archevêque Turpin qui vient avec l'avant-garde.

— Ce bon Turpin ! dit Roland. Il me semble qu'il y a un siècle que je ne l'ai embrassé. Où donc l'as-tu laissé ?

— Au milieu de la mêlée, je crois. Il enfilait les Sarrasins avec sa lance comme des paquets de mauviettes. Mais que faisais-tu là, tout à l'heure ?

— Moi ? Je faisais la conquête du Portugal.

— Faux ami, mauvais cœur, tu ne m'avais pas invité à la fête. Et tu étais seul ?

— Ma foi ! dit Roland, je ne compte pas un pauvre diable de poète gascon, qui s'est mis à ma suite je ne sais pourquoi.

— Ah ! le Gascon qui nous a avertis de ton danger ?

— Il vous a avertis ! Je ne m'étonne plus de l'avoir vu disparaître au plus beau moment.

— Seigneur comte, dit Raimbaud qui s'approchait, avez-vous pu croire que je vous abandonnerais ?

Roland, Olivier et le Matamoro s'assirent à l'ombre d'un chêne qui s'élevait au milieu du champ de bataille, et Raimbaud se coucha près d'eux sur le gazon.

— Tu disais donc, continua Roland, que Turpin

va venir avec l'avant-garde?... Où est Charlemagne?

— A Valence, répliqua Olivier. Nous avons rossé Marsile de la bonne façon. Nous avons pris Valence d'assaut, et comme le vieil empereur est fatigué, il se repose avec le reste de l'armée dans la ville. Pour moi, qui m'ennuyais de ne rien faire, j'ai proposé à Turpin de venir te chercher, et nous avons amené toute l'avant-garde qui est de vingt mille hommes.

— Vous allez donc faire la conquête de l'Espagne? dit Roland.

— Certainement; et toi aussi. Viens avec nous.

Le comte d'Angers secoua la tête.

— Non, dit-il, je reste. Je veux être roi de Portugal.

— Ambitieux!

— Ma foi, dit Roland, l'ambition vient avec l'âge. J'ai vingt-huit ans. Voilà dix ans que je me bats pour le compte de Charlemagne; il est temps de songer à moi-même. Je vais me tailler un royaume.

— Parbleu! tu me plais, dit Olivier. Veux-tu partager ton royaume avec moi?

— Non; mais je t'aiderai à en conquérir un autre.

Olivier demeura stupéfait.

— Les royaumes sont donc plus nombreux ici que les ivrognes en carnaval? Deux royaumes! Et que restera-t-il pour Charlemagne?

— Ma foi, dit Roland, que Charlemagne soit content ou non, qu'importe? Corisande veut être reine et sera reine. Voilà l'essentiel.

— Oh! oh! il y a des princesses sous jeu? Heureux coquin, toujours amoureux!

— Et toujours malheureux dans mes amours, continua Roland, qui raconta à son ami toutes ses aventures avec Doralice et Corisande.

— Eh bien, dit Olivier, c'est convenu. Nous allons faire pour ton compte la conquête du Portugal et tu feras pour le mien celle de l'Estramadure. Je t'avouerai franchement que je m'ennuie un peu comme toi d'être toujours en selle, et qu'il est des jours où je m'assiérais volontiers sur un trône. Qu'en dites-vous, dom Bernard de Carpio?

— Quand je suis sur ma selle, répondit gravement l'hidalgo, ma selle est un trône.

— Bien parlé, dit Olivier en riant. Imagine-toi, mon cher Roland, que dom Bernard de Carpio est le plus noble et le plus ancien gentilhomme de la chrétienté.

— Charlemagne excepté, dit Roland.

— Sans exception! s'écria l'hidalgo, qui rougit de colère.

Le comte d'Angers allait répliquer, mais Olivier l'interrompit.

— Dom Bernard, dit-il, vous connaissez mon histoire et celle de Roland. Voudriez-vous, en attendant Turpin qui a dû casser sa crosse épiscopale sur le dos des Sarrasins, nous raconter vos aventures ?

— Volontiers, dit l'Espagnol.

Et il commença son histoire en ces termes :

HISTOIRE DE DOM BERNARD DE CARPIO, SURNOMMÉ MATAMORO

— Seigneurs, après la bataille de Xérès....

— Hum! interrompit Roland, de quelle bataille parlez-vous ? Je ne suis pas trop ferré sur les dates, ni mon ami Olivier, je crois. Qui diable pouvait se battre à Xérès ?

L'hidalgo le regarda de travers et répondit :

— Mon grand-oncle Roderic y fut tué, il y a quatre-vingt-dix ans, en défendant l'Espagne contre les Sarrasins. Je reprends mon récit :

« Après la bataille de Xérès, mon grand-père, dom Pélage, frère du roi Roderic, fut forcé de chercher un asile dans la sainte caverne de la Covadonga, près du sommet de l'une des plus hautes montagnes des Asturies. C'est là qu'il soutint avec deux cents hommes un siège de dix mois contre cent mille Sarrasins, et qu'il les força de redescendre la plaine. Cinq ans après, il épousa ma grand'mère qui descendait d'Alaric, empereur des Goths d'occident, et l'un des plus illustres chevaliers du temps passé.

— Corne de bœuf! s'écria tout à coup Roland, n'entendez-vous pas le son des trompettes ?

— Les oreilles te tintent ! dit Olivier ; reste ici et écoute la généalogie de dom Bernard de Carpio, surnommé le Matamoro.

— Ventre Mahom ! reprit Roland en se levant, j'entends la trompette. Veux-tu venir à la découverte ? Dom Bernard de Carpio, nous serons à vous dans un instant.

Olivier laça son casque, ceignit son épée et suivit Roland.

— Mon cher ami, lui dit celui-ci, où donc as tu pêché cet hidalgo ? Ses yeux sont noirs, son poil est noir, son teint est noir, il a l'air féroce d'un chat qu'on étrangle.

— Je ne l'ai pas pêché, répondit Olivier, je l'ai rencontré sur le grand chemin ; il m'a salué, je l'ai salué ; il m'a dit qu'il avait tué plus de cinquante mille Sarrasins ; je l'en ai félicité, et je l'ai engagé à venir avec nous pour en tuer d'autres et conquérir le Portugal ; il a accepté et nous voilà.

— Est-il aussi redoutable qu'il veut le faire croire ?

— Il est grand fanfaron ; mais il va très bien. Je l'ai vu à l'œuvre tout à l'heure, et, sur ma parole, les Sarrasins fuyaient devant lui comme la poussière chassée par le vent.

— Est-ce qu'il va nous faire l'histoire de toute sa race ? demanda le comte d'Angers.

— Non, non, dit Olivier. Un peu de patience.

Il en est déjà à sa grand'mère.

Les deux amis revinrent vers le Matamoro qui les reçut avec un sourire amer, et, sans y être invité, continua son récit.

— Cette union....

— L'union de qui ? demanda Roland.

— L'union de mon grand-père et de ma grand'mère, dit l'hidalgo, fut longtemps stérile ; mais enfin la sainte Vierge eut compassion du malheur de ma grand'mère et lui envoya douze fils vaillants et robustes ; le sixième, dom Léonard de Carpio, mon père, fut la terreur des Sarrasins.

« Un jour, dom Léonard de Carpio se promenait en bateau sur le Tigre, à Bagdad. Par un heureux hasard, la fille aînée du calife, Fatima, surnommée la Perle de beauté, l'aperçut de la terrasse du jardin du calife. Dom Léonard, qui était le plus beau des chevaliers de toutes les Espagnes....

— Était-il fait à votre image ? demanda le comte d'Angers.

— Non, répliqua sèchement l'Espagnol. Il était plus beau que moi.... Dom Léonard de Carpio ne put la voir sans l'aimer. Il rapproche sa barque de la terrasse, saute dans le jardin, enlève la princesse, la dépose dans la barque, et se laissant aller au courant du fleuve, il descend avec elle jusqu'à Bassora. Là, un ermite espagnol, qui accompagnait mon père, les maria tous deux, et ils partirent pour l'Espagne, où ils arrivèrent au bout de trois ans. J'étais né pendant le voyage.

— Quel âge avez-vous ? dit Roland.

— J'ai trente-cinq ans, répliqua dom Bernard de Carpio.... Dès mon enfance, mon père m'a appris à combattre les ours, à monter à cheval, à manier la lance et l'épée, et à tuer les Sarrasins. Depuis l'âge de quinze ans, j'ai couru à travers l'Europe, l'Asie et l'Afrique, sans trouver mon pareil. J'ai fait trembler le sultan de Babylone, j'ai renversé le khan de Samarkand, j'ai étouffé dans mes bras le czar de Moscovie, et j'ai fait confesser la beauté de ma dame aux guerriers les plus renommés.

— Parbleu ! dit Roland impatienté de ces fanfaronnades, il faut que vous n'ayez jamais mis le pied à la cour de Charlemagne, car je vous aurais fait avouer que votre dame n'est qu'une noiraude, indigne d'être regardée d'un honnête homme et d'un vrai chevalier.

— Vous ! s'écria dom Bernard de Carpio en se levant.

— Oui, moi ! dit Roland, et de plus vous auriez avoué qu'il n'est rien d'égal à la belle Corisande.

— Sang du Christ ! dit le Matamoro, tu vas me payer cette injure !

En un clin d'œil les trois chevaliers eurent tiré leurs épées.

— Quelle mouche te pique ? dit Olivier à son ami.

— Eh ! répondit le comte d'Angers, cet hidalgo est insupportable avec ses histoires qui datent de quatre-vingt-dix ans, son grand-père, qui s'est caché dans une caverne, comme un rat dans un trou, sa grand'mère qui vient d'Alaric, et son père qui enlevait les filles des califes !

— Oh ! s'écria dom Bernard en grinçant des dents, il faut que je te tue !

Olivier voulut s'interposer comme médiateur.

— Tais-toi, dit le comte d'Angers. Un Carpio vient me chercher querelle ! à moi Roland ! Je vais lui apprendre à vivre !

A ces mots, sans prendre le temps de monter à cheval et de s'armer de lances, les deux guerriers commencèrent le combat.

XXVII

Comment Roland saisit par le cou dom Bernard de Carpio petit-fils de dom Pélage, et comment dom Bernard de Carpio partit très mécontent de cette familiarité.

Jamais plus beau combat ne se vit sous la voûte du ciel. Dom Bernard de Carpio, grand, sec, noir, orgueilleux, féroce, intrépide, était le digne rival de Roland.

Dès la première passe, les deux combattants

engagèrent leurs épées jusqu'à la garde. Visage contre visage, œil contre œil, main contre main, ils respiraient la fureur et la mort. Pendant un instant ils demeurèrent immobiles, chacun d'eux cherchant le côté faible de son ennemi. Tout à coup, Roland laissa tomber son épée, et saisissant d'une main le bras de dom Bernard de Carpio, et de l'autre son cou, il l'enleva de terre.

L'hidalgo pressé dans ces doigts de fer, rugit de fureur ; il lâcha son épée et saisit à son tour le comte d'Angers par le milieu du corps afin de l'étouffer.

Dans cette horrible lutte les armures de fer pliaient comme des vêtements de coton, les os craquaient comme le bois sec qu'on jette au feu, et les deux combattants s'étreignaient avec force en bondissant sur le sol comme des panthères.

Roland indigné de voir son ennemi lui résister si longtemps, fait un dernier effort, serre dom Bernard de Carpio dans ses mains nerveuses. lui fait lâcher prise et le jette évanoui à plus de cinquante pas du lieu du combat.

— Bravo ! dit Olivier. Quel poignet ! Hercule, auprès de toi, n'était qu'un drôle.

— Quelle noblesse et quelle grâce dans tous vos mouvements, seigneur comte ! ajouta Raimbaud. On dirait que vous jouez à la pomme et que dom Bernard est la balle.

— Je suis fâché, répliqua Roland, d'en venir

à ces extrémités ; mais ce fanfaron m'a poussé à bout avec ses vanteries. Va voir, je t'en prie, s'il est mort ou blessé.

— Je n'ai que faire d'aller voir, dit le Gascon. Le voilà qui revient et je vous conseille de vous tenir sur vos gardes.

Effectivement, le Matamoro reprenait ses sens et sa fureur. Il se leva, regarda autour de lui, reconnut Roland, qui s'avançait à sa rencontre, et grinça des dents en pensant à l'affront qu'il venait de recevoir.

A quelque distance du chêne sous lequel s'étaient assis d'abord le Gascon et les trois chevaliers, s'élevait un énorme rocher de granit détaché par le temps et les orages du sommet de la montagne.

— Rends-toi ! cria le comte d'Angers à l'hidalgo.

— Enfer et damnation ! répondit celui-ci, me rendre, moi, dom Bernard de Carpio, le petit-fils de dom Pélage !

En même temps, il saisit le rocher avec les deux mains, le souleva de terre, le balança deux fois dans les airs et le jeta sur Roland.

A cette vue, Raimbaud fit un saut de côté pour éviter le choc, et Olivier lui-même ne put s'empêcher de frémir.

Roland demeura immobile, le corps tendu, et reçut sans en être ébranlé ce choc épouvantable. Il étendit le bras droit, et de la main détourna le rocher qui traversait l'air en sifflant comme une flèche.

— Nous jouons au volant, dit-il. A mon tour, maintenant.

Il prit le rocher et le rejeta sur dom Bernard de Carpio. Celui-ci l'évita en partie, mais le rocher se brisa en tombant. Un éclat de pierre l'atteignit à la poitrine et le renversa.

Il se releva sur le champ, et se jeta de nouveau sur Roland.

— Mon ami, lui dit celui-ci, tu fais l'entêté ; la leçon sera complète.

La lutte fut longue et acharnée. Le Matamoro, d'un croc en jambe, jeta par terre le comte d'Angers et tomba sur lui ; mais Roland, honteux de sa chute le renversa sous lui, lui mit le genou sur la poitrine, et tirant son poignard, lui dit :

— Pour la dernière fois, rends-toi et confesse la supériorité de Corisande, ou tu es mort !

L'hidalgo, respirant à peine, répondit :

— Jamais !

Roland fut touché de son courage, et, lui tendant la main :

— Va, dit-il, tu es libre. J'aurais honte de frapper un ennemi sans défense.

Dom Bernard de Carpio se releva tout souillé de poussière et de sang.

— Tu m'as vaincu, s'écria-t-il, mais j'aurai quelque jour ma revanche.

15

— Quand tu voudras.

— C'est entre nous une haine à mort.

— C'est entendu, dit Roland ; je me soucie de toi comme de dom Pélage et de tous ceux qui se sont fourrés dans les trous de la Covadonga.

L'hidalgo ramassa son épée, remonta à cheval et partit en frémissant de rage.

— Voilà les amis que tu m'amènes ? dit Roland à Olivier.

— Pourquoi, demanda Raimbaud, ne lui avez-vous pas tout de suite enfoncé votre poignard dans la gorge ? Il ne faut jamais laisser une besogne à moitié faite.

— Ah ! répliqua le comte d'Angers, si j'avais tué ce fanfaron, on m'aurait accusé de le craindre.

Au même moment une immense fanfare retentit : c'était l'archevêque Turpin qui s'avançait avec l'avant-garde de Charlemagne.

XXVIII

Comment les Sarrasins de Valdemoro furent baptisés et firent une pension de dix mille écus d'or au Gascon.

L'archevêque Turpin était un des plus saints prélats et des meilleurs chevaliers de son temps. Ses cheveux blancs, sa barbe blanche, sa taille haute et majestueuse, ses yeux brillants, sa ferme contenance inspiraient le respect et la crainte. Il s'avança les bras ouverts au-devant du comte d'Angers et l'embrassa tendrement.

— Ah ! mon cher enfant, s'écria le digne archevêque, que je suis content de te revoir ! Depuis ton départ, je poussais des soupirs à fendre les rochers et je bâillais comme une huître au soleil. Que fais-tu en ce pays de mécréants ?

— Je fais pénitence, dit le comte d'Angers, sur le dos des Sarrasins, et je cherche un royaume pour la belle Corisande, princesse de Grenade.

— Une infidèle ! Tu la feras baptiser, au moins !

— La vierge Marie, continua Roland, n'avait pas des yeux plus noirs, des cheveux plus soyeux, un sourire plus doux et des dents plus blanches. C'est un ange, mon bon archevêque !

— Vraiment, tu nous manquais, dit Turpin, et Charlemagne lui-même ne demande pas mieux que de faire sa paix avec toi. Il est bon homme, au fond.

Pendant cette courte conversation, le malheureux Quebrantador, qui n'était qu'évanoui, reprit ses sens et, se levant à demi, regarda autour de lui. Il vit les Sarrasins fuyant de toutes parts, et la foule des chevaliers chrétiens qui le considéraient avec curiosité.

— D'où sort ce mécréant ? demanda l'archevêque.... Rends-toi où je te tue.

Il leva en même temps sur lui sa crosse épiscopale, qui était faite du tronc d'un vieux chêne et qui ressemblait autant à une énorme massue qu'à une crosse.

Roland lui saisit le bras et l'arrêta :

— Bon Turpin, dit-il, sois miséricordieux envers ce pauvre homme. C'est l'illustre Quebrantador, vice-roi de Portugal et lieutenant du roi Marsile que je viens de renverser à coups de Sarrasin.

— Qu'il se fasse baptiser, répéta Turpin, ou je l'assomme !

— Non, dit Roland, je le prends sous ma protection.

— Roland, s'écria l'archevêque en colère, oses-tu me désobéir ? Veux-tu encourir les foudres de l'Église ?

— Je veux, dit le comte d'Angers, ne pas frapper un ennemi à terre.

La querelle devenait très vive, mais Roland l'emporta, grâce à l'intervention d'Olivier, et le malheureux Quebrantador obtint sa liberté.

— Seigneur comte, dit-il, ce matin encore j'étais l'heureux père de cinq fils : tu m'en as tué deux, un accident m'a ravi le troisième ; tu m'as dépouillé de mon royaume ; il ne me reste rien à t'offrir en guise de rançon, si ce n'est Borak. Prends ce souvenir de ta victoire.

— Non, répliqua Roland, garde ton cheval. Je te plains ; et si la belle Corisande n'avait pas eu la fantaisie d'être reine, je t'aurais volontiers laissé ta couronne ; mais elle veut régner.

— C'était écrit, dit le Sarrasin. Adieu, je vais retrouver Marsile.

— Pauvre diable de vice-roi ! dit Roland lorsque Quebrantador fut parti, en vérité, son malheur m'afflige

— Bon ! dit l'archevêque, allons-nous rester là, les bras croisés, et pleurer longtemps les infortunes d'un chien d'infidèle ? Entrons dans Valdemoro.

Aussitôt toute l'armée se mit en marche ; on chercha des échelles pour monter sur la muraille; et des haches pour couper les chaînes des pontslevis et enfoncer les portes. Les Sarrasins, fortement retranchés, mais consternés de la perte de leur chef, attendaient l'assaut derrière les remparts.

En un instant Roland prit une hache, et pendant que des milliers de flèches et de pierres tombaient sur son armure comme la grêle sur les toits, il coupa la chaîne d'un pont-levis et essaya d'enfoncer la porte. Le bon archevêque ne se ménageait pas non plus, et frappait à coups redoublés avec sa crosse.

Enfin la porte céda, et les chrétiens, précédés par Olivier, Roland et Turpin, se précipitèrent dans la ville. Là commença le vrai combat. Les toits arrachés tombaient sur la tête des assaillants, les rues étaient barricadées, et de toutes les fenêtres on jetait des meubles, de l'eau bouillante et des hallebardes.

Les chrétiens marchaient lentement, laissant sur le pavé beaucoup de morts et de blessés, mais avançant toujours avec la force régulière et irrésistible des marées de l'Océan. Après trois heures de combat, la ville étant prise maison par maison, les vainqueurs commencèrent à jouir de la victoire, c'est à dire à massacrer la plupart des hommes et à témoigner leur tendresse aux femmes, qui poussaient des cris affreux. On jetait les petits enfants sur la pointe des piques, en tâchant de les embrocher avec adresse.

Cependant le soleil baissait à l'horizon.

— Voyons, dit Roland, ces braves gens n'en finissent pas. Ils mettront le feu à ma ville. Aide-moi un peu, bon archevêque, à les faire rentrer dans l'ordre.

— Égoiste ! dit Olivier. Tu as peur qu'on ne dégrade ta propriété !

— Franchement, répliqua Roland, nous massacrons trop. Corisande m'en voudra si je ne lui ménage pas ses sujets.

Turpin se rendit à cette raison. On fit publier, au son des trompettes, que le pillage et le massacre devaient cesser sur-le-champ, et que les habitants de Valdemoro étaient invités, sous peine de mort, à se rendre tous, sans distinction l'âge ni de sexe, sur la place d'armes, pour entendre leur arrêt et connaître le nom de leur nouveau souverain.

Les malheureux Sarrasins n'eurent garde de manquer à l'appel. Sans armes, les yeux baissés, le cœur plein de désespoir, ils attendaient en silence la volonté du vainqueur.

— Ça, dit le bon archevêque, debout sur le balcon du palais, qui proclamerons-nous !

— Corisande, parbleu ! répondit Roland.

— Oui, répliqua Turpin, Corisande a de beaux yeux, mais ce n'est qu'une infidèle qui laissera ces mécréants dans la religion de Satan et de son prophète Mahom. Peut-être ferais-je bien de les baptiser tous d'un seul coup du haut de ce balcon et de les faire massacrer avant qu'ils aient eu le temps de se reconnaître et de renier la vraie foi.

— Ce bon archevêque, dit Olivier, a toujours des idées d'une simplicité charmante ! En effet, comme le baptême lave tous les péchés, tu les enverrais en paradis tout droit.

Roland rêva un peu, la tête dans ses mains, et dit :

— Tout bien considéré, je ne suis pas de l'avis de mon ami Turpin. Corisande me saurait peut-être mauvais gré d'avoir dépeuplé son royaume.

— Propriétaire, va ! s'écria Olivier en haussant les épaules. Quand tu seras roi, tu seras insupportable; on ne pourra plus s'amuser chez toi. Il faudra se coucher au couvre-feu et te demander la permission de rosser un paysan ou d'enlever une bourgeoise.... Voyons, que vas-tu dire à tes Sarrasins ?

— Ma foi, dit Roland, je ne suis pas grand clerc, vous le savez comme moi, et je pourrais m'embrouiller aisément dans mes discours; mais j'ai dans mes bagages un poète qui a la langue bien pendue. Je vais le faire appeler, et il sera chargé de la proclamation.

Raimbaud appelé se hâta d'accourir. On lui expliqua ce qu'il devait faire. Le Gascon réfléchit un instant, s'avança sur le balcon, salua trois fois le peuple de Valdemoro, mit la main sur son cœur et dit d'une voix haute et claire :

— Gentilshommes, bourgeois, manants et mécréants de la noble ville de Valdemoro, le droit de la guerre, *jus belli*, et le droit des gens, *jus gentium*, s'accordent à dire que vous avez mérité que l'on vous coupât le cou....

A ces mots un immense gémissement s'éleva dans cette foule de malheureux, et tous tendirent leurs mains suppliantes vers le comte d'Angers pour implorer sa pitié.

— Grâce ! grâce ! crièrent trente mille voix à la fois.

— Mais, continua le Gascon, en vertu de la clémence infinie dont il a plu à la divine Providence d'orner le cœur du comte d'Angers et de monseigneur Turpin, archevêque de Reims, ces deux nobles seigneurs vous accordent la vie à trois conditions :

« Premièrement, vous serez baptisés sur l'heure, et vous payerez à monseigneur l'archevêque et à l'Eglise catholique la dîme de tous vos biens, meubles et immeubles ;

« Secondement, vous proclamerez reine de Portugal la belle Corisande, princesse de Grenade ;

« Troisièmement, vous payerez à moi Raimbaud, serviteur indigne de la princesse, une pension de dix mille écus d'or, tous les ans et d'avance.

— Que dis-tu là ? s'écria Roland. Ce ne sont pas nos conventions.

— Ma foi ! seigneur comte, répliqua Raimbaud, personne ne pensait à moi. Vous ne trouverez pas mauvais que j'y pense moi-même. Entre nous, d'ailleurs, la pension que je me suis adjugée, dussè-je n'en recevoir que le premier terme annuel, vaudrait mieux pour moi que la province que vous m'avez promise. Je veux faire une fin ; Églantine m'attend, et je vous demande la permission de vous quitter. Vous êtes avec vos amis, vous ne craignez personne, vous êtes heureux, je puis vous abandonner sans ingratitude.

— Pars, dit Roland.

Après le souper Raimbaud se fit payer les dix mille écus d'or, et prit congé de Roland.

— Seigneur, dit-il, vous prenez un royaume ; c'est très bien ; mais, en vérité, vous avez raison ; l'on massacre trop. Ces prises d'assaut ne sont pas belles à voir.

— Et ton poème épique ? demanda Roland.

— Seigneur, mon poème se fera très bien loin de vous. Ce que j'ai vu me suffit. Vous irez à la postérité comme le duc Achilles, je vous le jure.

Il partit le lendemain, chargé de mille serments d'amour pour la belle Corisande. Hélas ! dans le même temps, cette noble et malheureuse princesse courait les plus grands dangers.

XXIX

Comment la généreuse Doralice voulut donner à Corisande le royaume d'Estramadure et la main de dom Gayferos.

Pendant que le comte d'Angers allait conquérir un royaume pour la belle Corisande, les malheurs de cette aimable princesse étaient au comble.

Le lendemain du départ de Roland, elle était seule avec sa nourrice ; elle rêvait à la perfidie du paladin et aussi à son courage. Peu à peu l'image de Roland se présentait à son esprit avec des traits moins odieux.

— S'il s'était justifié, du moins ! disait Corisande, oubliant qu'elle lui avait fermé la bouche.

— Ma chère enfant, répliquait la sage nourrice, tu es trop sévère. Son crime n'est pas prouvé, et s'il l'était, il faudrait l'oublier. Doralice, tu le sais, est une coquette bien dangereuse : Rodomont, Mandricard et beaucoup d'autres sont déjà tombés dans ses filets ; il ne faut pas s'étonner que....

— Mais Roland, s'écria Corisande fondant en larmes, Roland qui venait de me jurer un amour éternel...

— Ah ! mon enfant, qu'elles sont courtes les éternités de l'amour ! Si tu pouvais connaître mon histoire, tu prendrais plus aisément patience.

— Ton histoire ! dit Corisande étonnée. Tu n'as donc pas toujours été la femme chérie du vieil Ibrahim, mon père nourricier ?

— Ma chère enfant, répondit la vieille nourrice, je vais te dire mon histoire. Tu apprendras à connaître le vrai malheur et à ne pas te désoler pour quelques vains discours.

HISTOIRE DE LA NOURRICE

« Je suis née, comme tu sais, de parents chrétiens, et j'ai conservé la foi de mes pères. Mes parents, qui habitaient le village de Xeralva, sur les bords du Xucar aux eaux limpides, étaient de pieux et simples laboureurs.

« J'étais belle, je puis le dire aujourd'hui, ma

chère fille, et trop fière de ma beauté. Un jeune homme, fermier du voisinage, qu'on appelait Antonio, devint amoureux de moi et me fit danser aux fêtes du village; bientôt il me jura un amour éternel, et j'eus la faiblesse d'y croire.

« Un soir de printemps je sortis seule et j'allai chercher le frais dans un bois d'orangers qui était voisin du village. Antonio, qui m'attendait, se jeta à mes genoux, me proposa de le suivre, me jura qu'une vieille haine qui séparait depuis longtemps nos deux familles l'empêchait seule de demander ma main à mon père. Il fut si pressant que je succombai et le suivis dans sa maison, où il me tint durant quelques mois cachée à tous les yeux.

« Hélas ! ma chère fille, le perfide ne tarda guère à se lasser de moi. Je voulus l'épouser ; il me répondit avec des éclats de rire que j'avais commencé par où les autres finissent, et qu'il allait lui-même se marier avec la fille d'un très riche laboureur du voisinage.

« Indignée, je sortis de sa maison, mais je n'osai reparaître devant mon père, et j'errai pendant six mois dans les montagnes. Par bonheur, je rencontrai un bon vieillard, Ibrahim, ton père nourricier, qui eut pitié de ma misère, qui m'épousa, et qui ne refusa pas d'élever l'enfant d'Antonio, ta propre sœur de lait, que j'ai perdue il y a cinq ans.

« Voilà, ma chère enfant, le fond qu'il faut faire sur la parole des hommes. Va, Roland, malgré son crime, s'il est vrai qu'il soit criminel, est encore l'un des plus honnêtes gens et des plus parfaits chevaliers de ce vaste univers. J'ai d'ailleurs peine à comprendre le motif de son départ. S'il t'aimait, voulût-il te tromper, pourquoi n'est-il pas resté à Grenade ? S'il aimait Doralice, qui le forçait de partir ? Il faut que cette reine perfide ait, par quelque intrigue secrète, noirci la réputation de ce héros. »

C'est par ces sages paroles que la vieille nourrice cherchait à rassurer et à consoler Corisande, et la belle princesse de Grenade ouvrait peu à peu son cœur à ces conseils philosophiques.

Tout à coup Doralice parut.

A cette vue, Corisande pâlit et eut quelque peine à faire bonne contenance. Cependant elle contint son secret ressentiment et s'avança d'un air souriant à la rencontre de sa cousine. Doralice avait l'air aisé d'une grande dame et d'une reine qui est habituée à ne rencontrer aucune résistance. Elle s'inclina gracieusement vers Corisande, et la baisa au front avec une tendresse inimitable.

Corisande frémit sous ce baiser, et néanmoins répondit à ses questions avec le plus charmant sourire. Au fond toutes deux se sentaient rivales.

— Pourquoi donc n'es-tu pas venue hier, ma

belle Corisande, demanda Doralice du ton le plus affectueux. Nous t'avons tous beaucoup regrettée. Le comte d'Angers paraissait très affligé de ne pouvoir te faire ses adieux.

— Ah ! le comte d'Angers.... répéta péniblement Corisande.

— Oui, ma chère enfant ; ne fais donc pas l'ignorante. Roland a beaucoup d'attachement pour toi. Avant-hier, il a passé la plus grande partie de la nuit à me parler de l'amitié qu'il te porte.

— La plus grande partie de la nuit ?... dit Corisande.

— Oui, certes, depuis minuit jusqu'à quatre heures du matin. Qu'est-ce que tu trouves d'étonnant à cela ?

— Moi ? rien, dit la princesse. Le comte d'Angers est libre de faire de ses nuits l'usage qu'il lui plaît.

— Ah ! ma chère Corisande, cela n'est pas bien. Tu vas dire quelque noire méchanceté. Oh ! ne t'en défends pas : je le lis dans tes yeux. Eh bien, mon enfant, je vais te dire la vérité tout entière. Oui, Roland m'aime....

— Il t'aime ! interrompit Corisande.

— Ou du moins il me l'a juré plus de cent fois dans l'espace de quatre heures.

— Et tu l'aimes ?

— Oui ! dit Doralice, je n'en fais pas plus de

cas que du barbier du coin. C'est un héros, je l'avoue, et il frappe sur l'ennemi avec la vigueur du forgeron qui bat le fer sur l'enclume : mais, à part les coups de sabre, c'est le plus médiocre chevalier du monde : il n'a ni esprit ni bon sens, et pour toute galanterie, il ne sait que m'offrir son bras et son épée. Tu sens bien qu'un amant de ce caractère n'est pas propre à me séduire. Je l'écoutais cependant, car j'avais grand'peur de l'ombre de Ferragus et des Maures de Saragosse, mais je lui ai nettement déclaré que je n'aurais jamais pour lui la moindre complaisance. Là-dessus le pauvre garçon a montré un désespoir si vrai que je lui ai donné à baiser le bout de mes doigts, en le priant très sérieusement de ne jamais reparaître devant moi. Je ne sais si cette déclaration a produit son effet, mais il a pris congé de moi hier au soir après dîner, et il est parti, je ne sais de quel côté. Si cela t'intéresse, j'enverrai des gens à sa poursuite.

— Moi ! nullement, s'écria la fière Corisande.

Le petit discours de Doralice avait été débité avec une négligence si naturelle que la sincère Corisande, bien que prévenue d'avance contre ses artifices, ne savait que penser. Toutefois elle ne tarda guère à se sentir plus vivement attaquée, lorsque Doralice, l'entourant de ses bras et penchant sa tête sur son épaule, lui dit en la regardant avec coquetterie :

— A propos, j'oubliais la grande nouvelle et le vrai motif de ma visite. Il est arrivé !

— Qui ?

— Gayferos, mon frère, ton fidèle amant, qui revient de la Mecque plus amoureux que jamais.

Le coup fut si rude que Corisande ne put se soutenir et s'assit sur le tapis pour échapper à un évanouissement. Quoi ! Roland s'éloignait, et son éternel persécuteur prenait sa place ! Elle frémit, et ne put s'empêcher de prévoir d'horribles malheurs.

— Voyons, ma chère enfant, dit Doralice d'un ton affectueux, rassure-toi. Gayferos serait bien fier s'il avait été témoin de ta soudaine émotion. Bon ! le sang revient à tes joues. Tu es plus belle que jamais ! Ma belle cousine, avant peu j'espère t'appeler ma sœur.

— Jamais ! dit Corisande d'une voix étouffée.

— Ma chère Corisande, dit Doralice, ce *jamais* n'est pas plus obligeant pour moi que pour le pauvre Gayferos. Tu devrais te souvenir des vers du poète :

Ni jamais ni toujours,
C'est la devise des amours.

— Va, Gayferos est un galant homme que tu ne connais pas assez, et qui a débuté avec toi d'une façon un peu cavalière, je l'avoue ; mais il s'en est repenti ; il t'en a fait mille excuses. N'est-ce pas assez pour ta gloire ? ta rancune ne peut pas être éternelle. Après tout, il faudra bien te marier, et les maris sont rares, surtout les maris couronnés. Combien comptes-tu de rois dans toutes les Espagnes ? Trois ou quatre, tout au plus. Encore, de ces quatre, l'un, Marsile, est marié et hors de concours ; celui de Léon a la goutte, celui de Navarre est bossu, celui des Asturies a étranglé sa première femme. Je ne vois que Gayferos qui soit jeune, brave, bien fait, amoureux de toi jusqu'à la folie. Enfin, c'est ton cousin, mon frère et le fils de ce vieux Stordilan qui avait pour toi tant de tendresse.

Au nom de Stordilan, la princesse de Grenade versa des larmes.

— Bon ! dit Doralice, qui feignit de se méprendre sur le motif qui faisait couler ces larmes, je vois que tu es attendrie, je vais faire appeler Gayferos.

— Au nom du ciel ! s'écria impétueusement la princesse, ne le fais pas, car je ne veux pas le revoir.

— Ma foi, dit Doralice, il est trop tard. Le voici.

Au même instant, Gayferos entra dans l'appartement.

XXX

Comment dom Gayferos devint un tigre d'Hyrcanie.

Le fils de Stordilan était l'un des plus beaux chevaliers de toute l'Espagne. Sa haute taille, son maintien fier, ses yeux noirs et étincelants inspiraient la crainte dès le premier abord.

Il s'avança d'un pas ferme vers la belle Corisande, s'agenouilla devant elle, baisa le bas de sa robe, et affecta le maintien d'un esclave qui paraît devant son maître.

Doralice voulut se retirer.

— Au nom du ciel, ne me quitte pas ! s'écria la malheureuse princesse de Grenade.

— Non, dit Doralice, je ne puis rester. Je vous gênerais malgré moi. D'ailleurs je connais Gayferos, et je sais qu'il est incapable de manquer au respect qu'il te doit. Adieu, ma belle cousine : à ce soir.

L'infortunée Corisande, restée seule avec Gayferos, attendit avec inquiétude le résultat de cette dangereuse visite.

— Chère Corisande, dit Gayferos, vous savez si je vous aime. Mille fois avant mon départ pour la Mecque, je vous ai parlé de ma tendresse et suppliée de m'aimer. Vous avez refusé ma main et mon amour. Aujourd'hui, vous êtes seul sur la terre, et je suis roi de l'Estramadure et des Algarves. Pour vous, je le sais, un trône est peu de chose; mais il vous faut un défenseur et un appui. Corisande, ne me repoussez pas, je vous aime !

En parlant ainsi, il lui prit la main et voulut la baiser. Corisande retira sa main. Cependant elle n'osa maltraiter trop vivement Gayferos, de peur de le pousser à quelque résolution violente.

— Vous pouvez être mon ami, dit-elle, pourquoi vous acharnez-vous à me persécuter ?

C'est en vain que Gayferos essaya de fléchir sa résolution. La princesse demeura inébranlable et refusa de l'épouser.

— Par la barbe du Prophète, tu seras à moi ou tu ne seras à personne ! s'écria-t-il en fureur.

En même temps, il alla rejoindre Doralice, et lui raconta le mauvais succès qu'avait eu sa tentative.

La reine de Grenade fut très étonnée de n'avoir pas mieux réussi dans ses intrigues. Elle s'intéressait aux amours de son frère, moitié par tendresse fraternelle, moitié pour éloigner une rivale si redoutable et l'enlever à Roland, qu'elle ne désespérait pas de voir revenir. Corisande mariée, pensait-elle, aucun obstacle ne me sépare plus de Roland, et peut-être sera-t-il plus sensible aux charmes d'une reine qu'ont aimée tant de guerriers illustres parmi les Sarrasins.

Dès lors elle entoura Corisande d'espions qui lui rendaient compte de toutes ses actions. Gayferos, de son côté, ne restait pas inactif : visites, sérénades, supplications, fêtes magnifiques, il n'épargna rien pour se faire aimer de la princesse, mais en vain. Corisande commençait à deviner la ruse de Doralice, et son cœur était tout à Roland.

Peu à peu cependant l'amour dédaigné de Gayferos se tournait en fureur. Il commençait à détester Corisande presque autant qu'il l'aimait. Elle craignait sa violence, et ne le recevait plus qu'avec peine et devant ses femmes. Il se plaignit de cette défiance injurieuse ; elle persista dans ses précautions. Enfin, Gayferos, désespéré, devint si redoutable, que Corisande, poussée à bout, s'écria :

— Ah ! si Roland était là !

A ce cri, Gayferos s'écria avec fureur :

— Vous l'aimez !

— Oui, je l'aime ! dit Corisande, qui pensa n'avoir plus rien à ménager.

— Eh bien ! malheur à lui et malheur à vous ! dit Gayferos. J'aurai sa vie ou il aura la mienne !

La princesse de Grenade, restée seule et sans défense, commença à regretter vivement le départ du comte d'Angers et à désirer son rappel. Comme elle était plongée dans ces pensées, on annonça un messager de Roland. C'était notre ami Raimbaud.

XXXI

Comment Raimbaud consola la belle Corisande et se querella avec la belle Églantine.

Le Gascon sentit quelque remords en voyant la pâleur de Corisande.

— Voilà mon ouvrage, pensa-t-il. Réduire au désespoir une si aimable princesse pour y gagner à peine une pension de dix mille écus d'or et un sujet de poème épique ! Oh ! je suis un barbare !

La divine Corisande lui tendit la main avec bonté.

— Bonjour, poète ! dit-elle. Tu ne m'es guère resté fidèle. D'où viens-tu maintenant ?

Raimbaud voulut réparer son crime et justifier Roland.

— Je viens du Portugal, dit-il, où le comte d'Angers, désespéré de votre froideur, va vous conquérir un trône.

— Roland! s'écria Corisande étonnée. Je croyais que les rigueurs de Doralice l'avaient forcé de partir.

— Lui, madame ! dit Raimbaud en levant les mains au ciel. Pouvez-vous méconnaître ainsi le cœur du héros le plus fidèle qu'ait jamais contemplé le soleil ?

En même temps il raconta toutes les intrigues de Doralice et les vrais motifs du départ de Roland, en passant sous silence, comme il convenait, le péril extrême où s'était trouvée la fidélité du bon chevalier, et sa propre complicité.

— Mais Doralice m'a dit qu'il l'aimait, dit Corisande tout à fait persuadée, et qui ne demandait pas mieux que de croire à la fidélité de son amant.

— Doralice, madame ! répliqua le Gascon en riant. Elle veut l'éloigner de vous. C'est un tour de bonne guerre.

— O perversité inouïe ! s'écria la belle Corisande. Mais je suis menacée d'un danger bien plus pressant. Elle veut me faire épouser son frère, le cruel Gayferos.

Raimbaud écouta avec étonnement le récit des persécutions qu'on faisait subir à la belle Corisande.

— Et pendant ce temps, dit-il pour conclure, Roland court la campagne et prend d'assaut les villes, sans soupçonner le péril où se trouve sa chère princesse !

— Hélas ! dit Corisande, quel destin funeste nous a séparés sans retour ? Ai-je besoin d'un royaume ? Qui m'eût dit que je bannirais Roland et que je serais à la merci de Gayferos ?

— Madame, répondit le Gascon, cessez d'inutiles soupirs, et écoutez cette petite romance que j'improvisai hier sur le grand chemin.

A ces mots il prit sa guitare et chanta cette romance mélancolique, aujourd'hui si connue :

Plaisir d'amour ne dure qu'un moment ;
Chagrin d'amour dure toute la vie.
J'ai tout quitté pour l'ingrate Sylvie ;
Elle me quitte et prend un autre amant.

En l'écoutant, la princesse de Grenade avait les yeux mouillés de larmes. Le Gascon déposa sa guitare.

— Madame, dit-il, je ne puis voir pleurer une grande princesse sans venir à son secours. Voulez-vous que j'aille chercher Roland ?

— Va, dit-elle, et hâte-toi. Je crains tout de Gayferos.

Le Gascon se hâta de sortir et d'aller chez Églantine. Celle-ci le reçut très froidement et daigna à peine le reconnaître.

— Églantine, dit le poète, c'est moi, moi, Raimbaud, et je t'aime.

— J'en suis bien aise, dit-elle, mais j'ai affaire.

— Églantine !

— Monsieur !

— Je t'adore !

La fille du défunt émir de Cuença lui tourna le dos. Raimbaud se jeta à ses genoux.

— Va, dit-elle, va courir les aventures.

— Je t'aime !

— Va suivre le comte d'Angers dans les batailles !

— Je t'aime !

— Va délivrer les belles princesses persécutées ! va faire le généreux ! Jette ton comté par la fenêtre !

— Églantine, dit le poète, tu me reproches la seule bonne action de ma vie. Tu ne méritais pas mon amour, et je le reprends !

— Va ! répondit-elle, la perte n'est pas grande. Grâce au ciel, les poètes ne sont pas rares....

— Ni les femmes perfides.

— Que dis-tu ? s'écria Églantine irritée.

— Tu ne m'as jamais aimé ! dit Raimbaud. Adieu, perfide !

Il fit quelques pas et se retourna, espérant qu'elle le rappellerait, mais elle demeura immobile et continua de regarder la muraille.

— Adieu ! répéta-t-il. Je vais retrouver Roland, qui achève en ce moment la conquête du Portugal, je l'avertirai du danger où se trouve sa princesse, je l'amènerai à Grenade, nous prendrons la ville d'assaut, nous la pillerons, nous délivrerons Corisande, nous tuerons Gayferos,et je te punirai d'avoir fait la cruelle avec moi.

— Va, dit Églantine, va chercher ton chevalier. Lui et toi, vous êtes dignes l'un de l'autre. Prenez Grenade, pillez, délivrez, tuez et punissez qui vous plaira, vous ne serez jamais que deux amoureux transis et fricassés dans la neige.

A ces mots, Raimbaud se précipita pour la saisir dans ses bras, mais elle s'enfuit, plus légère qu'une biche, et se réfugia dans l'appartement de Doralice, où le Gascon n'osa la poursuivre.

Le soir même, il quitta Grenade et se mit à la recherche de Roland.

Pendant ce temps Gayferos, averti du danger, résolut de brusquer l'aventure et d'épouser Corisande de gré ou de force. Doralice et lui employèrent la ruse, la flatterie et même la menace sans pouvoir venir à bout de la résistance obstinée de Corisande. Gayferos n'osa cependant employer la violence. Tout impitoyable qu'il était, il ne pouvait soutenir la vue de cette belle princesse agenouillée devant lui et implorant sa pitié.

Cependant il craignait l'arrivée de Roland et faisait des préparatifs de défense. Les Grenadins réparaient leurs murailles, creusaient de nouveaux fossés, élevaient de nouvelles tours, fabriquaient des armes, faisaient des amas de vivres, et s'apprêtaient à soutenir un long siège.

Un jour un chevalier de fière mine et de haute apparence se présenta devant la ville et demanda à voir dom Gayferos. Celui-ci vint le recevoir hors des remparts.

— Seigneur dit le nouveau venu, je viens vous offrir mon épée. Je suis dom Bernard de Carpio, surnommé el Matamoro.

Dom Gayferos s'inclina en entendant ce nom connu de toutes les Espagnes.

— Vous craignez Roland, continua dom Bernard de Carpio ; et moi je le hais.

— Je ne crains personne, répliqua Gayferos, mais je reçois avec plaisir l'offre que vous me faites. Venez dans mon palais, vous serez mon hôte et celui de ma sœur Doralice. Quel sujet avez-vous de haïr le comte d'Angers ?

— Oh ! dit l'hidalgo en grinçant des dents, nous nous sommes rencontrés déjà, et il m'a vaincu par trahison. Je veux prendre ma revanche dans un combat loyal.

— Bien ! dit Gayferos, avant peu vous serez satisfait ; car, si j'en crois mes espions, il est déjà en marche avec l'archevêque Turpin et vingt mille Français. Allons visiter les remparts.

Après cette inspection les deux chevaliers entrèrent au palais. Doralice les reçut avec sa grâce accoutumée, et fut frappée tout d'abord du visage sombre de dom Bernard de Carpio. L'aimable reine n'était pas femme à se désespérer des dédains d'un amant, et dom Bernard de Carpio, convenablement baigné et frotté, pouvait fort bien tenir la place de Mandricard ou du fidèle Rodomont.

XXXII

Comment Ali donna un bon conseil aux républicains de Villanueva, et comment il partit sans leur faire ses adieux.

Deux jours après la prise de Valdemoro, Roland se remit en marche avec Turpin et son ami Olivier, en laissant garnison dans sa conquête. Il s'empara d'Abrantès, d'Alenquer, de Salvaterra, de Santarem et mit le siège devant Lisbonne. Rien ne tenait devant lui. Son nom seul mettait en fuite les plus intrépides chevaliers portugais, et, semblable à la trompette de Jéricho, renversait les plus épaisses murailles.

Un matin, il était assis sur le bord du Tage et déjeunait avec le fidèle Olivier et le bon archevêque Turpin lorsque Raimbaud parut.

— Eh bien ! dit Roland, te voilà déjà revenu ? N'as-tu plus un écu d'or dans ton escarcelle, ou Églantine t'a-t-elle trahi ?

— Églantine ne me trahira pas, répondit le Gascon d'une voix sombre.

— Tu l'as tué !

— Non. Je la méprise et je l'abandonne !... Seigneur comte, j'ai quelque chose de plus grave à vous annoncer. Préparez tout votre courage.

— Quoi donc ! dit Roland, qui pâlit. Corisande est morte ?

— Elle est au pouvoir de Gayferos.

— Enfer et malédiction ! s'écria Roland. Donne-moi Durandal. Bien ! Selle-moi Bride-d'Or.

— Où vas-tu ? dit Olivier étonné.

— Je ne sais.... Où sont-ils ?

— A Grenade. Gayferos est arrivé le lendemain de votre départ.

— Deux mois ! s'écria le comte d'Angers, deux mois perdus ! Oh ! je mettrai Grenade et Gayferos en miettes !

— Attends-moi, mon cher enfant, dit le bon archevêque Turpin. Encore un coup de collier et Lisbonne est à nous !

— Lisbonne ! répondit Roland. Corisande est en danger, et je m'arrêterais devant Lisbonne !

— Mais, mon cher enfant, continua Turpin, c'est l'affaire de deux jours. Laisse-moi le temps de baptiser un peu mes soixante ou quatre-vingt mille Sarrasins.

— Eh ! nous baptiserons Grenade et tous les Grenadins !... Ah ! maudit Gayferos ! ah ! mécréant ! ah ! triple fils de Satan ! Je te ferai manger Durandal !

— Sa Corisande est donc bien belle? demanda Turpin à Raimbaud.

— Oui, assez jolie, répondit le Gascon. Elle a de beaux yeux.

— Que voulez-vous, mon pauvre archevêque? dit Olivier. C'est une fantaisie qu'il faut passer à Roland. Après tout, qu'importe que vous baptisiez les gens de Grenade ou ceux de Lisbonne? pourvu que vous envoyiez des mécréants en paradis, c'est l'essentiel.

— Oui, dit l'archevêque; mais un homme de mon âge et de mon caractère est ennuyé de courir après un fou qui court lui-même après une petite fille.

— Il est vrai, répliqua Olivier. Pour moi, je n'aime pas ce pays-ci. Nous étions bien mieux en Saxe. Quand je pense à ces belles grosses Saxonnes qui nous montraient tant d'amitié, j'ai un certain désir de revoir l'Elbe et les belles forêts du Hartz.

Tout en parlant, Turpin et Olivier se préparaient au départ, et toute l'armée suivait leur exemple. En un quart d'heure tout le monde se trouva prêt, et l'on marcha sur Grenade.

Pour encourager ses compagnons, Roland leur promit que si les Grenadins faisaient résistance, on pillerait leur ville pendant vingt-quatre heures. Cette promesse donna des ailes aux éclopés. Quant aux autres, ils couraient comme le vent. Montagnes, forêts, précipices, fossés, rivières, rien n'était trop chaud ni trop froid pour eux.

Cependant, le soir du second jour, il fallut faire halte. Les soldats, malgré leur zèle, tombaient à chaque pas, épuisés de fatigue et de faim. Les chefs eux-mêmes ne savaient comment souper. Roland seul, ardent à la vengeance, voulait poursuivre sa route ; mais il finit par se rendre aux raisons de ses compagnons, et l'on bivouaqua sur le bord d'une rivière inconnue.

Raimbaud, qui n'aimait pas les lamentations inutiles, se mit à chercher son souper. Comme il errait sur le bord de la rivière, fouillant tous les buissons pour y trouver du gibier, il vit un homme assis sur le gazon, qui pêchait tranquillement à la ligne sans s'inquiéter de la chevalerie française.

— Eh parbleu ! dit le Gascon, voilà mon ami Ali, ou je suis fort trompé.

Ali se retourna.

— Que fais-tu là ? dit Raimbaud.

— Mon métier, comme tu vois... Recule-toi, tu vas effrayer les truites.

Raimbaud raconta ses aventures.

— Et toi, dit-il, tu as donc quitté Villanueva ?

— Apparemment, répliqua le pêcheur.

— On t'a maltraité ?

— Ah ! mon ami, dit Ali, il ne faut pas juger les gens sur leur mine. Tu as vu ce Roderic qui avait l'air d'un si bon homme ?

— Oui.

— Le vieux traître m'a joué un tour pendable. Imagine-toi qu'il a donné sa démission le jour même de ton départ.

— Pourquoi faire ?

— Il s'ennuyait de gouverner. Il m'a fait nommer malgré moi président de la république.

— Eh bien ! dit le Gascon, c'est très flatteur pour toi. Tu as bien gouverné, je pense ?

— Moi ! j'ai trop gouverné. J'avais du gouvernement par-dessus les oreilles. Le matin je commandais l'exercice, à midi je jugeais, à trois heures j'administrais, le soir j'écrivais des dépêches diplomatiques, et la nuit, au lieu de dormir à l'aise, je rêvais que j'allais combattre, juger, administrer, gouverner et diplomatiquer le lendemain. Ah ! le vieux traître ! m'a-t-il trompé avec son air respectable !

— Et, dit Raimbaud, tes républicains étaient contents de toi ?

— Très contents. Les uns m'appelaient grand homme et Salomon, les autres m'appelaient canaille et Barabbas ; on me jetait des pierres, on me donnait des sérénades. Somme toute, j'ai bien vu qu'ils étaient contents, mais je ne l'étais guère, moi.

— Tu as donné ta démission ?

— J'ai voulu la donner ; mais mes drôles, sous prétexte qu'ils ne trouveront jamais mon pareil, m'ont retenu de force et gardé à vue. Ma foi, je leur ai donné un bon conseil. Je les assemblés sur la place publique et je leur ai dit :

« Mes chers enfants, si vous me gardez malgré

« moi, je m'en vengerai. Je vous gouvernerai, « jugerai, administrerai tout de travers. Vous « serez obligés de vous brouiller avec moi et de « me rendre la liberté. Faites mieux : tirez au « sort chaque soir le nom de votre président du « lendemain. Votre gouvernement se fera par « corvée comme la garde de la ville et l'entretien « des routes communales. »

— L'idée leur a paru bonne, et ils l'ont mise en pratique le soir même. Je m'évadai le lendemain ; mais j'entends dire que leur mécanique fonctionne très bien, et que mes successeurs ne se tirent pas d'affaire beaucoup plus mal que moi.

Le récit des malheurs d'Ali fit beaucoup rire le Gascon, et Ali lui-même paraissait très bien consolé.

— As-tu quelque chose à souper ? demanda tout à coup Raimbaud avec inquiétude.

— J'ai cinq grosses truites.

— Heureux homme ! Tu ne mangeras jamais cinq truites.

— J'ai bon appétit, dit Ali, mais si tu as du benicarlo dans ta gourde, je t'en céderai deux.

— Trois ! dit Raimbaud.

— Tope !

Et les deux compagnons se mirent à manger et à boire.

— Bon vin ! dit Ali en rendant la gourde au Gascon.

— Je voudrais te faire une question, dit tout à coup Raimbaud ; mais j'ai peur de t'offenser.

— Toi m'offenser ! répondit le pêcheur. Est-ce que la lune offense le soleil ? Est-ce que la nuit offense le jour ? Est-ce qu'on offense les étoiles en leur jetant les cailloux du chemin ?

— Mon cher ami, continua le Gascon, d'où vient que je te trouve toujours occupé à dîner ou à préparer ton dîner ? C'est d'un cuisinier plus que d'un philosophe.

— Parasite malhonnête, dit Ali, ce n'est pas moi qui dîne quand tu viens, c'est toi qui viens quand je dîne D'ailleurs, si Dieu m'a fait à son image, je dois nourrir et abreuver soigneusement l'image de Dieu. Qu'est-ce qu'une âme sans corps ? C'est un cavalier démonté, et tu sais le proverbe : *Qui veut aller loin ménage sa monture.*

— Tu as raison, dit le Gascon, de nourrir et d'abreuver soigneusement l'image de Dieu ; mais, en vérité, tu ne fais pas autre chose.

— Tu voudrais que je fisse des vers, peut-être, insensé rimailleur ?

— Des vers ? non ; c'est trop beau pour toi. Les vers sont la langue des dieux.

— Et des gens sans cervelle qui se regardent comme des dieux. Qui est-ce qui fait des vers en bonne santé ? Quand tu veux manger ou boire, fais-tu des vers ? Quand tu veux donner un bon conseil à tes amis, prends-tu ta boîte à rimes ?

17

Tu sais trop bien qu'on te rirait au nez. Mais si tu veux flatter les princes, ou faire ta cour aux dames, ou chanter les exploits des héros qui cassent la tête aux passants, ou demander de l'argent aux grands seigneurs, tu prends ton air aimable, tu décroches ta guitare, tu ouvres ton magasin de belles paroles, et tudis aux gens dont tu as besoin : « Entrez et choisissez parmi mes marchan- » dises celles qui vous plairont le mieux. » Et tu courbes l'échine, et tu souris avec grâce, et tu chantes en roulant les yeux, et tu flattes, et tu pries, et tu te mets en colère, et tu te mets à genoux, et tu fais le gracieux comme un poète que tu es.

— Et toi, chien de philosophe, s'écria Raimbaud irrité, tu fais l'indépendant, et tu n'es qu'un cynique ; tu fais le Caton, et tu n'es qu'un rustre ; tu te vantes de dédaigner les princesses, et si la reine Doralice, qui n'en est pourtant pas à sa première aventure, te donnait à baiser le bout de ses doigts, tu te pâmerais d'aise et tu te roulerais à ses genoux en faisant ronron comme les chats.

— Parbleu ! dit Ali, tu me fais souvenir que je m'étais promis de l'embrasser devant tout le peuple de Grenade, et que j'ai manqué à ma promesse.

— L'occasion est bonne pour réparer ta faute, dit Raimbaud en riant, car nous allons justement à Grenade pour délivrer la belle Corisande. Qui sait ? ta figure, percée de plus de trous qu'une vieille écumoire, séduira peut-être Doralice.

Allons, fais tes paquets et partons. Viens voir Roland.

— Pour quoi faire? demanda le pêcheur. Je n'ai rien à lui dire.

— Pour qu'il te prenne sous sa protection.

— Je n'ai besoin de la protection de personne, dit Ali, et je fuis les grands seigneurs.

— Sais-tu, dit Raimbaud, que tu es un gaillard bien difficile à vivre. Tu n'aimes pas les grands seigneurs, tu fuis les républicains, tu as horreur des femmes, tu méprises les poètes ; que te restera-t-il ?

— Mon chien et ma liberté, répondit le pêcheur. Je suis citoyen du monde et non pas de Grenade ou de Villanueva. De quelque nom que tu l'appelles, celui qui m'impose sa volonté est mon ennemi.

Cependant, il consentit à suivre l'armée chrétienne, qui vivait ce soir-là de privations, à défaut de nourriture plus substantielle.

XXXIII

Comment le poète et le philosophe trouvèrent le moyen de voir la bataille sans risquer un poil de leurs barbes.

Trois jours plus tard, Roland et ses amis étaient en vue de Grenade. De la terrasse du palais on voyait au loin leurs tentes et leurs étendards. A cette vue, Corisande frémit de joie et ne douta pas d'une délivrance prochaine. Gayferos lut sa pensée dans ses yeux et en fut irrité. Cependant il contint son ressentiment et essaya de la fléchir par les prières. Malgré les promesses du vaillant dom Bernard de Carpio, il n'avait pas grande confiance dans le succès de ses armes, et quelque brave qu'il fût, la pensée de rencontrer Roland ne laissait pas de le troubler un peu. Mais Corisande resta inflexible. Ni supplications ni menaces ne purent lui faire rompre son dédaigneux silence. Gayferos la quitta, résolu à la poignarder plutôt que de la laisser aux mains de son rival, et il alla rejoindre dom Bernard de Carpio, qui était (à son propre avis) le plus noble et le plus vaillant gentilhomme de la chrétienté.

Le sombre hidalgo était assis sur un sofa, non loin de Doralice, et la regardait avec des yeux fort doux. Tous les sujets de conversation étaient épuisés, et le Matamoro sentait qu'il était temps de se déclarer ou de partir ; mais il n'osait se déclarer et il ne voulait pas partir. Fort heureusement, l'entrée de Gayferos le tira de ce double embarras.

— Voici l'ennemi, dit Gayferos. C'est maintenant, dom Bernard, qu'il faut tirer du fourreau votre invincible épée.

— Roland n'en pourra soutenir la vue, répondit le Matamoro d'un ton superbe.

Et il se posa devant Doralice, une main sur la hanche et l'autre sur la garde de son épée.

Cette attitude héroïque fit le plus grand effet sur le cœur de la reine. Elle ne douta pas de la victoire de dom Bernard de Carpio. Le cœur des femmes sensibles est aux fanfarons.

Gayferos, aussi brave que le Matamoro, mais plus sensé que lui, se hâta de l'emmener et de le conduire aux remparts. Toute la population de Grenade était déjà sous les armes et attendait en tremblant le signal du combat.

De leur côté, les chrétiens s'avançaient en bon ordre pour donner l'assaut.

A ce moment décisif, le comte d'Angers sonna trois fois de son redoutable olifant. Ces sons si connus et la vue du héros firent passer un frisson de frayeur dans les veines de tous les Sarrasins, Gayferos seul et le Matamoro n'en furent pas ébranlés.

Raimbaud s'avança, porteur d'un drapeau blanc, et entra dans Grenade.

— Voici, dit-il à dom Gayferos, les conditions que vous offre le comte d'Angers :

« Vous rendrez la ville de Grenade, et la princesse Corisande, vous recevrez le baptême, vous payerez la dîme de vos biens à l'Église catholique représentée par le pieux archevêque Turpin, et vous reconnaîtrez la suzeraineté du grand empereur Charlemagne.

» Si vous résistez, vous serez tous pendus. »

Après avoir prononcé ce petit discours d'une voix assez ferme, Raimbaud ne put s'empêcher de trembler en voyant la fureur effroyable qui était peinte sur le visage de Gayferos. Le Sarrasin leva sur lui son cimeterre, et si le respect dû aux hérauts ne l'avait arrêté, il lui aurait coupé la tête sur-le-champ.

— Va dire à Roland, s'écria-t-il d'une voix altérée par la colère, qu'il ne reverra jamais Corisande. Je la tuerais plutôt que de la lui céder.

— Dis-lui aussi, ajouta dom Bernard de Carpio, que le petit-fils de dom Pélage le défie en combat singulier à la lance, à l'épée, à la dague !

Raimbaud revint au camp des assiégeants et rendit compte de sa mission. Le défi de dom Bernard de Carpio fit sourire le comte d'Angers. La menace de Gayferos le fit trembler pour la vie de Corisande ; mais comme il n'était pas homme à délibérer longtemps, il se hâta de donner le signal de l'assaut.

— Raimbaud, dit le pêcheur de truites, avant ce soir les fossoyeurs auront de l'ouvrage. Veux-tu voir toute la bataille sans peine et sans danger ?

— Volontiers, dit le Gascon, qui suivit son ami avec empressement.

Le pêcheur de truites marcha quelque temps autour des remparts jusqu'à une vieille tour abandonnée qui bordait un précipice, et que pour cette raison les Grenadins avaient oublié de garder. En s'aidant des ronces, des buissons, et de quelques plantes vivaces qui étaient incrustées dans le mur, ils arrivèrent en quelques minutes au premier étage de la tour et descendirent dans l'intérieur, non sans mille dangers de se rompre le cou.

— Où me mènes-tu ? demanda le Gascon inquiet.

— As-tu peur de périr ? répliqua le pêcheur de truites.

— Ma tête ! dit Raimbaud avec dignité, est celle d'un grand poète et j'en dois compte à la postérité.

Ali haussa les épaules.

— Va, dit-il, je réponds de ta tête. Vois-tu cet immense observatoire qui est au bout du palais de Doralice et qui domine au loin la campagne ?

— Je le vois.

— C'est celui de l'astrologue du vieux Stordilan. Le roi est mort et son astrologue est allé chercher fortune ailleurs. L'observatoire est désert. En montant au sommet nous verrons tout le combat sans risquer un poil de nos barbes.

— J'ai une idée, dit tout à coup le Gascon.

— Oh ! oh ! dit le pêcheur, voyons ton idée.

— Si nous allions chercher Roland, et si nous l'amenions ici par le même chemin que nous avons suivi ? Qu'en dis-tu ?

— O tête sans cervelle, répliqua le pêcheur, si Roland entre par là, du premier coup il sera maître de Grenade, il enlèvera Corisande, et nous n'aurons pas notre bataille. Avec quoi feras-tu ton poème ? Laisse-les se chamailler et se casser la tête en liberté.

— Mais... dit Raimbaud.

— Bon ! je t'entends. Tu veux sauver la princesse persécutée, âme compatissante ! Eh ! laisse-les pleurer tout à leur aise ; elles ne sont jamais plus intéressantes que quand elles ont mouillé six mouchoirs.

— Ma foi, dit Raimbaud, tu as raison. Si Corisande est poignardée, j'en aurai du chagrin, mais sa mort fera un beau chant pour mon poème. Après tout, Briséis n'était pas fort à son aise dans la tente d'Agamemnon ; Didon valait bien Corisande et ne s'en est pas moins coupé la gorge.

— Je ne connais pas Briséis et Didon, dit le pêcheur ; je suppose qu'elles étaient toutes deux très malheureuses et très intéressantes ; mais nous perdons le temps à philosopher au lieu de voir la bataille. Vite, vite, à l'observatoire !

XXXIV

Où l'on voit les héros monter à l'assaut hardiment et descendre promptement.

— Tiens, dit le pêcheur au Gascon, nous arrivons au bon moment. Voici Roland qui dresse son échelle contre la muraille. Quelle échelle ! Cent cinquante échelons au moins ! Bon ! Gayferos et dom Bernard de Carpio l'ont aperçu. Ils accourent. Ils prennent le haut de l'échelle pour la jeter dans le fossé. Ah ! la bonne culbute que Roland va faire ! J'en ai le cœur tout réjoui. Nous allons voir si les os sont plus durs que le rocher. Ah ! l'archevêque Turpin et Olivier veulent monter derrière lui. Il leur fait signe de rester en bas et de tenir l'échelle. Pour un héros ce n'est pas trop bête. Il met le pied sur le premier échelon. Il monte ! Une ! deux ! Une ! deux ! Une ! deux ! Par les dents du Prophète ! voilà un hardi gaillard ! On dirait qu'il est à la parade. Comme il est ferme sur ses reins ! Gayferos ne dit rien, et dom Bernard de Carpio attend. Que signifie ceci ? Ah ! je comprends ! Ils veulent le jeter de plus haut. Très bien pensé, messeigneurs ! Une ! deux ! Une ! deux ! Ah ! ah ! il n'y a plus que douze échelons à monter. Onze ! dix ! neuf ! huit ! sept ! Secouez donc l'échelle, imbéciles ! Six ! bon ! Ils balancent l'échelle. Cinq ! quatre ! Roland va lever la jambe et mettre le pied sur le créneau. Patatras ! voilà le héros à bas !... Ah ! le brigand ! il a vu le coup et il a saisi le créneau des deux mains. Il a du sang-froid, le gaillard ! Oui, mais Gayferos lève sur lui sa hache et dom Bernard de Carpio sa masse d'armes. Que va-t-il faire ? Il a les deux mains embarrassées. Par le saint nom de la Caaba ? son crâne va faire une dure expérience. Allons ! boum ! Ils ont frappé tous deux en même temps. Roland est à bas. Il a roulé dans le fossé. Quel coup ! Il doit être en miettes !

— Pauvre Roland ! dit Raimbaud attendri. C'était le plus brave chevalier de l'univers.

— Qu'est-ce que je vois ? reprit Ali. Il n'est pas mort. Il se relève. Il se tâte. Bon ! tous les os sont à leur place. Quels os ! Il faut que le fils de sa mère soit fait de diamant. Ah ! je comprends. Il s'est vu perdu, et quand ils ont frappé il a fait le plongeon. Gayferos et le Matamoro se donnent des poignées de main. Oui, oui, félicitez-vous, mes amis. Rira bien qui rira le dernier... Comment ! il recommence? Oh ! c'est trop fort ! Mais que font donc ces deux armées, au lieu de se massacrer comme il faut ?

— Elles font comme toi et moi, elles regardent le combat, dit le Gascon. Sais-tu qu'un spectacle comme celui-là ne se voit pas deux fois en un siècle ?

— On apporte une seconde échelle, continua Ali. La première est rompue en trois morceaux. Accroche-la aux créneaux solidement. Bien ! Celle-ci est en fer et moins facile à briser... Une ! deux ! Une ! deux ! Une ! deux ! Je veux qu'Eblis, le roi des mauvais génies, m'emporte dans son royaume sombre si je comprends l'entêtement de ce brave homme ! Ah ! ah ! Il insulte Gayferos. Bien trouvé ! Il reproche au Matamoro sa lâcheté. Bonne idée ! C'est assez ingénieux. Il les défie tous deux ensemble. Bon ! Les deux autres se consultent. Ils vont céder à la gloriole. Non. Gayferos prend l'un des montants de l'échelle et va la jeter dans le fossé. Mon pauvre Roland, prépare-toi, tu vas dégringoler. Tiens ! dom Bernard de Carpio retient l'échelle ! Il fait signe à Gayferos qu'il répond de tout ; qu'il est sûr du succès. Grand fanfaron ! Une ! deux ! Une ! deux ! Il touche au créneau. Il met le pied sur le parapet. Il saute. Il est debout. Les deux autres s'écartent. Il tire Durandal. Gayferos et le Carpio se jettent sur lui. Que vois-je? Gayferos lui porte un coup de pointe. Manqué ! Gayferos s'est fendu à fond. Il veut se relever. Son pied glisse. Il tombe et laisse échapper son épée. Bravo ! Roland le saisit dans ses bras. Gayferos veut se dégager, mais il n'est pas de force. Le Matamoro est bien empêché. Il veut frapper Roland, mais Roland se fait un bouclier de Gayferos. Diable ! le pauvre prince n'est pas à son aise. Le comte d'Angers le serre de façon à lui faire rendre l'âme. Est-ce que ce combat ne finira pas ? Eh ! jette-le par dessus le parapet, dans le fossé, et fais face à dom Bernard de Carpio, ou nous allons rester là jusqu'à la nuit.

— Bon ! il m'a deviné. Une !... deux !... trois !... le voilà dans le fossé.

— Qui est dans le fossé ? demanda Raimbaud. Tu as pris la meilleure place pour bien voir.

— C'est Gayferos, répondit Ali. Oh ! oh ! il est endommagé. L'eau du fossé a pourtant amorti la chute. Quel saut ! plus de cent pieds ! Roland n'y va pas de main morte. Maintenant, les chances sont égales. A toi ! dom Bernard de Carpio, petit-fils de dom Pélage ! Soutiens le renom de ta race et coupe-moi en deux ce paladin ! Le fer croise le fer, et du choc jaillissent des étincelles. Deux fiers gaillards, sur ma parole ! Je serais bien embarrassé de donner la palme à l'un des deux. Quelles épées ! quelles armures ! Belle bataille ! L'hidalgo n'est pas maladroit. Il pare très bien les coups ! Oh ! il a de l'expérience. C'est égal, je parie pour Roland. Il ne fait pas tant de feintes ; mais il y va de bon cœur et un coup n'attend pas l'autre. Quels coups ! Hum ! je crois que nous touchons à la fin. L'hidalgo devient furieux. Il perd son sang-froid, il frappe au hasard. Mauvais ! mauvais ! il perd la tête. Ah !... il a touché Roland.

— Au cœur ? demanda Raimbaud.

— Non, à la cuisse. Le sang coule, je crois. Roland est furieux. Il le presse, il le frappe, il veut l'exterminer. Ah ! enfin !... dom Bernard de Carpio est à terre. Roland délace son casque et lui parle. Sans doute il lui offre la vie. L'entêté refuse et essaye de le poignarder. Oh ! ce n'est pas loyal. Roland a paré le coup. Ah ! ma foi, c'est fini. Le Carpio va rejoindre le Gayferos dans la patrie des grenouilles... Comme il l'a lancé avec grâce dans le fossé ! Voilà un homme !

— La pièce est jouée, dit le Gascon, nous pouvons descendre.

Au même instant, de toutes parts, des milliers d'échelles étaient appliquées aux murs de Grenade, et les chrétiens, guidés par Olivier et par l'archevêque Turpin, entraient dans la ville. Les habitants, consternés du sort de leurs chefs, se jetaient à genoux, sans armes, et demandaient grâce. Roland, entré le premier dans la place, se hâta de les rassurer et courut au palais de Doralice. Mais on l'avait prévenu.

— Qu'allons-nous faire ? dit le poète au pêcheur de truites quand il vit la victoire décidée.

— Moi ! dit Ali, je vais tenir la parole que je me suis donnée à moi-même d'embrasser la belle Doralice. Gayferos n'y est plus. Roland va venir. C'est un entr'acte dont je veux profiter.

Là-dessus et sans délibérer davantage, il entra dans le palais de l'air d'un roi légitime qui revient dans ses États après vingt ans d'absence.

La frayeur et le désordre étaient au comble. Le bruit de la mort de Gayferos et de dom Bernard de Carpio s'était déjà répandu, et les serviteurs du palais s'enfuyaient pour la plupart en pillant les objets précieux. Trois ou quatre à peine, restés fidèles à Doralice, défendaient, le sabre à la main, la porte de ses appartements.

En ce moment Ali parut, suivi du Gascon, et demanda à voir Doralice. Il avait, disait-il, une mission à remplir de la part du comte d'Angers. Les serviteurs de la reine, voyant deux hommes désarmés, les laissèrent, sur l'ordre de Doralice, pénétrer à l'intérieur. Raimbaud s'arrêta dans l'antichambre, cherchant partout Églantine ; et le pêcheur de truites, tout couvert de poussière, et les habits déchirés par les ronces, auxquelles il s'était accroché en escaladant le rempart, se trouva seul avec Doralice.

— C'est Roland qui vous envoie ? demanda-t-elle un peu inquiète.

— Madame, répondit Ali, je suis pêcheur de truites et philosophe. Grenade est prise. Votre frère Gayferos vient d'être jeté du haut du rempart dans le fossé. Roland cherche partout Corisande. Dom Bernard de Carpio a suivi le même chemin que dom Gayferos. J'ai fait, il y a dix ans, le serment d'embrasser une reine avant de mourir. L'occasion est bonne aujourd'hui. J'espère que vous ne me refuserez pas cet honneur.

— Qui donc es-tu ? demanda Doralice qui crut avoir affaire à un fou.

— Je suis Ali, le pêcheur de truites, et je vous aime, dit le philosophe en étendant les bras.

Cette réponse ne rassura pas beaucoup la

pauvre reine. Elle repoussa violemment Ali, et voulut se précipiter vers la porte ; mais le philosophe la prévint et se jeta à genoux :

— Je vous aime, s'écria-t-il, et je vous offre ma vie. Ne méprisez pas cette offre. Le plus grand seigneur et le chevalier le plus illustre ne saurait vous donner davantage. Un homme vaut un homme, et un...

Il aurait continué ce discours philosophique sur l'égalité des hommes et l'inégalité des conditions ; par malheur, Doralice qui se mourait de peur en se voyant à la merci d'un inconnu déguenillé, et qui craignait d'être prise d'assaut comme Grenade, se mit à pousser des cris aigus. A ce signal, les serviteurs accoururent, et le pauvre Ali fut emmené hors de l'appartement et menacé du pal.

Heureusement, le tumulte et les cris redoublèrent, et les serviteurs de Doralice inquiets pour leur maîtresse et pour eux-mêmes, laissèrent échapper Ali, qui se hâta de sortir du palais.

Comme il descendait le grand escalier, il rencontra le Gascon, qui n'était guère moins maltraité que son camarade.

— Comme tu as la joue droite rouge ! dit le pêcheur.

— Je viens d'un endroit où il faisait chaud, répliqua le poète. J'ai trouvé Églantine, j'ai voulu lui témoigner ma tendresse : tu vois les marques qu'elle m'a laissées de la sienne. Je suppose continua-t-il, que tu as été plus heureux que moi ?

— Non, pas trop, dit Ali. Doralice a des préjugés.

— Ta figure en écumoire ne l'a pas séduite.

— Mon Dieu ! dit le pêcheur, il ne faut pas juger un homme sur les apparences. Tout écumoire que je suis, j'ai du cœur comme un chevalier ; mais ces filles de rois savent si peu connaître le vrai mérite...

— Que tu as été mis à la porte ?

— Et menacé du pal... Le pal à moi ! Aussi qu'allais-je faire à la cour ? Si je n'avais pas fait la sottise de te suivre, jamais je n'aurais reçu un affront pareil. Adieu.

— Tu pars ?

— Crois-tu, par hasard, que je veuille attendre les empaleurs ? Tout à l'heure on ne faisait pas attention à moi J'en ai profité pour prendre la fuite, mais ce bonheur-là n'arrive pas deux fois de suite. Ah ! si jamais on me reprend à vouloir embrasser les princesses !...

— Attends-moi, dit Raimbaud. Nous ne ferons pas long séjour ici.

— Et ton comté ?

— Bon ! C'est Églantine qui voulait être comtesse. Pour moi, je me soucie du comté comme du vent qui souffle. Quand on a du génie, pourquoi chercher la richesse ?

— Tu renonces à Églantine ?

— Comme au comté. Les femmes, mon ami, ne valent pas le diable. On se donne beaucoup de peine pour les satisfaire : on parle, on crie, on rime, on se bat, on se fait casser la tête pour elles. Le premier venu arrive, qui n'a rien fait qu'apporter des bonbons, des gants et de vieux compliments moisis, et vous les enlève à votre barbe sans qu'elles daignent seulement tourner la tête. Décidément, j'en suis très dégoûté.

— Eh bien! dit Ali, si tu veux, nous partirons ensemble. Nous nous retrouverons hors de Grenade. Je vois que tu deviens sage en vivant avec moi. Voilà ce que c'est que de fréquenter la bonne compagnie.

Sur ce mot, les deux compagnons se séparèrent.

Pendant ce temps, la belle Corisande, enfermée dans son appartement, attendait avec inquiétude la fin du combat. Menacée de mort par Gayferos si Roland entrait dans la place, et d'un sort plus cruel encore si elle restait au pouvoir de Gayferos, elle ne prévoyait que des malheurs. Un des officiers de Gayferos, féroce et prêt à tous les crimes, avait reçu l'ordre de la poignarder sans pitié après la mort du fils de Stordilan, et l'impitoyable Sarrasin n'aurait eu garde de manquer à sa consigne.

Corisande, absorbée dans ses pensées, ne pouvait s'empêcher de garder quelque espérance. Un héros tel que Roland pouvait-il l'abandonner et

18

ne pas surmonter tous les obstacles? Elle prêtait l'oreille à tous les bruits. Près d'elle, sa vieille nourrice cherchait à la consoler et à l'encourager. Elle la recommandait à la vierge Marie et à tous les saints du paradis.

Tout à coup un grand bruit se fit entendre et fut suivi de mille cris : Victoire ! victoire ! Corisande incertaine, car les fenêtres de son appartement n'avaient pas vue sur le rempart, palpitait d'espérance et de crainte. Bientôt on entendit résonner des éperons sur le grand escalier du palais. Le Sarrasin qui gardait Corisande reconnut le pas de Roland et tira son sabre.

— Où est Corisande ? lui cria de loin le comte d'Angers.

Le Sarrasin, au lieu de répondre, se précipita dans l'appartement de la princesse pour exécuter l'ordre du fils de Stordilan et massacrer la princesse. A cette vue, celle-ci comprit le danger, et, se jetant à genoux, s'écria :

— Vierge Marie ! sauvez-moi ! et je jure de me faire chrétienne !

Cependant le Sarrasin, impitoyable, la saisit par ses beaux cheveux noirs qui couvraient ses épaules de boucles épaisses et soyeuses. Il leva son sabre, tout prêt à couper cette tête admirable, la plus belle qu'ait jamais vue l'Andalousie.... C'en était fait de la malheureuse princesse.

Tout à coup Roland parut. Il avait deviné le

sinistre dessein du Sarrasin. Il avait couru sur ses pas, il arrivait, mais l'appartement était si grand et Corisande si près de la mort, qu'un miracle seul pouvait la sauver.

A la vue du sabre levé, Roland poussa un tel cri de menace et d'horreur que le palais tout entier en retentit et trembla sur sa base. Le Sarrasin frémit et fut glacé d'effroi. Il demeura immobile. Roland eut le temps de le rejoindre, et, d'un coup de Durandal, il détacha le bras de l'épaule. Le sabre et le bras qui le tenait tombèrent sur le tapis et le Sarrasin laissa échapper la belle Corisande.

Cette aimable princesse voulut se jeter aux genoux de Roland, mais le héros la serra sur son cœur avec un tel ravissement de joie que les anges du ciel portèrent envie à son bonheur. Ce fut toute leur explication.

— Vous m'aimez donc? dit Corisande en levant sur lui ses beaux yeux bleus, baignés de larmes de reconnaissance.

— Vous me le demandez ! s'écria le chevalier.

Et, pour la première fois, il osa approcher ses lèvres de celles de la charmante princesse de Grenade. L'arrivée de l'archevêque Turpin et d'Olivier interrompit cette heureuse entrevue. Roland leur présenta sa bien-aimée, et le bon archevêque ne put s'empêcher d'avouer qu'elle était aussi belle que le lis des cantiques. Pour Olivier, il convint que les Saxonnes même étaient à cent piques de Corisande.

Cette aimable princesse reçut leurs compliments avec une modestie touchante qui ravit tous les assistants. Roland, obligé de la quitter et de suivre les autres chefs de l'armée, lui donna une garde nombreuse qui avait ordre de la ne quitter ni jour ni nuit, tant l'inquiet chevalier craignait de perdre ce trésor reconquis avec tant de peine.

L'amour ne lui fit cependant pas oublier la courtoisie des vrais chevaliers. Il se hâta d'aller rassurer Doralice, qui tremblait pour son royaume et pour sa vie, et qui craignait de devenir la proie du vainqueur. La vue de Roland lui rendit le courage, et même l'envie de plaire. Elle le reçut avec de tels élans de joie, mêlés d'un si triste abattement que le bon chevalier, encore peu aguerri aux pleurs des dames, se sentit attendri jusqu'au fond de l'âme et se reprocha intérieurement sa cruauté passée.

— Hélas ! seigneur comte, dit-elle, dans quel état vous m'avez quittée, et dans quel état vous me revoyez ! Et c'est vous qui êtes l'auteur de ma ruine ! Vous, Roland, que j'ai tant aimé ; que j'ai trop aimé peut-être ! Hélas ! si j'avais eu moins de franchise et moins d'abandon, si j'avais eu moins de confiance dans un héros qu'admirait tout l'univers, si j'avais eu quelque chose de cette réserve savante qui va si bien à d'autres femmes moins sincères et moins aimantes que moi, peut-être serais-je aimée aujourd'hui. Mais non ! Imprudente et folle que je suis ! Égarée par un amour insensé, j'ai jeté mon cœur à vos pieds, ce cœur que tant de puissants rois et de vaillants chevaliers ont désiré en vain ; je n'ai pas voulu, comme Corisande, vous faire acheter le bonheur, et j'en suis cruellement punie. Hélas ! hélas ! seigneur, le châtiment est juste, mais suis-je seule coupable?

Le bon Roland, entortillé dans les discours de la dame comme un oiseau dont les ailes sont prises dans la glu, cherchait en vain une réponse. Doralice se jeta à ses genoux ; il la releva sur-le-champ ; mais il ne put s'empêcher d'être ému en touchant involontairement ce sein si beau qui s'appuyait sur son bras comme le lierre sur le chêne, cette taille souple et gracieuse, et ces yeux si doux et d'un vert d'émeraude qui semblaient demander grâce. Il se sentit gagner peu à peu par une émotion qui n'avait rien de commun avec la passion profonde qu'il sentait pour la belle Corisande, mais qui n'en était pas moins inquiétante pour sa fidélité.

Il voulut répondre et ne put que balbutier quelques mots.

— Rassurez-vous, madame, dit-il, je vous rendrai vos États.

— Me rendrez-vous aussi, dit-elle, la paix du cœur que vous m'avez ôtée ? Me rendrez-vous, cruel, le frère chéri que j'ai perdu, mon seul soutien dans la vie, mon pauvre Gayferos ?

A cette question, Roland demeura plus froid qu'un marbre. L'ombre de Gayferos, maladroitement évoquée par Doralice, venait de dissiper le charme. Il sortit sans répondre un mot, laissant la reine partagée entre la douleur que lui causaient les dédains du comte d'Angers et le regret d'avoir perdu son frère.

Cependant Roland, Olivier et Turpin tinrent conseil.

— Qu'allons-nous faire de notre conquête ? demanda Olivier.

— Nous y mettrons garnison, dit l'archevêque, nous baptiserons tous les Grenadins, nous leur ferons payer tribut, et si Roland veut être roi, ma foi, je ne m'y oppose pas. Il a bien gagné son trône.

Roland se mit à réfléchir. La veille encore, il cherchait un royaume pour Corisande. Celui-ci était vacant et à sa portée. Pourquoi ne pas le prendre ? Mais le souvenir des prières et des larmes de Doralice lui traversa l'esprit.

— Non, dit-il, il faut laisser Grenade à Doralice, à condition qu'elle se convertira avec tout son peuple.

— Mais, répliqua Olivier, tu cherchais un royaume en Portugal. Celui-ci est tout prêt. Prends-le.

Roland s'y refusa obstinément, et il fut résolu

que Doralice garderait Grenade et serait baptisée. En même temps on expédia des courriers à Charlemagne pour lui annoncer la prise de la ville et les conditions de la paix.

Le comte d'Angers, après la conférence, alla trouver Corisande et lui expliqua les motifs du refus qu'il avait fait de la couronne de Grenade. Il lui promit en échange celle de Portugal.

La belle princesse de Grenade lui prit la main, et lui dit d'une voix émue :

— Seigneur, je ne veux pas de royaume ; je ne vous demande qu'un cœur fidèle.

Après quoi Roland tomba naturellement à ses genoux et protesta qu'il la ferait reine, dût-il massacrer un million de Sarrasins ; mais Corisande resta inébranlable dans sa volonté.

— Seigneur, dit-elle, un jour vous m'avez soupçonnée de préférer l'ambition à l'amour, et j'ai fait ce jour-là le serment de n'accepter de vous que votre cœur.

Il fallut se rendre à ces raisons et renoncer à la couronne de Portugal.

Le soir, Raimbaud alla voir le comte d'Angers.

— Que me veux-tu ? dit celui-ci.

— Seigneur, dit le Gascon, il vient d'arriver un accident singulier. Vous aviez donné ordre d'ensevelir les morts, et je veillais à l'exécution de cet ordre ; mais on n'a retrouvé ni Gayferos, ni dom Bernard de Carpio.

— On n'a pas bien cherché, répondit Roland, Ils doivent être tous deux dans le fossé.

— Ils n'y sont pas, dit Raimbaud. Probablement le diable qui est leur ami sincère, les a emportés dans ses bras, ou ils se sont relevés et ils sont en fuite.

— Eh bien, laisse-les fuir, dit Roland. Je suis trop fatigué pour les poursuivre.

Cependant il fit doubler la garde autour du palais de Corisande.

Quelques jours après, les chefs de l'armée reçurent une lettre de Charlemagne qui félicitait Roland de ses victoires et l'engageait à revenir à la cour avec toute l'avant-garde ; enfin, le grand empereur témoignait la plus vive impatience de connaître la belle Corisande, de la faire baptiser, de lui servir de parrain et de l'unir à son amant.

— Aujourd'hui, je suis parfaitement heureux, dit Roland.

Hélas ! il n'avait jamais été plus près du plus effroyable malheur. Déjà la mort avait les yeux sur lui. La Providence aime à se jouer des desseins des hommes.

Le lendemain du jour où Roland avait reçu le message de Charlemagne, toute l'armée se mit en marche pour rejoindre le puissant empereur. En tête et à cheval s'avançaient Roland et la belle Corisande. Olivier et Turpin formaient l'arrière-garde. Ali, qui s'était tenu caché pendant quelques jours pour échapper à la vengeance de Doralice, s'était mis au centre avec le Gascon.

XXXV

Comment dom Gayferos et dom Bernard de Carpio prirent le chemin de Saragosse, et comment le roi Marsile obtint l'unanimité dans l'assemblée des émirs.

Raimbaud ne se trompait pas : dom Gayferos était vivant et dom Bernard de Carpio n'était pas mort. Après le saut effroyable que Roland les avait forcés de faire par-dessus les remparts, ils demeurèrent quelque temps étourdis et comme évanouis. L'eau du fossé étant peu profonde, leurs corps étaient à demi enfoncés dans la vase, mais leurs têtes, par un bonheur singulier, étaient restées hors de l'eau.

Dom Bernard de Carpio fut le premier à recouvrer ses sens. Il ouvrit les yeux, regarda autour de lui avec étonnement et chercha à retrouver ses idées, que le choc avaient dispersées dans l'espace.

— Par saint Jacques d'Alcantara ! dit-il, suis-je endormi ? Suis-je éveillé ? D'où sort ce fossé ? C'est étrange. Il me semble que j'étais, il n'y a qu'un instant, sur le haut du rempart... Ah ! je me souviens. C'est Roland qui...

A ce souvenir, le féroce hidalgo grinça des dents et se mit à blasphémer d'une si terrible façon que les grenouilles se cachèrent au fond de leurs marécages. Il se leva et fit quelques pas avec assez de peine. Il était épuisé par la perte de son sang.

— Où peut être Gayferos ? Il me semble qu'on lui a fait prendre le même chemin qu'à moi ; mais comme il a les os moins durs, il doit être en mauvais état. Ah ! le voici. Il est mort. Pauvre diable ! C'était un bon gentillhomme, mais il a trop aimé les dames. Voyons : peut-être a-t-il encore quelque souffle de vie ?

Il se pencha sur lui et souleva sa tête appesantie. Gayferos ouvrit les yeux et éternua fortement.

— Oh ! tout va bien, dit le Matamoro. Il vit... Eh ! camarade, comment vous trouvez-vous ? Vous n'avez rien de cassé ? Ce cerveau n'est pas fêlé ?

— Je ne sais pas, dit Gayferos d'une voix faible. Aidez-moi à me lever.

Dom Bernard de Carpio le remit sur ses jambes.

— Eh bien ! demanda-t-il.

— Je suis un peu étourdi, répondit Gayferos, mais cela se passera. Tous mes os sont à leur place. Ah ! le brigand ! Je veux baigner mes mains dans son sang. Il m'a pris en traître, mais...

— C'est comme moi, dit le Matamoro, mon pied a glissé ; le lâche a sans doute profité de cet avantage, dû au hasard, et je viens de me retrouver, je ne sais comment, au fond du fossé... Mais d'où vient que nous sommes seuls ?

— Je ne vois plus l'armée française. A-t-elle déjà décampé ?

Au même instant, le bruit des fanfares et les cris de victoire leur firent comprendre que les Français étaient maîtres de Grenade. Gayferos, furieux, voulut rentrer dans la ville ; mais dom Bernard de Carpio le retint.

— Voulez-vous, dit-il, qu'on vous donne aujourd'hui le coup de grâce ?

— Je veux revoir Corisande, la poignarder et mourir.

— Vous ne reverrez pas Corisande, et vous serez poignardé tout seul. Croyez-moi, mon cher ami, ne vous obstinez pas. Quelque jour vous aurez votre revanche. *Tout vient à point qui sait attendre.*

— Que faire ? dit Gayferos.

— Prendre patience et partir. Voulez-vous assister à la noce et conduire vous-même Corisande à l'autel, en qualité de proche parent et de chef de la famille.

— Où allons-nous ?

— Chez le roi Marsile, qui est en guerre avec Charlemagne, qui hait Roland, le meurtrier de son fils, et qui vous fera, je vous le garantis, le meilleur accueil du monde.

— Mais, dit Gayferos, Ferragus a tué mon père, et...

— Oui, mais Ferragus est mort. D'ailleurs,

entre princes, si l'on s'arrêtait à ces enfantillages, la vie serait impossible. Marsile n'a plus qu'une fille qui est son héritière, la belle Fleur-d'Épine. C'est une très aimable princesse qui vous fera roi d'Espagne, si vous savez lui plaire.

Gayferos regarda l'hidalgo d'un air étonné.

— Oui, continua dom Bernard de Carpio, je vous entends... vous demandez quel intérêt je prends à tout cela. On ne m'a rien pris à moi, ni ma maîtresse, puisque je n'aime personne, ni mon royaume, puisque je ne possède que mon épée ; mais Roland m'a pris l'honneur ! Jeté par dessus le rempart ! moi ! un petit-fils de dom Pélage !... un homme vivant pourrait se vanter de m'avoir vaincu ! Non, par saint Jacques, j'y périrai ou je me vengerai !

Tout en parlant, les deux chevaliers tournaient le dos à Grenade et marchaient sur la route de Saragosse. Deux chevaux andalous, qui paissaient dans une prairie, leur servirent à faire, dans la ville du roi Marsile, une entrée non pas triomphale, mais digne de deux vaillants chevaliers. Dès leur arrivée, ils se nommèrent, et un officier les conduisit au palais du roi, qui reçut avec joie leurs offres de service et leur donna le commandement de l'armée.

Toute la ville de Saragosse était dans une extrême confusion. Charlemagne, maître de Valence, menaçait d'assiéger Marsile jusque dans sa capitale. Déjà l'armée du grand empereur était en marche, et répandait au loin la terreur. D'un autre côté, les plus terribles nouvelles arrivaient du Portugal où Roland et le bon archevêque Turpin avaient fait des prodiges, et de Grenade qui venait d'être prise d'assaut. Le roi Marsile était consterné, et suivant l'usage de tous ceux qui ont mal gouverné leurs affaires, il était prêt à suivre les plus étranges conseils.

Quelques jours avant l'entrée de Gayferos et de dom Bernard de Carpio, les émirs étaient assemblés et délibéraient. Après des lamentations très justes et très inutiles comme toutes les lamentations, on parla sérieusement de la paix.

— Faire la paix, dit Marsile, c'est subir le joug de Charlemagne.

— Faire la guerre, répliqua un émir, c'est risquer d'être pendu.

— Ou baptisé, ajouta Marsile.

— Cruelle alternative !

Le baptême et la pendaison firent faire la grimace à tous les assistants. Les gens sages, c'est-à-dire tous ceux qui sont amis du repos et qui craignent les coups, formaient la majorité de cette auguste assemblée comme de toutes les autres, et commencèrent à trouver dans leur frayeur le courage de braver Marsile et de lui imposer la paix.

En un instant, mille cris confus s'élevèrent. Les uns reprochaient à Marsile son imprudence, d'autres son alliance avec le malheureux Agramant, d'autres sa manie de conquêtes qui avait conduit à la mort l'infortuné Ferragus ; d'autres lui reprochaient d'accabler son peuple d'impôts.

Au milieu de ce tumulte, Marsile fit appeler le bourreau.

— Prends-moi, dit-il, l'émir de Tolède, l'émir de Sagonte et l'émir de Burgos, qui crient comme des aigles, et coupe-leur la tête sur-le-champ.

Ce qui fut fait dans la salle même des délibérations.

— Maintenant, continua ce grand prince, si quelqu'un de vous, seigneurs, est mécontent de mon gouvernement, je le prie d'élever la voix et de se faire entendre.

En un clin d'œil le silence se rétablit, et l'assemblée approuva unanimement le dessein qu'avait le roi Marsile de demander la paix à Charlemagne.

Il est temps de revenir à notre ami Roland, qui chevauche sur la route de Valence en compagnie de la belle Corisande et de l'archevêque Turpin.

XXXVI

Comment le grand empereur Charlemagne embrassa la belle Corisande, et comment le perfide Ganelon, comte de Mayence, fut reçu à la cour du roi Marsile.

Le vieux Charlemagne, à la barbe blanche,

était assis dans sa tente, à quelques lieues de Valence, et allait donner le signal du départ, lorsque les éclaireurs annoncèrent l'arrivée de Roland et d'Olivier. Aussitôt les trompettes sonnèrent leurs plus éclatantes fanfares, et toute l'armée se précipita au-devant du héros.

Le grand empereur lui-même sortit de sa tente tenant à la main son sceptre d'or et s'avança d'un air majestueux vers le comte d'Angers. Derrière lui, marchaient le duc Naymes de Bavière, si renommé dans les conseils ; Dudon, le grand amiral de l'empire, et les autres pairs de France.

A la vue de Charlemagne, Roland mit pied à terre, et confiant Bride-d'Or, aux soins d'un page, il alla baiser la main de l'empereur ; mais celui-ci le serra dans ses bras et le baisa tendrement.

— Eh bien ! beau neveu, rebelle dénaturé, te voilà donc revenu ! Vraiment, tu nous manquais.

— Seigneur, répliqua Roland, j'avais eu le malheur de vous déplaire, et pour m'en consoler, j'ai voulu faire la conquête d'un royaume.

— Comment s'appelle ton royaume ?

— C'est le Portugal. Le bon Turpin est venu me donner un coup de main, et Olivier prenait sa part de l'affaire, lorsque Satan, qui est l'ami des Sarrasins, m'a rappelé devant Grenade.

— Oui ! oui ! j'ai entendu parler de cette histoire. Tu as délivré quelque princesse, je ne sais où.

— Seigneur, dit Roland, voici la dame de mes

pensées. Jugez si, pour la sauver, je devais quitter le Portugal et toutes les Espagnes.

A ces mots, sur un signe du chevalier, Corisande leva son voile et découvrit aux yeux éblouis de Charlemagne la plus merveilleuse beauté qu'il eût vu à sa cour. Le cœur du vieil empereur bondit de joie dans sa poitrine, et il reçut lui-même dans ses bras la belle Corisande qui se hâtait de descendre de son palefroi.

L'aimable princesse de Grenade lui fit son compliment avec tant de grâce et d'esprit, que le bon Charlemagne, sans en demander davantage, proclama qu'elle était la dame la plus charmante et la plus accomplie dont les poètes eussent jamais parlé.

Pendant ces compliments réciproques, les principaux chefs de l'armée s'étaient réunis autour de Roland et lui faisaient raconter ses aventures. Comme le bruit de son prochain mariage avec Corisande s'était déjà répandu, tout le monde le comblait de félicitations.

Seul, le perfide Ganelon, comte de Mayence, se tenait à l'écart.

Tout le monde sait que ce traître, animé d'une haine implacable contre tous les neveux de Charlemagne, cherchait toujours à les perdre dans l'esprit de leur oncle. C'est lui qui avait poussé à la révolte le fier Renaud de Montauban et ses frères, et qui avait demandé le supplice de Roland lorsque celui-ci eut l'audace de résister à Charlemagne, et coupa en deux son sceptre d'or d'un revers de Durandal. Sa lâcheté, qui l'exposait aux moqueries de toute l'armée, lui faisait détester et craindre le comte d'Angers ; mais sa bassesse et ses flatteries lui conservaient la faveur de Charlemagne, lequel, bien qu'étant le modèle des princes passés, présents et à venir, était d'ailleurs le plus colérique des empereurs de toute la terre habitable.

— Eh bien ! dit Roland, au Mayençais, tu n'es pas content de mon bonheur, Ganelon ?

— De la coupe aux lèvres il y a loin, répondit le Mayençais.

Au même instant on annonça l'arrivée d'un messager de Marsile. C'était l'émir d'Alcala de Hénarès, l'un des plus sages chevaliers et des plus renommés parmi les Sarrasins.

— Seigneur, dit l'émir à Charlemagne, le roi Marsile m'envoie te demander la paix.

— Il est bien tard, répondit le vieil empereur.

— Il n'est jamais trop tard pour être sage, répliqua l'émir. Marsile a quatre cent mille chevaliers des plus braves de l'univers, six cent mille hommes de pied et une réserve de plus de douze cent mille hommes en état de porter les armes. Autour de lui sont le roi de Nubie, qui amène avec lui cent mille nègres vaillants et hardis ; le prince de Mazanderan, qui a sous ses ordres

19

les Caspiens, race habile à lancer des flèches comme les anciens Parthes ; le sultan de Kasghar, qui porte dans ses armes une panthère et que suivent deux cent mille Tartares ; le soudan de Nigritie, qui monte un éléphant plus haut qu'une tour, et le duc des îles Fortunées qu'entoure l'Océan et qui vient des extrémités du monde connu.

— S'il a tant de guerriers à ses ordres, dit Charlemagne, pourquoi demande-t-il la paix ?

— Pour éviter l'effusion du sang. Il offre de te payer un million d'écus d'or tous les ans à condition que tu sortiras sur-le-champ de toutes les Espagnes. En attendant, il demande une trêve de dix jours pour les négociations.

— Sois le bien venu dans mon camp, dit le vieil empereur. Je vais donner ordre qu'on te reçoive comme un hôte et comme un ami. Demain, tu partiras avec un ambassadeur qui portera ma réponse au roi Marsile.

— Qui vais-je envoyer ? ajouta Charlemagne. Est-ce toi, mon fidèle Naymes ?

— Seigneur, dit le duc de Bavière, ma vie est à vous, mais je crains les fourberies des infidèles.

— Et toi, bon archevêque ? demanda l'empereur à Turpin.

— Seigneur, répondit l'archevêque, je suis un mauvais ambassadeur. Je ne pourrai jamais voir tant de Sarrasins ensemble sans désirer de leur briser les os avec ma crosse. Ne comptez pas sur moi pour conclure un bon traité de paix.

— Ce sera donc toi, Roland ?

— Seigneur, dit le comte d'Angers. Excusez-moi. J'ai tant de choses à dire à Corisande !

— Et toi, Olivier ?

— Moi, seigneur, vous n'y pensez pas. Ne suis-je pas l'ombre de Roland ? s'il part, je pars ; s'il reste, je reste.

— Seigneur, reprit Roland, s'il vous faut un homme pacifique, prenez plutôt ce pâle justiciard qui tremble les jours de bataille. Par lui, vous êtes bien sûr d'avoir une paix éternelle.

A ces mots, Ganelon, que Roland désignait du doigt, pâlit affreusement et voulut se défendre de cet honneur ; mais Charlemagne lui ordonna si impérieusement de se mettre en route dès le lendemain, qu'il fut forcé de se charger du message.

— Mais si ces infidèles, qui ne connaissent aucune loi, me font couper la tête ? demanda-t-il avec inquiétude.

— Rassure-toi, dit Roland, elle n'est pas assez ronde pour qu'on s'en serve au jeu de quilles.

— Dis-leur, ajouta Charlemagne que cent mille têtes de Sarrasins me répondent de la tienne.

Le lendemain, le perfide Mayençais, plein de fureur contre Roland, partit avec l'émir d'Alcala de Hénarès, et tous deux, faisant diligence, arrivèrent en deux jours à Saragosse.

En entrant dans la salle du trône, où Marsile

était assis avec les principaux seigneurs de sa cour, l'émir d'Alcala fut très surpris de voir à la droite et à la gauche du roi deux chevaliers qu'il ne connaissait pas. Les deux nouveaux venus étaient dom Gayferos, prince de l'Estramadure et des Algarves, et dom Bernard de Carpio, surnommé le Matamoro.

Le comte Ganelon s'avança en tremblant, se prosterna devant le roi Marsile, au grand étonnement des assistants qui se souvenaient encore de la fière contenance de Roland, et dit :

— Seigneur roi, et vous tous seigneurs chevaliers, renommés dans tout l'univers par votre sagesse et par votre courage, je viens vous annoncer les conditions que vous offre l'empereur Charlemagne.

« Premièrement, vous payerez chaque année un tribut de dix millions d'écus d'or.

« Secondement, vous reconnaîtrez la suzeraineté de l'empereur Charlemagne, et vous le suivrez dans toutes ses guerres.

« Troisièmement, vous recevrez tous le baptême.

« Quatrièmement, vous laisserez entre ses mains pendant cinq ans, comme gage de la paix, Valence et Barcelone. »

A ces mots, un immense murmure s'éleva du milieu de l'assemblée. Gayferos tira son cimeterre :

— Grand roi, dit-il à Marsile, permets-moi de

couper les oreilles à l'ambassadeur de Charlemagne. Par là, cet insolent empereur saura quel cas nous faisons de lui et de son armée.

— Remets ton cimeterre au fourreau, généreux Gayferos, dit Marsile. Je sais ce qu'exige le soin de mon honneur et de ma couronne.

Gayferos obéit en grondant comme un chien à qui l'on arrache un os ; mais le Mayençais n'en fut pas plus rassuré.

— Seigneur roi, dit-il, j'ai refusé longtemps de porter des propositions si peu dignes de toi et de ton courage, mais la volonté de l'empereur m'y a contraint. Au reste, Charlemagne lui-même veut la paix ainsi que toute l'armée. Roland seul le pousse à continuer la guerre, et veut conquérir un trône pour la belle Corisande.

En entendant ces mots, Marsile devina la haine du perfide Mayençais contre le comte d'Angers, et résolut d'en profiter. Sous prétexte de discuter plus librement avec Ganelon les conditions du traité, il le fit appeler en particulier, et lui dit :

— Comte, tu hais Roland autant que moi. Ne nie pas. Je l'ai vu.

— Seigneur roi, répondit Ganelon, rien ne peut échapper à votre perspicacité. Roland me maltraite et m'humilie en toute occasion. C'est le mortel le plus féroce et le plus orgueilleux que je connaisse.

— Bien, continua Marsile. Je l'avais deviné.

Tu le hais, parce qu'il t'insulte, et moi je le hais parce que je le crains et parce qu'il a tué mon fils Ferragus, l'espoir de ma vieillesse. Unissons nos haines, et tâchons de tuer Roland.

— Seigneur roi, dit le Mayençais troublé, c'est une trahison que tu me proposes ? Toute l'armée de Charlemagne se fera tuer pour le défendre.

— Comte, dit Marsile, te venger et me venger d'un ennemi commun, est-ce trahir ? J'ai deux comtés en France, la Cerdagne et le Roussillon, et un troisième comté en Espagne, celui de Barcelone dont je ne sais que faire. Trois comtés pour la tête de Roland, est-ce trop peu ?

Cette offre vainquit les derniers scrupules du Mayençais.

— Mais, dit-il, c'est une entreprise bien difficile. L'ours fera tête aux chasseurs.

— C'est notre affaire, répliqua Marsile. Retourne au camp des chrétiens, annonce à Charlemagne que toutes ses conditions sont acceptées, même le baptême. Amène-lui vingt mulets chargés d'or : c'est la rançon de l'Espagne. Persuade-lui de confier à Roland l'arrière-garde. Je me charge du reste.

— Seigneur roi, dit Ganelon, je t'engage ma parole. Toi, pense à la tienne.

En même temps, il partit chargé de présents, et résolu à tout tenter pour la perte de son ennemi.

Charlemagne reçut avec beaucoup de joie la réponse du roi Marsile, et se hâta de ratifier le traité.

— Eh bien ! dit-il à l'archevêque Turpin, nous avons fait de bonne besogne chez ces mécréants : les voilà baptisés comme nous.

— Grand empereur, répondit le bon archevêque, je n'ai pas grande confiance dans les promesses de Marsile. Peut-être ferions-nous bien d'attendre quelque temps avant de repasser les Pyrénées.

— Incrédule ! dit Charlemagne en riant. Et toi, Roland, qu'en penses-tu ?

— Je pense, dit Roland, qu'elle est bien belle, et que je l'adorerai toute ma vie.

— Qui ? Marsile ?

— Eh non ! Corisande.

— Au diable l'amoureux ! dit le bon empereur avec gaieté. Je lui parle Marsile et il me répond Corisande. Voyons, quel jour sera baptisée cette aimable princesse ?

— Demain, dit l'archevêque, car je n'ai plus rien à lui enseigner. Elle connaît tous les mystères de notre sainte foi.

— Eh bien ! dit Charlemagne, à demain le baptême. C'est moi qui serai le parrain. Dans quinze jours, nous ferons le mariage à Bordeaux.

XXXVII

Songe de Roland.

La belle Corisande fut baptisée le lendemain dans la cathédrale de Valence. Elle embrassa sincèrement la religion de son amant et de la vierge Marie, qui l'avait sauvée d'un si grand péril à Grenade. Roland ne la quittait plus et semblait craindre à tout instant de perdre une seconde fois ce précieux trésor. Elle était fière, elle était aimée, elle aimait, elle était heureuse, elle allait avoir pour époux le plus brave chevalier de l'univers et le plus fidèle; elle ne voyait plus dans l'avenir que des sujets de joie. C'est à ce moment que la divine Providence, dans ses impénétrables desseins, voulut mettre fin à son bonheur et à la vie du comte d'Angers.

Le perfide dessein de Ganelon n'avait que trop réussi. Charlemagne, confiant dans la parole de Marsile et dans sa propre puissance, reprit le chemin des Pyrénées. A l'avant-garde marchaient l'empereur lui-même et les pairs de France. Au corps de bataille étaient placés le butin et les bagages. L'arrière-garde était commandée par Roland, toujours chargé du poste le plus dangereux. Près de Roland chevauchait la belle Corisande. C'est dans cet ordre que l'armée chrétienne s'approcha de la fameuse vallée de Roncevaux. Déjà quelques signes faciles à reconnaître annonçaient l'approche des Sarrasins. Charlemagne s'en aperçut ; mais, pressé de rentrer dans ses États, et croyant le danger peu redoutable, il négligea l'arrière-garde. Cependant il pressa Corisande de prendre avec lui les devants.

Qui pourrait dire combien le tendre cœur de cette aimable princesse fut déchiré de cette courte, mais cruelle séparation. Les deux amants ignoraient qu'ils ne devaient plus se revoir en ce monde; mais un pressentiment funeste les avertissait de la catastrophe prochaine. Corisande ne pouvait s'arracher des bras de son amant : elle avait fait des songes effrayants. Elle avait cru voir Roland percé de mille coups d'épée, entouré d'un monceau d'ennemis, mais vivant encore et lui tendant les bras avant de rendre le dernier soupir.

Le bon chevalier, si ferme en toute rencontre, se sentait lui-même attristé par des présages sinistres. Il eut besoin de tout son courage pour raffermir celui de Corisande, et la forcer à rejoindre Charlemagne.

— Nous partons les premiers, dit le vieil empereur, mais nous t'attendrons à quelque distance du défilé, toujours prêts à te secourir si l'on t'attaque. Au reste, je te laisse Olivier et le bon archevêque Turpin avec vingt mille hommes.

— Avec eux, dit Roland, je ferais la conquête du monde.

Enfin, Charlemagne partit, emmenant avec lui Corisande qui s'attachait à Roland et voulait vivre ou mourir avec lui ; mais le héros qui connaissait sans les craindre, les hasards des batailles, ne voulut pas le souffrir. Il la serra une dernière fois sur son cœur, et, se sentant faiblir, il détourna la tête.

Quand toute la suite de Charlemagne eut défilé, le comte Ganelon partit le dernier. Il riait d'un méchant sourire en regardant Roland.

— Adieu, comte, dit-il, et bonne chance. J'entends dire que les bataillons sarrasins sont plus nombreux sur la route que les hôtelleries ; mais rien ne résiste à un héros tel que toi.

— Je réponds de tout, répliqua Roland, mais si l'arrière-garde était en danger, je sonnerais du cor. Avertis Charlemagne que c'est le signal de revenir sur ses pas.

A ces mots, le traître partit, tout joyeux de sa trahison, et Roland s'enferma pendant quelques heures dans sa tente pour rêver plus aisément à Corisande.

— Olivier, dit le bon archevêque Turpin, que penses-tu de ce Mayençais ? Il avait l'air de rire en grinçant des dents. Est-ce la coutume chez les honnêtes gens ?

— Si je le croyais, dit Olivier, que ce pâle justi

ciard eût envie de nous jouer un tour de son métier, je galoperais sur sa trace, et je ferais de sa tête une offrande à Saint-Jean-Baptiste-le-Décollé.

— Que penses-tu, continua Turpin de notre ami Roland ?

— Je pense, répliqua Olivier, que j'ai aimé plus de trente Saxonnes qui étaient hautes comme des lances, grosses comme des barriques et tendres comme des agneaux rôtis, et que mes trente Saxonnes, toutes réunies, ne m'ont pas donné autant de bonheur qu'à Roland un seul baiser de sa Corisande.

— Pauvre Olivier ! dit le bon archevêque, est-ce que trente lapins blancs font un cheval noir?

A force de rêver à sa belle princesse, Roland s'était endormi. Il se vit lui-même en songe. Il était seul dans la vallée de Roncevaux. Ses amis avaient disparu. Autour de lui les Pyrénées soulevées par un tremblement de terre s'écroulaient et l'enveloppaient d'une muraille circulaire et inaccessible. Tout à coup le tonnerre mugissait dans le lointain. Une nuit profonde enveloppait la terre. Des éclairs sillonnaient la voûte du ciel. A la lueur de ces éclairs, il vit, sur le sommet de l'immense muraille formée par les Pyrénées, Gayferos et dom Bernard de Carpio qui se le montraient en riant. Derrière eux, Satan lui-même attisait l'orage. L'air devenait lourd et brûlant. Roland ne respirait plus qu'avec peine. Tout à coup il s'éveilla ; Olivier était devant lui.

— Eh bien ! dit Olivier, partons-nous ? La nuit est venue, favorable aux embûches. Charlemagne est déjà loin. En avant !

— En avant ! répéta le comte d'Angers, et toute l'arrière-garde de Charlemagne entra avec eux dans le val de Roncevaux.

XXXVIII

Comment Ali et Raimbaud coupèrent la corde qui déjà leur serrait le cou.

Ali et Raimbaud, avec leur prudence ordinaire, suivaient le corps de bataille qui marchait lentement, tout embarrassé des bagages de l'armée. La nuit était venue. Les deux compagnons, accablés de fatigue, s'assirent sur un rocher.

— J'ai soif, dit le pêcheur de truites.

— J'ai faim, dit le Gascon.

— Ventre-Mahom ! continua le pêcheur, ces conquérants s'en vont au pas gymnastique comme s'ils avaient peur d'être conquis. Moi, qui n'ai pas cette peur, je reste et je vais dormir.

— Où ?

— Sur ce rocher.

— C'est dur, dit Raimbaud.

— Voluptueux ! répliqua le pêcheur, tu cherches un édredon, ou peut-être crains-tu les rhumes de cerveau ?

— Entre nous, je serais bien aise d'être en Gascogne. Ces Pyrénées me font peur. Il me semble que tous ces pins qui couvrent la pente de la montagne vont être déracinés et tomber sur ma tête pendant mon sommeil.

— Poète ! dit Ali, ces pins sont fils de l'Éternel et contemporains de notre premier père. Le dernier d'entre eux verra mourir le dernier de nos descendants. Bonsoir.

Là-dessus, quelque instance que pût faire le Gascon, il s'endormit du plus profond sommeil.

Plusieurs heures s'écoulèrent ainsi. Raimbaud, vaincu par la fatigue, oubliait sa frayeur et s'assoupissait peu à peu. De temps en temps, il était éveillé par le bruit du vent qui soufflait avec furie dans la forêt et qui faisait craquer la cime des pins. Tout à coup, un bruit étrange vint se mêler à l'ouragan déchaîné. On eût dit une armée en marche qui se portait sur les hauteurs et à l'issue de la vallée de Roncevaux, du côté de la France. Des fantômes innombrables, armés de lances et de hallebardes fermaient toutes les issues de la vallée, excepté celle par laquelle on venait d'Espagne. Tous ces fantômes gardaient un profond silence. Peu à peu, Raimbaud s'aperçut qu'une muraille infranchissable se dressait à l'entrée du défilé. Les fantômes roulaient et entassaient d'énormes blocs de pierre pour fermer la route de France.

Pendant quelques instants la frayeur du Gascon fut si forte qu'il n'osa faire un mouvement ni prononcer une parole. Cet ouragan, ces fantômes, ce bruit et ce silence si étrangement mêlés l'avaient glacé d'épouvante. Cependant, quelques signes de croix le ranimèrent, et, ne craignant plus d'être le jouet des démons, il réveilla Ali, qui ronflait bruyamment.

— Hein ? que me veux-tu ? dit le dormeur en se soulevant sur son coude.

— Écoute et regarde, répondit tout bas le Gascon.

En ce moment même, un éclair déchira le nuage et montra aux deux amis tout le val de Roncevaux. Trois cent mille Sarrasins commandés par Gayferos et par dom Bernard de Carpio, occupaient toutes les hauteurs et défendaient du côté de la France la route de la vallée.

— Voilà le tombeau de Roland, dit le Gascon

— Et le nôtre, si nous n'y prenons pas garde, répondit le Grenadin. Je vois d'ici bien des gens qui seront demain le souper des vautours. Toi, si tu ne veux pas leur servir de déjeuner, suis-moi.

A ces mots, Raimbaud se leva et suivit son compagnon.

— Où vas-tu ? dit le Gascon.

— En avant, comme à l'ordinaire : c'est le meilleur moyen de se tirer du danger. Qui fait face, fait peur. Surtout, tais-toi et laisse-moi parler.

Ils n'eurent pas fait cent pas qu'ils se trouvèrent enveloppés de hallebardes. Raimbaud, qui était sans armes, frémit ; mais Ali, gardant tout son sang-froid :

— Eh bien ! dit-il, êtes-vous fous, camarades ?

— Qui es-tu ? demanda le chef des hallebardiers.

— Ami, répondit le pêcheur de truites. Menez-moi à Gayferos. J'apporte des nouvelles de l'ennemi.

A ce mot, les rangs s'ouvrirent, et l'on conduisit les deux amis au prince de Grenade.

Gayferos les regarda tous deux avec mépris.

— Seigneur, dit Ali, l'arrière-garde de Charlemagne approche.

— Je le sais, dit Gayferos.

— C'est Roland qui la commande.

— Ce sont là tes importantes nouvelles ?

— Seigneur, si mon zèle....

— Drôle, tais-toi, ou je vais vous faire pendre toi et ton zèle.... Un moment ! Qui est ce joueur de guitare qui t'accompagne

— Seigneur, répondit Raimbaud, je suis poète et je chante les amours des dieux et des hommes.

— Que le diable emporte ces deux marauds ! s'écria Gayferos. Sortez vite, si vous ne voulez pas être pendus !

Ali et Raimbaud n'en demandaient pas davantage, et, grâce à leur entrevue avec Gayferos, ils purent traverser sans danger toute l'armée des Sarrasins.

Quand ils eurent dépassé les dernières sentinelles, le jour venait de se lever. Raimbaud reprit la route de France.

— Je vais, dit-il, avertir Charlemagne de la perfidie des Sarrasins. Et toi ?

— Moi, dit Ali, qui ne me soucie ni de Charlemagne, ni de Roland, ni de Gayferos, je vais chercher un rocher assez haut pour que personne n'ait envie de l'escalader, et assez bien placé pour que je puisse voir à loisir toute la bataille.

— Au moins, dit Raimbaud, devrais-tu faire un détour et avertir Roland du piège où il va tomber.

— Avertir Roland, moi ! s'écria Ali stupéfait. Faire manquer une si belle bataille ! Empêcher un tas de héros de se casser la tête et de s'ouvrir le ventre ! Te moques-tu de moi ?

Le Gascon vit bien qu'il n'y avait rien à espérer de son compagnon.

— Adieu ! dit-il.

— Adieu ! dit le pêcheur de truites. Tu vas perdre un beau spectacle. Je te plains.

XXXIX

Comment Roland fit la rencontre de trois cent mille Sarrasins, et comment Gayferos fit la rencontre de Roland.

Le corps d'armée que commandait Roland était déjà engagé dans la vallée de Roncevaux lorsque le jour parut. Les soldats avaient marché toute la nuit. Mouillés de pluie, affamés, mécontents de former l'arrière-garde, ils aperçurent avec étonnement les Sarrasins qui occupaient les hauteurs et fermaient toutes les issues de la vallée. Partout des rochers ou des murailles inaccessibles. Derrière eux, les Sarrasins occupaient l'entrée du défilé, et les chrétiens se trouvaient enfermés comme dans un cirque.

A cette vue, les plus braves pâlirent, et Olivier lui-même ne put s'empêcher de reprocher à Roland ses retards de la veille.

— Il est temps de sonner du cor et d'avertir Charlemagne, dit-il.

Le comte d'Angers sourit.

— Mon cher ami, je ne te reconnais plus, dit-il. Nous sommes vingt mille ; tu es Olivier, je suis Roland, Turpin est avec nous, et nous demanderions du secours ! Veux-tu que Ganelon lui-même se moque de nos frayeurs ?

— Je ne crains pas les Sarrasins, dit Olivier. Je crains ces montagnes maudites où l'on dit qu'habitent tous les enchanteurs des Maures. Je crains ces forêts qui se penchent sur nous comme pour nous écraser....

Il parlait encore lorsqu'une voix retentit sur le sommet de la montagne.

— Sont-ils tous entrés ? dit la voix.

— Oui, tous, répondit une autre voix.

— Tout est prêt.

— Lâchez les cordes !

A ces mots, un bruit immense, pareil à celui d'un tremblement de terre, s'éleva dans la vallée. Tous les pins s'ébranlèrent à la fois, comme secoués par un immense ouragan, et un craquement retentit comme si tous les arbres de la forêt eussent été à la fois jetés à bas par une hache divine. Les pins, sciés d'avance par les Sarrasins et retenus seulement par des cordes, commencèrent à descendre dans la vallée, lentement d'abord, puis avec le trouble et le désordre d'une armée en fuite. Ils glissaient sur la pente de la montagne avec la rapidité d'une flèche et venaient s'abattre au milieu de l'armée chrétienne, comme des guerriers qui rendent le dernier soupir.

En un instant, la vallée fut couverte de morts et de mourants. Contre de pareils ennemis, que pouvait faire le courage des plus braves paladins ? Roland regardait avec désespoir ses plus fidèles compagnons meurtris, écrasés ou blessés à mort par ces chutes épouvantables. Il entendit les chants de victoire des Sarrasins, et sa douleur devint un furieux désir de vengeance. Il se tourna vers ses soldats, et les animant du geste et de la voix :

— Les lâches, dit-il, n'ont pas osé nous attaquer en face. Escaladons ces rochers et punissons cette infâme trahison.

A ces mots, il piqua des deux. Bride-d'Or franchit tous les obstacles, bondissant sur les pins et les corps entassés, gravissant les sentiers les plus escarpés, se tenant ferme et immobile sur le bord des précipices, et foulant aux pieds les Sarrasins.

Olivier et Turpin, moins bien montés, furent forcés de mettre pied à terre et s'élancèrent à la suite de Roland. Derrière ces trois héros se précipita le reste de l'armée, impatient de vengeance. Mais le combat était trop inégal. Les Sarrasins, effrayés de l'audace de leurs adversaires, firent rouler sur eux des rochers énormes qui écrasaient des rangs entiers.

Cependant les chrétiens ne perdaient pas courage. Quelques milliers d'entre eux, échappés aux pins et aux rochers, parvinrent à joindre de près l'armée sarrasine, et les Sarrasins eux-mêmes, encouragés par un premier succès ne craignirent plus de descendre dans la vallée. A leur tête s'avançait, monté sur un cheval andalou, présent du roi Marsile, l'orgueilleux Gayferos. Près de lui chevauchaient, la lance en arrêt, les plus braves chevaliers de toute l'Espagne.

Roland le vit et rugit de fureur. Il éperonna Bride-d'Or, qui, devinant le désir de son maître, bondit au plus épais des Sarrasins, renversant de son poitrail tout ce qui s'opposait à lui, et ne cherchant que Gayferos.

Aux cris de Roland, aux bonds furieux de Bride-d'Or, qui semblait, dans la rapidité de sa course, n'être qu'un pont à plusieurs arches jeté sur l'armée des infidèles, Gayferos devina le danger et tressaillit jusqu'au fond de ses entrailles. Il reconnut la voix et la main de son vainqueur, et vit venir la mort. Cependant comme il était brave et orgueilleux, il attendit, n'osant le fuir, le choc du comte d'Angers.

Celui-ci se précipita sur lui comme la foudre; sa lance se brisa sur l'armure du prince de Grenade, et la lance de Gayferos sur le bouclier de Roland. Tous deux tirèrent en même temps leurs épées, et le combat continua avec plus de fureur. Mais Roland poussa Bride-d'Or sur son ennemi. Le cheval de Gayferos fut renversé. Comme il se relevait et cherchait avec son épée le défaut de la cuirasse de Roland, celui-ci d'un revers de Durandal, lui coupa la tête.

A cette vue, un long cri de joie fut poussé par les chrétiens. Les Sarrasins effrayés commencèrent à reculer ; mais dom Bernard de Carpio qui combattait à l'autre extrémité de la vallée, vit le désordre et accourut pour rétablir le combat. La mêlée devint plus sanglante encore et plus acharnée.

— Roland, dit Olivier, les deux tiers de nos amis sont morts ou hors de combat. Turpin est blessé; moi-même je suis essoufflé et j'ai grand soif. Nous avons fait aujourd'hui une rude besogne. Crois-moi, prends ton olifant et appelle Charlemagne. Si tu tardes encore, il ne restera bientôt personne pour lui porter la nouvelle de la bataille.

— Non, dit Roland. Il était temps ce matin quand nous sommes entrés dans la vallée. Il y a dix ou douze heures que nous combattons. Il est trop tard. Ganelon dira que j'ai voulu sauver ma vie après avoir causé par mon orgueil la mort de mes braves compagnons.

— Roland, dit l'archevêque, si par ta faute mon corps devient la proie des infidèles et des vautours, je te maudis et te voue au feu éternel.

Cette terrible menace fléchit enfin la résolution de Roland. Il sonna de son olifant, qui retentit aux oreilles dss Sarrasins comme la trompette du jugement dernier. Ce bruit terrible fit frémir le roi Marsile jusque dans Saragosse, et porta l'épouvante dans le cœur des plus intrépides Sarrasins.

L'empereur Charlemagne, qui était à six lieues de Roncevaux, dressa l'oreille tout à coup et eut le pressentiment d'un malheur.

— C'est le cor de Roland, dit-il. Roland est en danger.

— Seigneur, dit le traître Ganelon, Roland n'est pas en danger, mais il chasse l'ours dans la montagne, et c'est le joyeux hallali que vous entendez.

— Seigneur, dit Corisande, ce n'est pas un joyeux hallali, c'est un cri de désespoir et de mort. Sauvez l'armée, sauvez Roland.

L'empereur hésita quelque temps : mais le perfide Mayençais lui jura, avec des serments effroyables, que Roland l'avait averti de ne point prendre garde à son olifant, et qu'il avait dessein de chasser l'ours dans la montagne. Charlemagne le crut et attendit paisiblement le retour de son neveu. Hélas ! sans la trahison du Mayençais, ce héros incomparable aurait revu sa patrie et la belle Corisande.

XL

Comment le bon Roland surprit étrangement le fier dom Bernard de Carpio, et comment la tête de l'un des deux devint semblable à une figue sèche.

La nuit sépara les combattants. Cent cinquante mille Sarrasins jonchaient la vallée de leurs cadavres. Parmi les chrétiens, huit cents restaient, seuls débris des vingt mille que Roland avait eus sous ses ordres. Turpin et Olivier étaient blessés, Roland perdait son sang par dix blessures. Mais aucun Sarrasin ne pouvait se vanter de l'avoir affronté impunément. Son bras, fatigué de frapper, pendait inerte à son côté. Devant lui des monceaux de Sarrasins gisaient fendus, coupés en deux par Durandal, ou percés par sa lance, ou foulés sous les pieds sanglants de Bride-d'Or.

Malheureusement, les chrétiens étaient sans vivres et sans eau pour étancher leur soif. Le lendemain devait achever leur défaite. Roland seul pouvait s'échapper, car des milliers de Sarrasins n'auraient osé l'arrêter ; mais il ne voulut pas abandonner ses compagnons. Vers minuit, le bon archevêque Turpin, se sentant très affaibli, se leva avec l'aide de Roland et se hâta de donner l'absolution à tous les survivants ; puis il se coucha pour ne plus se relever.

— Sonne encore, dit Olivier, sonne toujours. Qui sait si Charlemagne arrivera à temps ?

Roland obéit et les sons lugubres de l'olifant portèrent de nouveau l'inquiétude dans l'âme du vieil empereur ; mais les mensonges du traître Ganelon l'abusèrent encore, et il se recoucha, bien résolu à chercher Roland dès le lendemain s'il ne rejoignait l'armée.

Le jour reparut, et le combat recommença. Vers midi, Roland restait seul. Tous ses compagnons étaient morts ; mais les Sarrasins n'osaient approcher de lui, et lui-même, trop fatigué pour les poursuivre et sentant la mort venir, il s'assit, la tête appuyée contre un rocher, et rêvant à Corisande. Il n'était ni effrayé ni attristé de sa fin prochaine, car il avait assez longtemps combattu les ennemis de notre sainte religion pour trouver place dans le paradis du Dieu des armées ; mais il tremblait pour sa belle princesse, qui allait vivre seule, loin de sa famille dans un pays inconnu ; il avait souhaité de quitter ce monde avec elle, la main dans la main, et il se demandait avec tristesse qui la protégerait désormais.

Un grand bruit interrompit ses réflexions. Dom Bernard de Carpio, averti par le malheur de Gayferos, s'était gardé d'attaquer Roland ; mais quand il le vit s'asseoir à l'écart et attendre tranquillement la mort, il crut avoir trouvé l'occasion de triompher sans danger de cet invincible ennemi et de s'emparer de ses armes.

Roland devina son dessein ; mais trop fatigué pour se lever et combattre, il attendit en silence et sans mouvement apparent l'attaque du Matamoro. Celui-ci descendit de cheval et piqua légèrement le comte d'Angers de sa lance pour savoir s'il était vivant.

Roland, indigné de cet affront, demeura immobile et les yeux à demi-fermés, mais il suivait du regard tous les mouvements de son ennemi. Durandal était déposée près de lui sur la roche : il tenait à la main son olifant, dont le mugissement aurait couvert celui de vingt mille taureaux réunis. Dom Bernard de Carpio se baissa et saisit Durandal par la poignée.

Au même instant Roland, plus prompt que l'éclair, le frappa de son olifant à la tempe. Le coup fut si rude que la tête du malheureux hidalgo fut aplatie comme une figue sèche. Les os craquèrent horriblement et la cervelle jaillit sur le rocher. Telle fut la fin de l'invincible Matamoro.

Cependant Roland se sentait mourir. Il voulut sauver Durandal de la honte d'appartenir à un Sarrasin, et la briser. Réunissant toutes ses forces, il frappa le rocher du tranchant de l'épée ; mais Durandal fendit la montagne, fit une brèche énorme et ne se brisa pas. Roland la jeta loin de lui, par-dessus le sommet de la montagne et la bonne épée tomba dans les eaux profondes d'un lac qui se cache à trois lieues de Roncevaux et qu'aucun voyageur n'a pu découvrir. C'est là qu'elle dort depuis bien des siècles, et elle y dormira jusqu'à ce qu'un héros pareil à Roland vienne l'y chercher. C'est l'arrêt de Merlin et de la destinée.

Le soleil allait se coucher. Roland souffla une dernière fois dans son olifant, qui rendit un son si puissant et si prolongé qu'on l'entendit dans toutes les Pyrénées. L'olifant se brisa sous le souffle du héros, qui se coucha sur le rocher. Il regarda le soleil qui dorait les plus hauts sommets de la montagne, appela Corisande et rendit le dernier soupir.

Cependant Charlemagne, averti par Raimbaud,

accourait à marches forcées. Dès qu'il connut la trahison de Ganelon, il le fit écarteler tout vif et reprit sa course vers Roncevaux avec toute son armée. Il avait retrouvé toute l'ardeur de sa jeunesse pour sauver ou venger Roland.

Quand il arriva, tout était fini : Roland venait de mourir. Corisande, qui avait suivi Charlemagne en dépit de tous les efforts de ce dernier, reconnut son amant et embrassa tendrement ses tristes restes. Ses yeux étaient sans larmes, et sa bouche sans paroles. Le vieil empereur voulut la relever et la consoler. Elle était morte. Heureux amants ! Ils moururent ensemble et leur amour ne finit qu'avec leur vie.

Tout le monde connaît la terrible vengeance que Charlemagne tira du roi Marsile, la prise de Sarragosse, le massacre de quatre cent mille Sarrasins, et l'incendie de trois cents villes fortifiées. On sait aussi que Doralice trouva bientôt un consolateur, qu'elle épousa le duc des îles Fortunées, qu'elle en eût plusieurs fils, et qu'elle fut heureuse comme elle méritait de l'être, car c'était une bonne femme, douce à elle-même et à son prochain.

Un seul homme avait vu dans tous ses détails la terrible bataille de Roncevaux et la mort de Roland : c'est le pêcheur de truites, qui en fit le récit à Raimbaud et à l'empereur Charlemagne.

Quelques années plus tard, Raimbaud renonça

tout à fait à la belle Églantine et devint archevêque d'Arles.

Ali resta philosophe et pêcheur de truites, recherché de tous parce qu'il n'avait envie de rien, et ne faisait concurrence à personne.

FIN

TABLE DES MATIÈRES

		Pages.
I.	Où l'on voit qu'il est dangereux de bâiller au nez d'un empereur.	1
II.	Comment le comte d'Angers rencontra une belle princesse et la tira des mains de plusieurs brigands très féroces.	5
III.	Histoire de la belle Corisande, princesse de Grenade	10
IV.	Suite de l'histoire de la belle Corisande, princesse de Grenade.	16
V.	Comment la belle Corisande s'endormit à l'ombre d'un chêne, ce qui fit rêver le comte d'Angers, quoiqu'il n'eût pas sommeil.	24
VI.	Comment le comte d'Angers et la belle Corisande s'invitèrent sans cérémonie à déjeuner chez le roi Marsile, et quelle fut la suite de cette aventure.	31
VII.	Comment Pentapolin, duc de Carthage, fit mal à propos la connaissance de Durandal. . .	38
VIII.	Comment le comte d'Angers et la belle Corisande rencontrèrent un poète gascon et le prirent pour secrétaire.	47
IX.	Comment la belle Doralice eut une attaque de nerfs, et comment un Gascon refusa de trinquer avec un roi.	62
X.	Entretien d'un poète et d'un philosophe déguenillé qui pêchait des truites.	77
XI.	Comment l'invincible Roland voulut fendre le crâne du bouillant Ferragus, et comment un philosophe sans pudeur rêva d'embrasser une grande reine	88
XII.	Comment le Gascon coupa la parole au chancelier, ce qui permit aux assistants d'aller dîner.	103
XIII.	I love you	109
XIV.	Histoire de Roland.	126
XV.	Comment le brave Roland se leva à deux heures après minuit pour massacrer les Sarrasins, et passa la nuit à écouter les discours de Doralice.	130

XVI. Histoire de la belle Doralice. 134

XVII. Comment le Gascon étudia l'influence du clair de lune sur la bonne musique, ce qui dérangea fort mal à propos le brave Roland. . . . 139

XVIII. Comment une grande reine obtint à force d'adresse la protection d'un Gascon 154

XIX. Comment une princesse aimable, mais trop jalouse, mit à la porte le plus fidèle des amants. 165

XX. Comment le perfide Gascon brouilla Roland avec Corisande et trouva le sujet d'un poème épique. 170

XXI. Comment dom Gayferos entra par une porte tandis que Roland sortait par l'autre. . . . 176

XXII. Comment Ali se décida à suivre le Gascon dans le pays d'Occident, qui est la vraie patrie des truites 183

XXIII. Où l'on voit que le métier de seigneur est plus compliqué que celui de pêcheur de truites. . 189

XXIV. Comment le bon Roland passa son épée au travers du corps de plusieurs républicains, et se lia d'amitié avec les autres. 196

XXV. Comment le bon Roland, qui n'avait pas de péchés sur la conscience, fit néanmoins pénitence suivant la méthode de l'archevêque Turpin . . 201

XXVI. Comment le bon Roland se lia d'amitié avec dom Bernard de Carpio, le plus noble gentilhomme de la chrétienté, et quelles furent les suites de cette amitié. 214

XXVII. Comment Roland saisit par le cou dom Bernard de Carpio, petit-fils de dom Pélage, et comment dom Bernard de Carpio partit très mécontent de cette familiarité 222

XXVIII. Comment les Sarrasins de Valdemoro furent baptisés et firent une pension de dix mille écus d'or au Gascon. 226

XXIX. Comment la généreuse Doralice voulut donner à Corisande le royaume d'Estramadure et la main de dom Gayferos. 234

XXX. Comment dom Gayferos devint un tigre d'Hyrcanie. 242

XXXI. Comment Raimbaud consola la belle Corisande et se querella avec la belle Eglantine. . . 245

XXXII. Comment Ali donna un bon conseil aux républicains de Villanueva. et comment il partit sans leur faire ses adieux. 251

TABLE

XXXIII. Comment le poète et le philosophe trouvèrent le moyen de voir la bataille sans risquer un poil de leurs barbes 259

XXXIV. Où l'on voit le héros monter à l'assaut hardiment et dégringoler promptement 261

XXXV. Comment dom Gayferos et dom Bernard de Carpio prirent le chemin de Saragosse, et comment le roi Marsile obtint l'unanimité dans l'assemblée des émirs. 281

XXXVI. Comment le grand empereur Charlemagne embrassa la belle Corisande, et comment le perfide Ganelon, comte de Mayence, fut reçu à la cour du roi Marsile. 286

XXXVII. Songe de Roland 296

XXXVIII. Comment Ali et Raimbaud coupèrent la corde qui déjà leur serrait le cou. 300

XXXIX. Comment Roland fit la rencontre de trois cent mille Sarrasins, et comment Gayferos fit la rencontre de Roland. 304

XL. Comment le bon Roland surprit étrangement le fier dom Bernard de Carpio, et comment la tête de l'un d'eux devint semblable à une figue sèche. 310

FIN DE LA TABLE

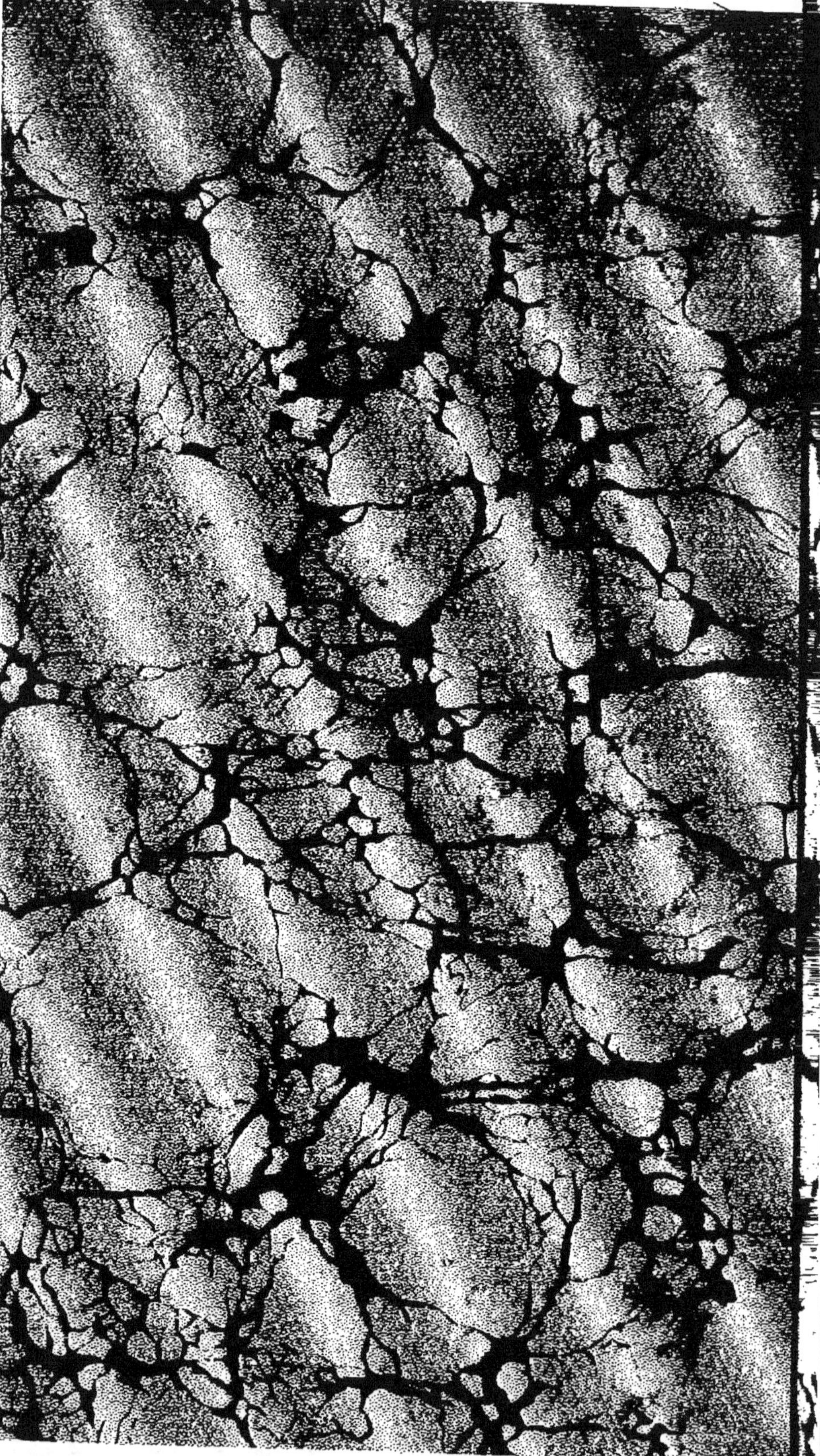

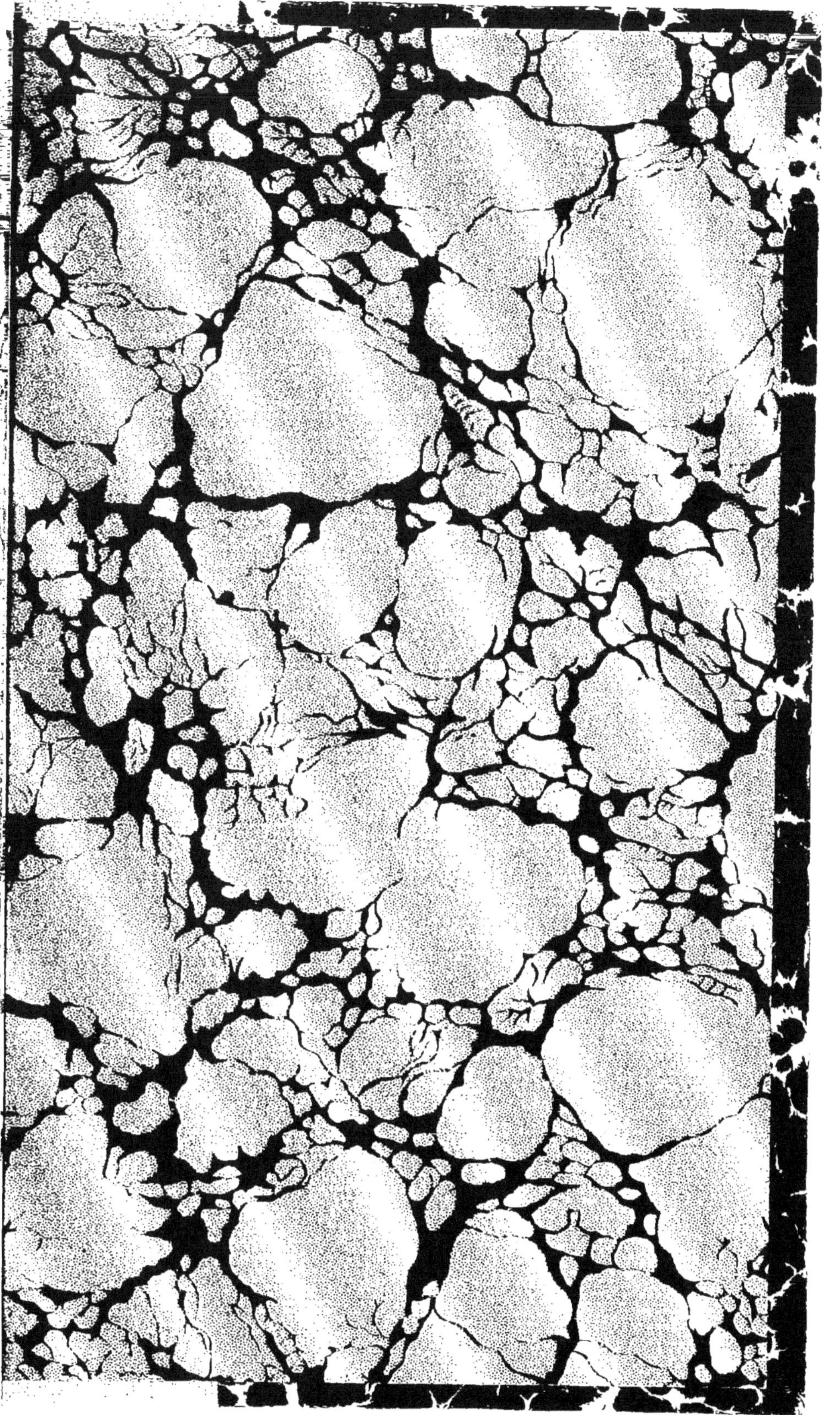

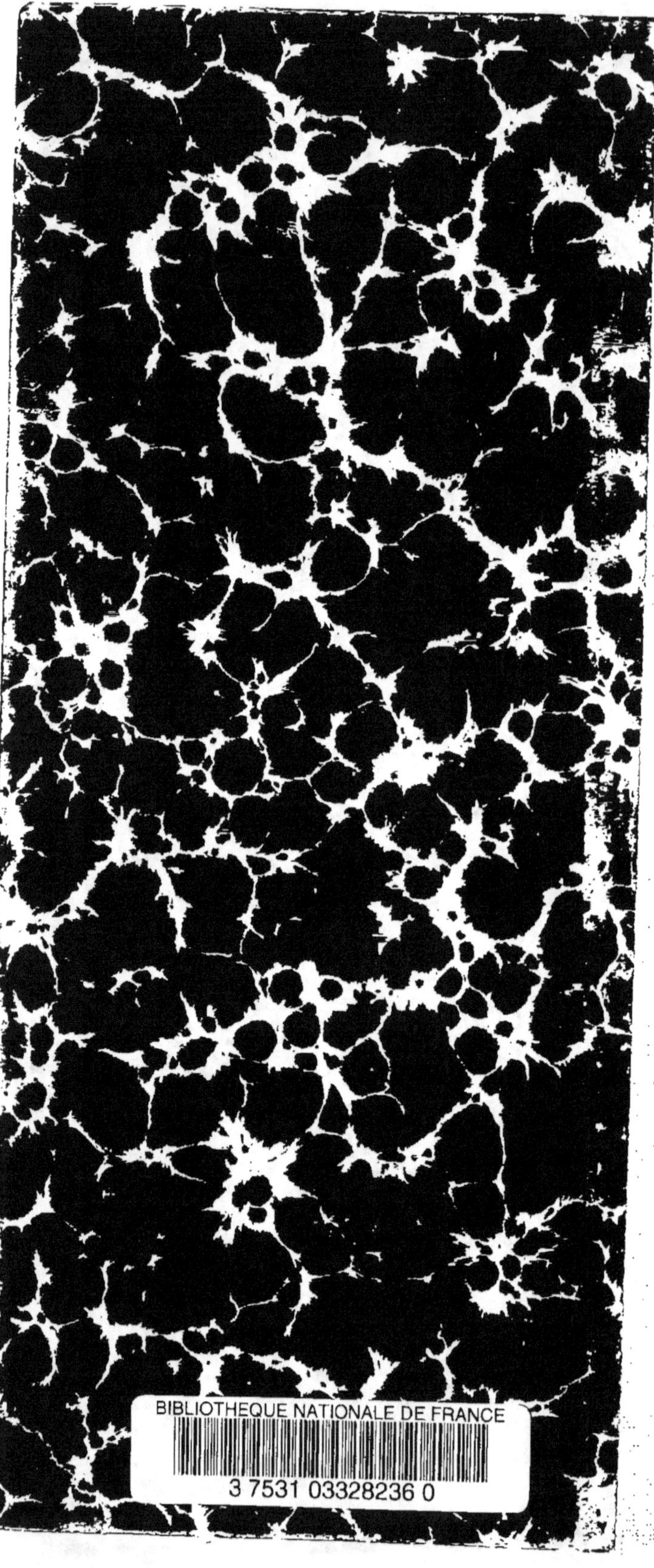
BIBLIOTHEQUE NATIONALE DE FRANCE
3 7531 03328236 0